CW01162731

Bajo el Sol de Valserra, 1

PASIÓN
Y
LIRIOS

SCARLETT LEONE

Copyright © 2024 Scarlett Leone

Todos los derechos reservados

Queda prohibida, salvo excepción prevista en la Ley, cualquier forma de reproducción total o parcial, distribución, comunicación pública y transformación de esta obra sin contar con la autorización de los titulares de su propiedad intelectual.

La infracción de los derechos de difusión de la obra puede ser constitutiva de delito contra la propiedad intelectual.

Algunos de los escenarios descritos en esta obra son ficticios, además de los personajes y eventos que son imaginación del autor.

Primera edición

Maquetación y diseño por Ascella Publishing Services
ISBN Paperback: 9798346603986

ISBN Hardcover: 979-8-3305-8239-6

S.L. BOOKS

En sus ojos me perdí...

Prefacio

VALSERRA, ITALIA, JUNIO DE 1983

—Yo los declaro marido y mujer...

Fueron las emotivas palabras que pronunció Fortunato Rinaldi, el párroco del pueblo, dando testimonio al matrimonio que se celebraba en los jardines de la casa de la familia D'Alfonso, entre Romina y Giordano.

Romina era la hija mayor de Gaetano D'Alfonso, el respetado alcalde de Valserra, un pueblo pequeño ubicado al norte de Italia, y de Francesca Baglietto, su madre, una mujer de extremados principios religiosos.

Gaetano se sentía por demás satisfecho de que su adorada hija, al fin y después de algunos años de noviazgo con Giordano Rizzo, joven educado y con una prometedora profesión, contrajera nupcias. Giordano estudió medicina en la Universidad de Florencia y actualmente ejercía las prácticas en el modesto hospital de Valserra. Contar con un prestigioso médico favorecería al pueblo y a la familia.

Durante la recepción, Gaetano se puso en pie y, tomando la copa de champaña de la mesa, que estaba debidamente decorada para la ocasión con hermosas rosas blancas y jazmines, en donde, a su derecha, le acompañaba la feliz pareja, y a su izquierda, Francesca y el padre Fortunato, quienes sonreían mirando a los recién casados, llevó su copa en alto e hizo el brindis:

—Hijos míos, mis palabras no alcanzan para expresar lo feliz que me siento al verlos unidos en matrimonio. Romina, hace poco eras mi pequeña niña que corría por estos jardines y alegrabas la casa con tus risas y cantos. Ahora eres toda una mujer. ¡Qué rápido pasó el tiempo, mi amada hija! —Gaetano tuvo que retirarse los anteojos y limpiarse los ojos, que tenía humedecidos por la emoción—. Desde hoy comienzan una nueva vida juntos. ¡Felicidades, los amo! —Luego se dirigió a sus invitados, quienes lo acompañaban en esa soleada mañana de sábado, y brindó con ellos—: Amigos, gracias por estar aquí acompañando a mi familia y a mí en especial en esta celebración tan importante, la unión de Romina y Giordano, desde hoy, el señor y la señora Rizzo.

—Gracias, papá. —Romina bajó la mirada y se quedó en silencio. Mientras Giordano la acercaba a su hombro y besaba su frente.

Romina era la hija consentida de Gaetano y acababa de cumplir veinte años.

Desde niña demostró un extraordinario don para la música, por lo que, luego de graduarse del colegio de monjas, hizo sus estudios universitarios en la Universidad de Florencia, donde estudió música clásica. Allí conoció a Giordano, joven de familia bien acomodada.

Ciertamente, ellos se amaban.

Gaetano adoraba cómo Romina tocaba el piano, por lo que, antes de la celebración del matrimonio, dio estricta orden para que colocaran el piano de cola, que ocupaba un lugar importante en el salón principal de su casa, en el jardín frontal. Sabía que su hija deleitaría en el día de su boda a sus invitados, y a él en particular, con su adorable música.

Romina siempre consintiendo a su padre y obediente a él.

Enseguida, se sentó sobre el banquillo y empezó a deslizar sus dedos por las teclas.

Indiscutiblemente, poseía dedos de seda para la música. Los invitados quedaron hechizados con cada melodía que ella les regalaba.

Giordano la miró enamorado, mientras que Gaetano, de frente a su bella hija y tomando la mano de Francesca, cerró los ojos y se dejó llevar con cada nota al compás de la balada, tal como si fuera agua de un manantial que perpetúa su sendero vagando apacible hasta llegar al río, dejando escapar de sus labios, ya curtidos por los años, una suave sonrisa.

Al abrirlos, miró que sus invitados disfrutaban de igual manera de las mágicas melodías con que su hija les deleitaba.

De pronto, su mirada se detuvo en la mesa donde se encontraba Donato Carusso, el hijo de un buen amigo suyo, al ver que este se encontraba solo.

Miró indistintamente por los costados del jardín, buscando a su hija menor.

—¿Dónde se supone que está Ainara? —preguntó a Francesca.

Francesca también se inquietó y, mirando por encima del hombro del reverendo, llamó la atención de Alfonsina, el ama de llaves de la casa, quien permanecía detrás de ellos.

Alfonsina se inclinó disimuladamente hacia Francesca y dijo:

—Dígame, señora.

—Necesito que busques a Ainara... Esta niña, ¿en dónde se metió?

—Enseguida, doña Francesca. Creo saber en dónde puede estar.

—Date prisa antes de que Gaetano se moleste.

—Sí, señora.

1

Las hermosas melodías de Romina continuaron deleitando a sus invitados.

Definitivamente, ella poseía un don especial para la música; sus dedos se desplazaban por las teclas del piano como si fuese guiada por los mismos ángeles.

—¡Ainara!

Sobresaltada, Ainara levantó la mirada y exclamó:

—¡Papá!

Gaetano se encontraba parado frente a ella, con el ceño fruncido.

—¡Deberías estar celebrando junto con el resto de los invitados! ¿Acaso no te has dado cuenta de que es la boda de tu hermana? ¡Y mira cómo tienes tu vestido!

Alfonsina, que estaba de pie detrás de Gaetano, se inclinó hacia su costado y, mirando a Ainara por encima del hombro de su padre, le lanzó una mirada elocuente.

Ainara desvió la mirada hacia ella por un momento.

—Papá, Gabriella y yo solo queríamos estar un momento a solas.

Gaetano las miró indistintamente a ambas, manteniendo el ceño fruncido.

—¡Estar un momento a solas en este lugar, cuando la fiesta es en los jardines! Tu hermana está celebrando sus nupcias. Sacúdete ese vestido y vamos de una vez, Donato espera por ti... ¡Qué educación es esa, haberlo dejado solo!

Ainara frunció los labios y apretó los dientes para no discutir con su padre. Estuvo a punto de hacerlo, pero se contuvo.

—Señor —dijo de pronto Gabriella—, discúlpenos, enseguida iremos.

—Dense prisa —exigió él y, dándose media vuelta, fue balbuceando no sé cuántas cosas más y desapareció de su vista mientras se adentraba por los senderos del jardín de los rosales.

—Mi niña —dijo Alfonsina, dirigiéndose a Ainara, quien volvió a sentarse al filo de la banqueta de piedra y se cruzó de brazos sin tomar el más mínimo interés por la boda de su hermana—, no debieron abandonar la fiesta. Ya conoces cómo es don Gaetano. Él no iba a pasar por alto tu ausencia. Además, dejaste solo al joven Donato.

—¡No lo soporto, Alfonsina! No entiendo por qué papá insiste en que me fije en él.

—Tu padre mira en el joven Donato un futuro para ti.

Ainara regresó a mirar a Alfonsina con el entrecejo fruncido y respondió:

—¡Yo no estoy ni un ápice interesada en casarme con nadie, menos aún con el engreído y prepotente de Donato! No me interesa que sea el hijo de su mejor amigo, como siempre insiste en restregármelo en la cara, ni que venga de buena familia, ni que sea el mejor partido para mí ni todas esas ridiculeces. Yo tengo otros planes para mi vida, y entre ellos está estudiar lo que a mí me gusta. ¡No seguiré sus órdenes como lo hace Romina...! ¡Claro que no!

Ainara y su hermana se llevaban bien, pero se diferenciaban en cuanto al carácter.

Romina era sumisa; seguía al pie de la letra todo cuanto su padre decía, a diferencia de Ainara.

Gaetano era una persona autoritaria. El hecho de ser el alcalde de Valserra por más de diez años lo había convertido en un hombre de poder. Además de tener una excelente situación económica, el pueblo lo respetaba.

Por otro lado, Ainara sí que era rebelde y audaz.

A sus dieciocho años, ya sabía lo que quería para su vida; y no era precisamente ir a Florencia a estudiar música como lo hizo su hermana, y luego comprometerse a la fuerza con Donato Carusso, el apuesto joven de familia acaudalada que su padre quería a capa y espada como esposo para Ainara. El sueño de Ainara era estudiar artes plásticas; poseía una habilidad extraordinaria para la pintura y la escultura, y ella tenía una sola meta en su cabeza: ganarse una beca para estudiar en el extranjero. Para su padre no sería un problema pagarle los estudios en cualquier lugar que ella escogiera, pero él jamás aceptaría que una de sus hijas estudiara fuera de Italia, y menos aún sin estar casada. Para él, como buen devoto, era verlas dignamente desposadas, como era el caso de su adorada hija mayor, Romina.

Ainara y Alfonsina continuaron sentadas sobre la banqueta de piedra junto al riachuelo, el cual lindaba con la parte trasera de la elegante casona de campo de la familia D'Alfonso. Sus miradas estaban puestas en Gabriella, quien, de pie bajo el rosal —donde decenas de bellísimas rosas blancas y rojas en flor se derramaban formando un arco sobre su cabeza—, jugaba distraída con las mariquitas que se posaban sobre sus manos, mientras que a lo lejos se escuchaba una delicada música de arpas y violines.

※

Tan pronto como Ainara y Gabriella aparecieron entre las mesas en el extremo del jardín, Donato, poniéndose enseguida de pie, fue a darles el encuentro.

Ainara miró con el rabillo del ojo a Gabriella: ella, apresurada, se acomodó el cabello.

—No vale la pena, te lo aseguro —dijo a su amiga y regresó a ver a Donato, quien, dirigiéndole una mirada intensa, se acercó y la saludó dándole dos besos, uno en cada mejilla; y, luego, apenas mirando a Gabriella, saludó con ella.

Gabriella, con una amplia sonrisa que casi se le salía del rostro, también se acercó, pero él, tomando a Ainara del brazo, la encaminó hacia su mesa. Ainara se volteó y, con un gesto de la mano, le indicó a su amiga que los siguiera.

Gabriella fue detrás.

Desde la mesa central, donde los novios, junto con sus padres y el padre Fortunato, disfrutaban de una variedad de bocaditos y brindaban en homenaje a los recién casados, Romina llamó la atención de su hermana y le envió un beso. Ainara hizo lo mismo.

De pronto, Gaetano se levantó y, pidiendo un momento de atención, dijo:

—Amigos, gracias nuevamente por acompañarnos en este gran día. Quiero comunicarles que me siento sumamente feliz y orgulloso de mi hija Ainara. Como todos saben, mi pequeña acaba de terminar sus estudios colegiales, y ahora me enorgullece anunciar que en pocos días irá a Florencia a estudiar música y seguir los mismos pasos que su hermana mayor, Romina.

Ante tal afirmación, Ainara se levantó repentinamente. Gabriella le tomó por el brazo, pero ella, rebelde como era, contradijo a su padre frente a todos los invitados:

—No, padre, la música no es mi talento. Yo amo las bellas artes. Claro que iré a Florencia o donde desee estudiar, pero no ahora. Mi deseo es trabajar durante el verano y parte del otoño ayudando en la parroquia del padre Fortunato con los niños discapacitados. Sabes bien que eso es lo que realmente importa para mí en este momento.

Gaetano le clavó la mirada a su hija, apretando los labios, marcándose aún más las hendiduras que, a sus sesenta y ocho años, no podía disimular. Francesca trató de calmarlo tomándole la mano, pero él, sintiéndose seguramente humillado y desautorizado frente a sus invitados, pidió disculpas y, dándose media vuelta, abandonó la recepción.

—Disculpen, por favor —dijo Francesca a los invitados, quienes, sorprendidos, comentaban entre sí y miraban a Ainara. A pesar de que Donato le sugirió que se sentara, ella continuó de pie—. Ainara, ven aquí —exigió su madre. Fortunato, inquieto, se pasaba insistentemente la palma de su mano por el contorno ausente de cabello que dibujaba su coronilla.

—¡Madre, esto no puede estar sucediendo en el día de mi boda! —renegó Romina en el momento en que Ainara se acercó a ellos—. ¡Ve y pídele disculpas a papá, Ainara! ¿Cómo se te ocurre tratarlo de esa manera tan descortés frente a todos?

—Lamento mucho, de corazón, haber arruinado tu boda, Romina, pero papá no tiene el derecho de decidir sobre mí.

—¡Basta, Ainara! —espetó su madre—. Ve ahora mismo a la casa y esperas ahí. ¡Qué situación desagradable has creado, hija! —Ainara miró al padre Fortunato, quien le hizo un gesto con los ojos para que siguiera la orden de su madre.

—Yo hablaré con Gaetano, Francesca —dijo Fortunato—. Ve y espera en la casa, hija. Todo se solucionará, confía en mí.

Francesca pidió un momento a sus invitados y se levantó también.

—Voy contigo, padre Fortunato, hay que hablar de inmediato con Gaetano. Por favor, Alfonsina... —Alfonsina, que estaba detrás de ella, recibió la instrucción de ir a la cocina y dar la orden a los meseros de servir el almuerzo mientras ella se ausentaba un momento. Francesca se volvió hacia sus invitados y dijo—: La fiesta continúa, amigos. Enseguida regresamos con ustedes.

Romina se dirigió a su madre y comentó:

—Mamá, haz que papá se calme, por favor. Esto no debió haber sucedido... y precisamente hoy.

Francesca asintió con la cabeza, devolviéndole a su hija una suave sonrisa.

—Vamos, Fortunato —dijo mirando al reverendo, y se encaminaron hacia la casa.

—¡Tú esperas aquí! —ordenó Francesca a Ainara.

—Pero mamá, tengo también que entrar, yo...

—¡Dije que esperas aquí!

Fortunato miró a la joven con una sonrisa complaciente. Asintió, haciéndola comprender que debía obedecer a su madre. Sin embargo, Ainara fue detrás de ellos y se quedó a escasos pasos de la puerta del despacho. Desde allí escuchó la voz dura y autoritaria de su padre, discutiendo con Francesca y Fortunato. Él no daba su brazo a torcer.

Ainara prefirió no dar importancia y regresó al salón principal. Se detuvo frente a un ventanal grande, desde donde se podía apreciar los extensos jardines, y observó a los camareros servir el almuerzo a los invitados. Rodó la mirada hacia la mesa de los novios y vio que Romina conversaba apaciblemente con Giordano.

Por un momento, Ainara se sintió culpable por haber estropeado de forma desconsiderada un día tan importante para ellos. Giordano era un buen hombre; lo suyo era amor verdadero. Respiró profundamente y desvió la mirada hacia la mesa en donde se encontraba su amiga, Gabriella.

Oh, pobre Gabriella. Ella era su amiga y confidente; se conocían desde que eran niñas.

Y digo "pobre" porque Ainara se lamentó por ella, pues sabía perfectamente que vivía enamorada del arrogante de Donato, aunque Gabriella tratara de disimularlo.

Donato era un joven por demás atractivo: alto, de físico atlético, piel dorada por el sol, de hermosos ojos almendrados en un exquisito color marrón, los cuales contrastaban perfectamente con su cabello castaño. Donato acababa de cumplir veintitrés años, y tan solo restaba algo menos de uno para que terminara su carrera en leyes en la Universidad de Florencia. Esa era la razón por la cual Gaetano quería a toda costa que su hija fuese lo antes posible a estudiar ahí; la quería ver comprometida con él, era una verdad a gritos que todos conocían.

Pero no todo era lindo en él, su arrogancia y naturaleza machista no iban de la mano con Ainara. Ella pretendía un hombre a su nivel: inteligente, respetuoso, decidido, sencillo.

Sin embargo, en sus planes no estaba enamorarse; todavía no era el momento.

Ella tenía otros ideales para su vida.

Suspiró viendo a su amiga con esa sonrisa de boba mientras conversaba con Donato. Seguro que tenía las mejillas ruborizadas.

Se dio media vuelta y corrió nuevamente a la puerta del despacho de su padre.

Tan pronto como acercó el oído para tratar de escuchar, esta se abrió:

—¡No terminas de aprender buenos modales, Ainara! —recriminó su madre y la haló con ella por el brazo al interior del despacho, donde Gaetano, de frente al ventanal que también daba al jardín, no se inmutó al escuchar que Ainara entró—. Vamos, discúlpate con él —dijo.

Ainara se acercó despacio y recelosa.

—Papá...

—Déjennos solos —dijo Gaetano, aún de espaldas a ellos.

Francesca y Fortunato salieron del despacho.

—¿Te parece correcto haberme faltado al respeto de semejante manera?

—No, papá.

—Entonces —dijo volviéndose hacia su hija—, ¿por qué no respetaste mi autoridad y me desautorizaste frente a todos los invitados?

Ainara continuó de pie frente al escritorio de su padre. Sus ojos azules eran tan profundos y penetrantes como una noche oscura. Sintió la fuerza de sus latigazos sin siquiera haberla tocado.

Por un momento, Ainara tembló.

—No ha sido mi intención desautorizarte, papá, pero necesito que entiendas que es mi deseo quedarme en casa por unos cuantos meses más. Además, como ya lo dije, la música no es mi vocación. Disculpa si te ofendí por haberlo dicho frente a todos.

—Está decidido, Ainara. Enseguida de la boda te irás a Florencia.

—Pero, papá...

—La música debería ser tu vocación. Toma el ejemplo de Romina. Se graduó y ahora está casada... ¡Su vida está tan bien encaminada!

—No es mi intención seguir su ejemplo, papá.

—¿Qué insolencia es esa? ¿Cómo te atreves a contradecirme?

—Perdón, papá, pero estoy en mi derecho de decidir lo mejor para mi vida. Solo escúchame, por favor. Mira —dijo acercándose un tanto más hacia él—, por supuesto que deseo estudiar, pero pintura y escultura. Eso es lo que amo... pero aún no.

—¿Y cuándo, entonces? ¿Cuándo haya pasado el tiempo y no quieran admitirte? No, Ainara, se hará como yo digo. En julio irás a Florencia.

Ainara miró a su padre con postura.

—Tu único afán de que vaya a Florencia es para que esté cerca de Donato, ¿verdad? Me doy cuenta de que tu insistencia es para que me fije en él. Pero déjame decirte que...

—Por supuesto que me interesa que Donato y tú socialicen, se enamoren. Estando ambos en la misma universidad sería el momento ideal para que compartan más tiempo juntos. Él es un excelente partido para ti,

Ainara, date cuenta de eso. Mira de qué familia distinguida viene... Aparte de que es un joven muy bien parecido. Me he dado cuenta de cómo tú le interesas. Ambas familias estaríamos felices de verlos comprometidos, y por qué no, en un futuro cercano casados.

Ainara respiró profundamente, y antes de que su padre continuara con la misma cantaleta de siempre de que ella se interesara en el antipático de Donato, se adelantó a decir:

—No estoy en edad de casarme todavía, papá. —Gaetano renegó por un momento, pero dejó que su hija terminara de hablar—. Por ahora, lo que más deseo es ayudar al padre Fortunato con el voluntariado. Será por pocos meses, seis a lo mucho. Luego de eso, te prometo que iré a Florencia.

Tras dar un fuerte respiro, Gaetano fue hasta su escritorio y se sentó. Tal parecía que al fin aceptaría que su hija permaneciera por unos cuantos meses más en Valserra.

—Coméntame más sobre ese voluntariado...

—Ainara se refiere a dar clases a los niños discapacitados de la parroquia, Gaetano —se adelantó a responder Fortunato, quien de seguro estuvo pendiente de la conversación tras la puerta del despacho—. Si lo analizas, es una estupenda labor. ¿En qué afecta que retrase su viaje al instituto? Podría hacerlo para fines del otoño.

Gaetano arqueó su gruesa ceja izquierda, cubierta por cuantiosas canas, dignas de sus avanzados años. Se quedó unos segundos en silencio, hasta que de su garganta salió un ruido ronco y dijo:

—Déjenme solo un momento, por favor.

—Gaetano... —Francesca también entró en el despacho—, escucha lo que te dice el reverendo y piénsalo, querido.

—Lo pensaré, ahora déjenme solo.

—¿Qué sucedió con don Gaetano, amiga?

Ainara exhaló más tranquila y se sentó a la mesa en donde estaban Gabriella y Donato y, sin dar ni la más mínima importancia a lo que él fuera a decir, porque abrió la boca pero tuvo que volver a cerrarla en el momento en que Ainara se giró hacia su amiga y comentó con ella que su padre lo pensaría. Ya era un gran paso, Ainara tenía la convicción de que él permitiría que se quedara por más tiempo en el pueblo.

Ambas, emocionadas, rieron.

—Entonces no irás a Florencia en julio —comentó de pronto Donato. Obviamente las escuchó murmurar.

Ainara le guiñó un ojo a Gabriella, mientras que ella se inclinó para mirarlo por encima del hombro de su amiga.

—Aún no se ha dicho la última palabra —dijo Ainara—, pero tengo la certeza de que estaré en Valserra por largo tiempo más. Y tú —preguntó—, ¿para cuándo retornas a Florencia?

Donato, después de humedecerse el labio inferior, sonrió penetrándola con ese mirar profundo y acechante, propio de él, a lo que respondió:

—No tengo una fecha exacta. Quizás también permanezca por un buen tiempo aquí.

Gabriella soltó una risita.

—Pensé que retomarías enseguida las clases, puesto que habrás pedido permiso para asistir a la boda de Romina —dijo Ainara.

—No... —contestó, mirándola con mayor intensidad aún—, tengo receso de fin de ciclo.

—Como sea. —Ainara se puso en pie, halando a Gabriella del brazo—. Disfruta de lo que queda de la fiesta, Donato.

En cuanto se dirigían al jardín posterior, Alfonsina se cruzó con ellas.

—¿Adónde van ahora?

—Estaremos en el granero —contestó Ainara, y continuaron caminando.

—¿Crees que tu padre acceda? —preguntó Gabriella, mientras se encaminaban hacia el granero que se encontraba junto al pequeño jardín de los rosales.

—Pienso que sí. Confío en el padre Fortunato. ¿Sabes?, él habló con papá y gracias a su intervención, mi padre nos aseguró que lo tomaría en consideración… Yo sé que lo hará.

—¡Ay, ojalá! En casa solo esperan el día de empezar con el voluntariado. —Gabriella suspiró.

Ainara regresó a verla.

—¿Y ese suspiro?

—No es nada, no me hagas caso.

Antes de abrir la portezuela del granero, a donde Ainara y Gabriella iban siempre para el cotilleo, Ainara se giró hacia su amiga y espetó contra ella:

—Ahora mismo me vas a confiar qué pasa contigo, Gabriella. ¿Crees que no me doy cuenta de cómo miras a Donato y te sonrojas cuando estás cerca de él?

—¿Yo?

—¿Y quién más…? ¿Acaso miras a alguien más por aquí? Te gusta, ¿verdad?

Gabriella abrió sus grandes ojos pardos como platos.

—No quería que lo notaras, pero… ¡es que Donato es tan lindo!

Ainara negó con la cabeza y la haló por el brazo hasta la banqueta de piedra; prefirió permanecer allí.

—¡Me repugna solo con pensar que él te guste!

Gabriella bajó la mirada y, en silencio, se puso a jugar con los anillos de bambalina que tenía en cada dedo de su mano. Mientras tanto, Ainara la atrajo contra su hombro. Su mirada quedó fija en el ramillete de rosas rojas en botón que empezaban a abrirse en el rosal.

—Deja de pensar más en él, no merece la pena.

—Lo sé. Además, él ni se fija en mí... solo tiene ojos para ti.

—Nunca vayas a permitir que por culpa suya nosotras nos distanciemos. Tú eres como mi hermana y yo jamás te haría daño. Donato no me interesa en lo absoluto, así papá me lo quiera meter por los ojos.

Gabriella esbozó una suave sonrisa.

—Eso lo sé.

—Cambiando de tema —dijo Ainara—, centrémonos en el voluntariado. ¡Estoy tan contenta por empezar a dar las clases a esos niños!

—¡Y yo!

—Mira, con ellos podemos ganar experiencia y luego buscaríamos trabajo.

Gabriella, enseguida, se puso en pie.

—¡Eso me gusta! Yo quiero tener mi propio dinero y no depender de papá y mamá.

Una sonrisa traviesa agració el rostro de Ainara.

—¡Eso mismo, igual yo! Mi sueño es ganarme una beca para ir a estudiar pintura y escultura en Estados Unidos. Muero por conocer Nueva York. Quiero salir de este entorno y visitar lugares nuevos y divertidos. ¿Te imaginas ser independientes? Tener nuestro propio dinero sin que nadie nos controle ni nos digan qué debemos hacer... —Ainara empezó a morderse la uña de su dedo pulgar. Sus ojos se le iluminaron con solo la idea de verse lejos, como la profesional que deseaba ser, y llevando una vida diferente a la que su padre quería para ella. El matrimonio no estaba en sus planes; al menos no por el momento...

Ainara no conocía el amor.

2

Aínara esperaba con ansias la resolución que tomaría su padre.

Ya habían pasado dos días desde el matrimonio de su hermana. Ellos se encontraban fuera de Italia, gozando de su luna de miel... Un crucero por el mar Mediterráneo debía ser hermoso.

A pesar de no haber compartido juntas los últimos cuatro años, puesto que Romina estaba lejos de casa mientras permanecía en Florencia por sus estudios, y Aínara era tan solo una adolescente, a quien veía de vez en cuando en las fiestas de Navidad y de Año Nuevo o al fin de cada ciclo universitario, se sintió feliz por ella.

Ese día, Gaetano mandó con Fulgencio, el chofer de la casa, a llamar al padre Fortunato. Aínara y Alfonsina se miraron entre sí, deseosas de saber qué era lo que al fin Gaetano tendría que decirle al párroco.

Tal y como solicitó Gaetano, luego de la cena, el chofer fue hasta la parroquia y le informó al padre Fortunato que al alcalde le urgía verlo. Fortunato le aseguró que, enseguida de finalizada la misa de las seis y treinta de la mañana, y luego de que todos los fieles se hubieran ido, estaría en casa de la familia D'Alfonso.

Al día siguiente, una vez que Fortunato llegó a casa de la familia, Francesca invitó al reverendo a que los acompañara al desayuno. Para suerte suya, el desayuno había sido servido hacía poco. Fortunato gozaba a más no poder de degustar tantos manjares; y en casa de la familia D'Alfonso siempre se ofrecían banquetes.

Tan pronto como terminaron de desayunar, Gaetano pidió a Fortunato que lo acompañara a su despacho. Como siempre, Ainara se quedó detrás de la puerta, y acercó el oído:

—Ponte cómodo, Fortunato —dijo Gaetano, luego de ofrecerle tomar asiento frente a él en uno de los sillones que estaban junto a un ventanal alargado, el cual daba al jardín posterior—. Necesito que me aclares al detalle todo cuanto se refiere al voluntariado que tanto Francesca como Ainara me han venido cantaleteando.

—Bueno... —Fortunato esbozó una sonrisa de satisfacción mientras acomodaba sus voluminosas posaderas en la butaca de cuero oscuro, curtida por los años—, antes déjame decirte que me agrada que por fin conversáramos sobre este tema. La escuela de niños y jóvenes discapacitados que mantiene la parroquia, con la ayuda de ustedes, por supuesto, necesita con urgencia de dos señoritas voluntarias. Las dos jóvenes parvularias que se encargaban en el área de alfabetización y bellas artes tuvieron que ausentarse por unos cuantos meses a Roma. En enero, a más tardar, en febrero, estarán de regreso, y yo pensé que para tan noble labor humanitaria, ¿quién mejor que tu hija Ainara? Tú mejor que nadie sabes que a ella le entusiasma y tiene vocación para ello. Ella, junto con Gabriella, no dudo que lo harán de la mejor manera. Y bueno —agregó el párroco mientras se acomodaba su sotana marrón—, tan solo necesito que me des tu consentimiento.

Gaetano vaciló por un momento; al parecer, no fue de su agrado que Ainara prolongara su estancia en Valserra, a lo que respondió:

—Con todo respeto, Fortunato, tengo organizado y quiero que Ainara viaje a Florencia para la primera quincena de julio. Te agradezco por tomarla en cuenta, pero no lo veo prudente por el momento.

—Y con todo mi respeto, Gaetano —contradijo el reverendo—, piensa que serán apenas seis meses. Tu hija está feliz y emocionada de hacerlo. Será una bonita experiencia para ella, además que les involucrará en el arte de la pintura y la escultura a esos niños. Y ahora —dijo, levantándose—, me disculpas, pero tengo que ir a la parroquia porque debo organizar algunos asuntos pendientes antes de la llegada del joven seminarista que viene de España.

—Que tengas un buen día, Fortunato —se despidió de él Gaetano.

Ainara corrió al extremo del recibidor. Cuando el reverendo cerró detrás de él la puerta del despacho, le hizo una seña a Ainara con la mano, pidiéndole que se acercara.

—Quédate tranquila, hija, que lo va a aceptar —le dijo en voz baja.

Ainara sonrió.

—Gracias, padre, escuché lo que hablaron.

—No tienes ni que decírmelo... Eso lo conozco bien de ti. —Fortunato sonrió y le dio una palmadita en el hombro—. Te espero luego de las fiestas en la parroquia. Iré organizando los preparativos para las clases de los niños. Por ahora tengo otro asunto pendiente que resolver.

—¿Se trata del seminarista que viene de España? Escuché comentárselo a mi padre.

—Sí, hija, Saúl llega mañana y aún no he dispuesto cuál será su habitación. Ahora debo dejarte. Despídeme de Francesca, por favor.

—Vaya, padre, vaya, que yo se lo diré enseguida a mamá.

Fortunato se dio media vuelta y, antes de bajar los tres peldaños que conducían al recibidor, se levantó la sotana por encima de sus tobillos y bajó apresurado. A medio camino se encontró con Alfonsina; ella, amablemente, lo acompañó hasta la puerta de salida.

Sentados a la mesa, a la hora de la cena, Ainara esperaba ansiosa que su padre dijera algo acerca del voluntariado. Pero él no tocó el tema hasta el momento en que Alfonsina sirvió la sobremesa.

—Ainara —dijo de pronto su padre, mientras le daba una rebanada a su bizcocho de almendra—, a partir de la próxima semana darás clases de pintura y escultura a los niños discapacitados en la parroquia. Ponte de acuerdo con el padre Fortunato para que con él planifiquen los últimos detalles. Sé qué harás un buen trabajo y confío en ti, hija. Solo recuerda que en enero irás a Florencia, te guste o no.

Ainara se quedó sin habla. Se levantó y corrió a abrazar a su padre.

—¡Gracias, papá! Tenlo por seguro que así será.

3

En el pueblo se celebraban esa semana las fiestas de la Virgen de Valserra. Fortunato, junto con las familias que colaboraban en los eventos, en los cuales Francesca lideraba el comité de damas a favor de los más desprotegidos, se encargaron de los preparativos para el festejo.

Valserra estaba engalanada con toda una variedad de flores de la estación y cintillas de colores, las cuales cruzaban de un extremo a otro por sus balconadas. Las florecillas coloridas que se desbordaban desde lo alto de sus miradores embellecían aún más al pequeño pueblo norteño.

Era tradición que los estudiantes del colegio secundario de la parroquia desfilaran por las callejuelas aledañas al centro. En el parque central se había dispuesto un graderío para el alcalde, don Gaetano, su familia y demás autoridades, quienes desde ahí presenciarían los actos que iniciaban las fiestas.

Asimismo, los lugareños lanzaban azucenas blancas desde sus balcones o desde las aceras cuando pasaba la procesión.

En esa resplandeciente mañana de junio, en la cual el cielo brillaba en un azul tan radiante como los bellísimos ojos de Ainara, ella ya se encontraba en la segunda fila del graderío con su canastilla de azucenas blancas, lista para lanzarlas a la procesión que a lo lejos se acercaba.

La tradición indicaba que todos los niños y jóvenes, hombres y mujeres, lucieran vestimentas blancas ese día.

Ainara llevaba un hermoso vestido de seda bohemio, sobre las rodillas, encarrujado en el pecho y con sus hombros dorados descubiertos al sol.

Alrededor de su larga cabellera rubia decoraba una tiara dorada. Sus encantadores rizos dorados brillaban como trigales que danzaban airosos al compás del viento.

Francesca invitó a Gabriella a subir al graderío cuando la miró pasar de la mano de su pequeño hermano. Sus padres, quienes venían con ella, enseguida saludaron a Francesca y al alcalde esbozando una amplia sonrisa, mientras que Gabriella fue a darle el encuentro a su amiga.

Ainara estaba impaciente por contarle que su padre había accedido a que hiciera el voluntariado y que ya no iría a Florencia, al menos no por el momento.

—Tengo la mejor noticia que darte —dijo Ainara. Sus ojos brillaron y sus labios no dejaron de sonreír.

Gabriella la miró inquieta.

—¿Don Gaetano aceptó?

—¡Sí, al fin! Luego de las fiestas de la Virgen iré a la parroquia para coordinar todo con el padre Fortunato. Tú también deberías ir conmigo.

—Por supuesto que iremos juntas, ¡qué alegría! —Gabriella la abrazó.

—Tenemos tantas cosas por preparar... —dijo Ainara y se mordió un extremo de su labio inferior. Gabriella dio un largo suspiro y regresó con una larga sonrisa a mirar hacia su costado.

La procesión ya se encontraba a menos de cien metros de ellas.

El padre Fortunato caminaba detrás de la imagen de la Virgen de Valserra, que dos jóvenes llevaban levantada en brazos. Acompañaban al párroco otros dos jóvenes, quienes iban a su costado, seguidos por una caravana de fieles. El coro de la iglesia avanzaba por la concurrida callejuela adoquinada, adornada con macetas altas cubiertas de flores coloridas, entonando cánticos a la Virgen.

—Mira, ya están cerca —comentó Gabriella a su amiga, mientras Ainara regresaba la mirada hacia la procesión... y enseguida preguntó a Gabriella:

—¿Quién va junto al padre Fortunato?

—Es Filippo, el seminarista que llegó hace algo más de tres meses. ¿No lo habías visto antes?

Ainara negó con la cabeza.

—No me refiero a él, sino al chico que va de su lado derecho, de frente a nosotras.

—Ah, pues no sé... Quizá sea el muchacho español que acaba de llegar.

Ainara no comentó ni una sola palabra más a su amiga. Sus ojos quedaron fijos, hipnotizados, en el apuesto y gallardo joven que caminaba junto al reverendo y, sujetando en una de sus manos el racimo de azucenas blancas, sonrió suavemente.

Ainara, a sus apenas dieciocho años recién cumplidos, era la jovencita más hermosa de Valserra: briosa y alegre, que de seguro llamó la atención del joven seminarista que caminaba junto al párroco, quien, en el momento en que pasó frente al graderío, levantó la mirada y no tardó en encontrar la de Ainara. Jamás ella había visto unos ojos tan bellos y apacibles: verdes y profundos como dos esmeraldas talladas en bruto. Su cabello negro revoloteaba inquieto con la cálida brisa para luego colisionar contra sus pómulos. El joven alzó la mano para apartarlo, y Ainara pudo apreciar sus perfiladas y gruesas cejas negras.

Él sonrió.

Ainara nunca había mirado con tanta intensidad a alguien.

Levantó el brazo, sonrió también, y lanzó el ramillete de azucenas blancas a los pies de la procesión.

El joven se inclinó, recogió una de ellas, acarició sus pétalos y continuó con la peregrinación.

Desde ese momento, Ainara supo que nada volvería a ser igual.

4

Concluida la procesión que dio fin al día de fiestas, Saúl Márquez, el seminarista de los ojos verdes, fue a la parroquia junto con el padre Fortunato y demás clérigos.

Se despidió de ellos y se retiró por los corredores que circundaban el jardín interior.

Cerró la puerta de su pequeña habitación, en donde únicamente alcanzaba una cama angosta con un velador de un lado y una silla del otro. Frente a la cama había un armario chico con un espejo que cubría toda la puerta, y a un costado estaba un escritorio viejo de madera. Sobre este, entraba la luz a través de una pequeña claraboya que daba al jardín interior.

Saúl se quedó de pie junto a la ventanilla; su mirada se perdió en la higuera que desbordaba sus frutos. Sacó del bolsillo de su pantalón la azucena blanca que recogió de aquella hermosa muchacha en el momento en que ella la lanzó desde el graderío, y esta cayó ante sus pies.

Y pensó en ella.

En sus ojos, tan azules como dos pedazos de cielo, en los rizos de su cabello dorado, que danzaban libres al compás del viento, en su sonrisa angelical... Oh, aquella dulce sonrisa que no conseguía apartar de su mente y que, desde ese momento, quedó prisionera dentro suyo. «Pero estoy aquí para entregar mi vida a la iglesia», se dijo a sí mismo, acariciando suavemente con las yemas de sus dedos los delicados pétalos de la azucena, la cual se mantuvo intacta. Tras un suave suspiro, Saúl se dio media vuelta y fue a sentarse sobre su cama. Acercó la azucena a sus labios y, luego de besar sus pétalos, la colocó sobre el velador.

Abrió el cajón y guardó la estatuilla de algún santo local que lo adornaba, y en su lugar colocó el portarretratos de sus padres.

A Saúl le atormentaba la incertidumbre; no sabía si tomar los hábitos era su vocación.

Su corazón imploraba por conocer el amor.

Saúl era un joven de veintidós años, aspirante al sacerdocio, que venía desde un pueblo pequeño de España: Nuestra Señora de la Esperanza, un lugar tranquilo y, como su nombre bien lo indicaba, de lugareños fieles y devotos a la religión católica. Fue su padre, antes de morir, quien lo motivó para que Saúl, siendo apenas un jovenzuelo de quince años, estudiara teología y filosofía tan pronto como culminara sus estudios colegiales. Saúl no tuvo otra opción que, por exigencia de su madre, ingresar como aspirante en la iglesia de su pueblo y continuar con el sacerdocio, ya que no tenía cómo sustentarlo, pues ella padecía una enfermedad degenerativa cerebral. De esa manera, Concepción Márquez, quien continuaba llevando el apellido de su difunto marido, terminaría sus días en paz, sabiendo que su único y amado hijo no quedaría desamparado el día en que ella también faltase.

Fue en la parroquia de Nuestra Señora de la Esperanza donde Saúl vivió y estudió.

Una vez que se graduó de sus estudios secundarios y comenzó sus primeros años de teología, su madre murió. Desde niño, Saúl tenía una inclinación desmedida por la medicina, y con la muerte de su madre, se interesó aún más. Pasaba tardes y noches enteras en la biblioteca, leyendo y aprendiendo por su cuenta sobre neurología.

Al poco tiempo de que Saúl cumpliera sus veintidós años, fue informado de que debía viajar a Italia para continuar como seminarista, no sin antes hacer un curso intensivo del idioma, aunque ya tenía conocimientos básicos. Allí concluiría el corto tiempo que le faltaba de sus estudios de teología junto al padre Fortunato, párroco de la parroquia de San Feliciano di Valserra, quien mantenía una estrecha amistad con el párroco de Nuestra Señora de la Esperanza.

5

—¿Adónde vas, hija? —preguntó Francesca al ver que Ainara, apresurada, cerraba el portón del jardín. En ese momento, su madre arreglaba sus matas de hortensias azules y violetas, sus preferidas.

Ainara se volteó y caminó hacia donde estaba su madre, quien terminaba de cortar las ramas secas de la planta y se retiraba después los guantes de jardinería.

—Mamá, tengo que estar en la parroquia para hablar con el padre Fortunato. Es por lo del voluntariado, ¿lo recuerdas?

Francesca colocó los guantes sobre un taburete que siempre había estado allí y comentó con su hija:

—Lo sé, pero Fortunato no me dijo nada de que hoy fueras a la parroquia.

—Mamá... si ya conoces cómo es él de despistado.

Francesca frunció los labios.

—Es verdad. Déjame darte unas galletas de almendra que horneé. Sígueme, que las tengo en la cocina.

Ainara agarró el considerable envoltorio que le dio su madre para que se lo entregara al padre Fortunato y salió de casa.

Fortunato en ningún momento habló con Ainara diciéndole que debería ir a organizar los asuntos del voluntariado ese día, como ella le dio a entender a su madre. Ainara tenía otro interés... por lo que mintió.

Desde el día en que Ainara vio al seminarista de los ojos verdes, no dejó de pensar en él.

Él tenía algo que ella no podía descifrar.

Era joven, atrayente, varonil; en otras palabras, demasiado guapo para encerrarse en un convento por el resto de su vida y hacerse sacerdote, pensó ella.

Cuando llegó a la parroquia fue directamente a buscar al reverendo en la pequeña saleta que se encontraba a un costado del comedor. Era la hora del té, y ella sabía perfectamente que allí se encontraría el reverendo degustando los postres y demás manjares, como tanto le gustaban.

Tan pronto como Ainara abrió la puerta, el seminarista de los ojos verdes regresó a mirar y enseguida se puso en pie. Sus miradas volvieron a encontrarse, quedando prendadas la una de la otra por largos segundos, hasta que, al ver el padre Fortunato a Ainara, este exclamó:

—¡Ainara, qué gusto verte! Entra, hija mía. Y, dime, ¿a qué has venido?

Ainara, tras regalarle una suave sonrisa al seminarista y, por supuesto, también al reverendo, entró.

—Vengo a dejarle estas galletas que preparó mamá. Además... —dijo mientras colocaba el envoltorio a un costado de la mesa, donde Fortunato y el seminarista tomaban té. Al ver las dos pequeñas tazas y un platillo de magdalenas con nuez sobre la mesa, continuó—: Quería conversar con usted acerca de las clases que daremos con Gabriella a los niños.

Antes de que Fortunato le contestara, se giró hacia el seminarista y dijo:

—Ven, Saúl, acércate para presentarte a la hija de don Gaetano y de doña Francesca D'Alfonso. —Saúl se acercó de inmediato, aunque parecía algo receloso. Entretanto, Fortunato continuó—: Ainara estará dando clases de pintura y escultura aquí en la parroquia a los niños discapacitados. Ahí como ves, esta niña tiene manos de ángel. Bueno... —Fortunato tomó entre sus manos el envoltorio—, ¿a ver qué tenemos aquí?

—Son galletas de almendra que mamá horneó —se adelantó a decir Ainara—, las que tanto le gustan, padre. —Ainara sonrió disimuladamente y bajó la cabeza. Se dio cuenta de que el seminarista, al igual que ella, estaba nervioso porque continuaba de pie junto a la mesa sin pronunciar una sola palabra.

—Pero vamos... —dijo de pronto Fortunato—, ¿qué hacen ahí parados? Siéntense conmigo. ¿Deseas un té, hija?

—Gracias, padre.

—Yo se lo traigo —se apresuró a decir Saúl, y salió del pequeño salón.

—Entonces, Ainara —comentó el reverendo mientras abría el envoltorio, sacó unas cuantas galletas y las colocó sobre el platillo—, me decías que deseas concretar conmigo el día en que empezaremos con las clases.

—Sí, padre.

—¿Por qué te noto muy callada hoy? —preguntó el reverendo, justo cuando el seminarista regresó trayendo la fuente. La colocó sobre la mesa y, mientras vertía té de menta en la taza para luego dársela a Ainara, Fortunato comentó—: ¿Sabías que este muchacho viene de un pueblo pequeño de España?

Ainara levantó la mirada hacia el seminarista y luego al párroco.

—No lo sabía, padre.

—Vengo de Nuestra Señora de la Esperanza —al fin habló el seminarista. A Ainara le pareció tan atractivo y melodioso su acento español. No comprendía por qué sus manos le sudaban. Quería quedarse allí y poder contemplarlo por largos minutos, pero apenas podía sostener aquella mirada tentadora que hacía que todo su cuerpo se estremeciera.

—Nuestra Señora de la Esperanza es un pueblo muy parecido a Valserra, hija. Joaquín es un gran amigo mío.

—¿Joaquín es el párroco de Nuestra Señora de la Esperanza, padre?

—Así es, hija —respondió Fortunato, sacudiéndose las migas de galleta que habían caído sobre su sotana. Luego, dirigiendo la mirada al seminarista, añadió—: Saúl, preséntate con la hija de don Gaetano. ¡Tal parece que el ratón te comió la lengua!

Saúl se sonrojó.

—¡Cómo dice eso, padre Fortunato! —Una sonrisa inquieta dibujó sus labios, mientras volvía a mirar a Ainara. Ella lo observó en silencio. Una vez más, sus ojos se encontraron, cargados de una emoción difícil de disimular, hasta que Fortunato se adelantó y habló por él:

—Saúl Márquez, así es como se llama este muchacho.

Ainara extendió su mano para presentarse.

—Un gusto conocerte, Saúl. —Saúl apretó su mano, y un torrente de escalofríos recorrió todo su cuerpo al Ainara sentir su calor.

—El gusto es mío —respondió Saúl, soltando su mano de inmediato.

—Entonces Ainara —prosiguió el reverendo—, pongámonos de una vez de acuerdo con el tema de las clases. ¿Qué te parece empezar desde este mismo lunes?

—Por supuesto, padre. Gabriella y yo estaremos tan felices de al fin dar comienzo.

—No se diga más. ¿Podrías venir con Gabriella mañana antes del mediodía para organizar el material de los niños? Y... ¿de pronto acomodar el aula? Creo que también se debería dar una mano de pintura.

—Yo podría ayudar con eso —se apresuró a decir Saúl.

—Bien, muchacho, te agradezco porque ciertamente necesitaré también de ti... Ya estoy viejo para esas labores.

Ainara esbozó una ligera risita, cubriéndose la boca con la mano.

—Hoy mismo, antes de ir a casa, pasaré por donde Gabriella y le comento lo que usted me acaba de decir, padre Fortunato. Mañana estaremos aquí. Y ahora me retiro. —Ainara le lanzó una última mirada fugaz a Saúl, mientras él, corriendo su silla, de inmediato se puso en pie.

—Dale las gracias a Francesca por sus deliciosas galletas.

—Así lo haré, padre. Una linda tarde. —Ainara se levantó de la mesa, tratando inconscientemente de ignorar a Saúl, quien, parado detrás del párroco, no dejaba de mirarla.

—Hasta mañana, hija. Vamos, Saúl —dijo el reverendo poniéndose también en pie—, acompáñame a la capilla, que debemos preparar la misa de las seis.

Cuando Ainara llegó a su casa, después de pasar por la de Gabriella y darles el mensaje del padre Fortunato, se cruzó con su madre mientras subía las escaleras para ir a su habitación. Francesca preguntó por el reverendo; quería saber si le gustaron las galletas y cómo iban los preparativos para iniciar las clases con los niños.

Ainara le confirmó que el padre disfrutó sobremanera de sus galletas; bueno, el querido párroco del pequeño pueblo norteño era adicto a la bollería, sobre todo a las galletas de almendra que Francesca horneaba.

Ainara también le comentó que, antes del mediodía del día siguiente, debía volver a la parroquia porque iban a pintar el aula y dar los últimos detalles antes de comenzar con el voluntariado. Francesca se mostró feliz por su hija, y a Ainara se le notaba muy entusiasmada. Se disculpó con su madre diciendo que tenía cosas pendientes por resolver. Pero claro, lo que Ainara deseaba en realidad era estar a solas y, en el silencio de su habitación, recapitular las horas que estuvo en compañía del atrayente seminarista de los ojos más bellos que ella jamás había visto.

Asimismo, se disculpó diciendo que no bajaría a cenar, tan solo que Alfonsina le llevara un vaso con leche y unas cuantas galletas de las que de seguro habían sobrado.

Una vez que Alfonsina le trajo lo que había pedido, Ainara se apoyó contra el respaldo de su cama y, con el platillo de galletas sobre sus piernas, no dejó de pensar en Saúl.

Ainara jamás había sentido una atracción tan fuerte por alguien.

«¡Es un seminarista!», se repetía una y otra vez.

Pero el deseo de volver a verlo era más fuerte que ella.

6

A LA MAÑANA SIGUIENTE, Ainara almorzó con prisas y enseguida se encaminó a la parroquia. La distancia era relativamente corta, alrededor de quince minutos de caminata relajada.

En el parque se encontró con Gabriella, y juntas fueron hacia el convento.

—¡Mis jóvenes educadoras! —exclamó Fortunato, dirigiéndose hacia ellas con los brazos abiertos tan pronto como las miró avanzar por el patio interno. Pasaron junto a la higuera, y Ainara echó un rápido vistazo a su alrededor, buscando a Saúl con el rabillo del ojo; no sabía con certeza dónde se encontraba su alcoba—. Me alegra que estén aquí, señoritas. Vamos de una buena vez a poner en orden el aula de los niños. ¿Quieren algo de beber antes? Las noto un tanto acaloradas.

—Sí, padre, un vaso con agua helada estaría bien —dijeron ambas.

—Vamos, vamos, acompáñenme a la cocina, que yo también necesito antes tomar una copita de mi *limoncello* con un cubito de hielo para luego proseguir con la limpieza.

Ainara y Gabriella rieron entre ellas. Ainara quería preguntarle al párroco por Saúl, pero se mordió la lengua, pensando que no sería prudente. Quizá se lo encontrarían de camino a la cocina o tal vez ya estaría allí...

Pero, para su mala suerte, no fue así.

De camino al aula, después de beber no uno, sino dos vasos de agua fría, se encontraron con Filippo, el otro joven seminarista.

—Filippo —preguntó el reverendo, deteniéndolo—, ¿sabes si Saúl regresó de la ferretería?

Ainara enseguida prestó oídos.

—No lo sé, padre, pero lo vi salir hace ya un buen rato.

—Bueno... —Fortunato hizo un gesto con la boca—, seguramente estará ya de regreso. No te quito más tu tiempo, hijo. Si lo ves, dile que vaya de inmediato al aula de los niños.

Filippo asintió con la cabeza.

—Con su permiso, padre —dijo, y continuó por el pasillo.

En cuanto entraron en el aula, Ainara sacó de su mochila una pañoleta y se cubrió la cabeza. Gabriella se colocó una gorra y empezaron a limpiar.

Fortunato también cogió una escoba y se dispuso a barrer el aula.

Mientras Ainara, subida sobre un banquillo, se alzaba en punta de pies para limpiar una telaraña del extremo más alto de una de las ventanas, la puerta se abrió de golpe y, de pronto, entró Saúl. Ainara, por regresar a mirar, perdió el equilibrio, pero, antes de que cayera, Saúl lanzó por los aires los dos rodillos y la caneca de pintura que traía, y se abalanzó hacia ella para sostenerla. Ambos, abrazados, terminaron en el suelo.

Ainara, con sus ojos clavados en los de él, ceñida sobre su cuerpo, muy cerca de sus sensuales labios rojos, percibía su respiración. El corazón le latía con fuerza y se quedó sin habla. Vagamente, a sus espaldas, escuchó que Fortunato y Gabriella gritaron su nombre y corrieron hacia donde estaban.

—Disculpa... —atinó ella a decir y, soportando el dolor del lado derecho de sus costillas, se apartó de encima de él. —Ainara tembló.

Saúl se incorporó de inmediato y, sonrojado, se disculpó con ella:

—No, no, discúlpame tú. No fue mi intención que cayéramos al piso.

Enseguida, Fortunato estuvo con ellos y preguntó:

—Hija mía, ¿no te hiciste daño? —Ainara negó con la cabeza, aún sonrojada. Mientras tanto, Gabriella, pasmada, los miró a ambos con sus grandes ojos pardos abiertos como dos platos—. ¡Gracias al cielo llegaste a tiempo, Saúl! De lo contrario, esta niña imprudente se habría roto algunas costillas... ¡y quién sabe, tal vez hasta la cabeza!

—Estoy bien, padre —dijo Ainara, nerviosa.

—Te traeré un vaso con agua. —Fortunato salió del aula, dejando la puerta abierta.

—Yo iré también con usted, padre —apuró Gabriella, y corrió detrás del párroco, dejándolos a Ainara y a Saúl solos.

Ainara no terminaba de calmarse; apenas podía mirar a Saúl, aunque algo dentro de ella le gritaba que levantara la mirada, que la tenía aferrada a los tablones del piso, y lo viera a los ojos, a esos apasionantes ojos verdes que le arrebataron la voluntad, acabando con su paz.

—¿No te duele nada? —preguntó enseguida él.

Ainara osó y levantó a mirarlo.

—No te preocupes, gracias. Estoy bien.

De repente, Saúl deslizó las yemas de sus dedos por su cabello y, entre sus rizos dorados, retiró delicadamente su pañoleta de seda. Luego se la entregó, diciendo:

—Es mejor que no te esfuerces, Ainara. Yo puedo terminar con el arreglo y la pintura del aula.

«Ainara...», repitió ella para sí misma. «¡Qué dulce es escucharlo decir mi nombre!».

—Sí, no creo poder hacerlo. Es mejor que me vaya a casa. —Ainara no sabía cómo decirle a Saúl que le dolía la espalda; tal vez había hecho demasiada fuerza tratando de no caer al piso. Afortunadamente, en ese momento regresó Fortunato, acompañado de su amiga, Gabriella.

—Hija mía —dijo Fortunato—, acabo de llamar a tu casa para que el chofer las venga a recoger. Toma, bebe un poco de agua que te veo pálida.

—Gracias, padre Fortunato. Le prometo estar aquí mañana para terminar con el arreglo del aula.

—No hace falta, padre —se apresuró a comprometerse Saúl—, es mejor que Ainara descanse y se recupere. Yo haré todo el trabajo.

—Gracias, Saúl, lo aprecio mucho —respondió el párroco—. Además, se acerca el fin de semana. Las espero a ambas el lunes antes de las siete.

—Fortunato se asomó a la ventana y comentó—: Ya llegó Fulgencio.

Ainara se levantó con dificultad del banquillo y, con la ayuda de Gabriella, se disponía a dirigirse hacia la puerta cuando Saúl se apresuró hacia donde ellas:

—Déjame ayudarte con Ainara, por favor, Gabriella. Yo la llevaré hasta el auto.

Gabriella permitió que Saúl se hiciera cargo de su amiga.

Saúl tomó a Ainara por la cintura, ella se apoyó en su hombro y, antes de abandonar el aula, se giró hacia el reverendo para despedirse, haciendo un gesto con la mano:

—Hasta el lunes, padre.

—Ve con Dios, hija mía —respondió el reverendo.

Ainara cojeaba, y Saúl la guiaba despacio por el pasillo; su preocupación era evidente.

—Discúlpame nuevamente, por favor —insistió él—, por mi imprudencia caíste al piso.

—No te preocupes, estaré bien.

Finalmente, llegaron al parqueadero, donde Fulgencio los esperaba.

Este se apresuró a abrir la puerta trasera del auto.

—Señorita Ainara, suba, por favor. —Aguardó a un costado del coche mientras Saúl la ayudaba a subir. Gabriella, que venía detrás de ellos, abordó por la puerta contraria y se acomodó junto a su amiga.

Ainara bajó la ventanilla del coche, levantó la mano y, esbozando una suave sonrisa, se despidió de Saúl; él, inclinándose hacia la ventanilla, le respondió:

—Hasta el lunes, Ainara. Mejórate pronto.

7

Esa mañana, Ainara despertó más aliviada de su dolor de espalda; entre su madre y Alfonsina le prepararon un ungüento con hierbas naturales.

Esperaba a Gabriella, quien había quedado en ir ese sábado a su casa, además de que Ainara estaba ansiosa por contarle que Saúl despertaba algo especial en ella; ¿y quién mejor para compartirlo que a su fiel y confidente amiga?

Pero antes de bajar a darle el encuentro en el jardín, Gabriella cruzó la puerta de su habitación.

—¿Cómo amaneciste?

—Ya mucho mejor —contestó Ainara—. Vamos al jardín de los rosales que quiero contarte algo —apuró halándola por el brazo. En cuanto bajaban por las escalinatas, apareció Gaetano.

—Buenos días, don Gaetano —saludó enseguida Gabriella.

—Hola, papá.

Gaetano les devolvió el saludo.

—Supe que ayer tuviste una caída en la parroquia, hija. ¿Cómo te sientes?

—Fue algo sin mayor importancia, papá. Gracias a los cuidados de mamá y de Alfonsina, amanecí como si nada hubiera pasado.

—Qué bueno. Hoy vendrán a almorzar con nosotros Donato y su familia. Tú también estás invitada a acompañarnos en el almuerzo, Gabriella.

—Gracias, don Gaetano.

Ainara prefirió no discutir a su padre, las cosas iban bien entre ellos y no quería contrariarlo. Respiró tan profundo como pudo y le respondió:

—Está bien, papá.

—Espero sepas guardar la compostura y comportarte como una señorita educada con él, Ainara... Y no digamos con sus padres.

Ainara abrió la boca para discutirle, pero tuvo que cerrarla cuando sintió el fuerte pellizco que Gabriella le dio en el brazo. Entonces se adelantó antes de que Ainara dijera alguna imprudencia; el carácter de su amiga era dignamente heredado de su padre:

—El lunes ya empezamos con las clases, don Gaetano.

—Qué buena noticia. Bueno, sigan con lo que iban a hacer. Yo estaré fuera hasta la hora del almuerzo. Espero tengas presente lo que te acabé de decir, Ainara. No deseo tener contratiempos.

Sin embargo Ainara, no de muy buena gana, asintió con la cabeza y se despidió de su padre antes de que él continúe con la cantaleta de siempre de rendirle honores al antipático de Donato, y salieron de casa para ir al jardín trasero de los rosales.

—¿Crees que no me dolió el pellizco que me diste? —reclamó a su amiga, y Gabriella rio.

—¿Y qué querías? Estuviste a un paso de abrir tu bocota para contradecir a don Gaetano.

—¡Estoy harta de sus exigencias! Ven y escúchame sin protestar... conozco tu forma de ser —dijo a su amiga mientras la encaminaba hasta la banqueta. Ambas se sentaron; entretanto, Ainara continuó—: Pero antes prométeme que no se lo dirás ni a Alfonsina.

Gabriella entrecerró los ojos, frunciendo el ceño.

—Ya me preocupaste. Habla de una vez, no se lo diré a nadie.

—Saúl me gusta.

—¡¿Qué?!

—Lo que acabas de escuchar, ¡pero tranquilízate y siéntate! —Ainara tuvo que forzarla a sentarse porque Gabriella se levantó de un sobresalto, y más aún mirándola con cara de espanto, como si hubiese visto al mismísimo demonio.

—¡¿Y cómo quieres que me ponga si me estás confesando que el sacerdote te gusta?!

—¡Saúl no es un sacerdote! Ni siquiera ha hecho los votos... es solo un seminarista.

—¿Y no será lo mismo?

—No te hagas la boba, Gabriella, ¡bien sabes que no!

—¿Cómo es que ahora vienes a fijarte en él después de que nadie, ni siquiera Donato, te interesa? ¡No, no, realmente estás loca!

Ainara dio un largo suspiro.

—Tenía que decírtelo. Esta atracción que siento por él es más fuerte que yo misma... Me está devorando por dentro.

—Ahora me voy dando cuenta... —lanzó Gabriella, escudriñándola con la mirada—. Entonces, la supuesta caída del viernes fue tramada.

Ainara se la quedó mirando, frunciendo los labios y el entrecejo, y respondió:

—¡Cómo se te ocurre! Fue muy real... —dijo y, entre suspiros, esbozó una agraciada sonrisa.

—Se nota que te trae loquita. ¿Qué sentiste teniéndolo tan cerquita tuyo?

—Sentí morir... —Ainara se quedó en silencio. Su mirada se perdió en el rosal, cuyas ramas desbordaban sus retoños, abriéndose paso de cara al sol como brazos abiertos, esperando cobijarse con su luz.

Hasta que de pronto, Gabriella negó:

—No estoy de acuerdo contigo... ¡Claro que no, me preocupas!

Ainara se volvió hacia su amiga y comentó con ella:

—Sé que no le soy indiferente. Desde el día en que nos vimos por primera vez, sentí una fuerza extraña taladrar mis entrañas. El corazón me saltó del pecho cuando lo vi pasar en la procesión... y él me sonrió.

Gabriella la abrazó.

—¿Qué deseas que haga?

—Que estés a mi lado en esto. Sé que vienen momentos difíciles.

—Por supuesto que voy a estar a tu lado. ¡Te estás enamorando, Ainara, ni yo misma lo puedo creer!

Ainara sonrió.

—Ni yo...

—¿Qué harás con Donato, con tu papá, el padre Fortunato...? Realmente se te viene fuerte, amiga mía.

—Por ahora nadie puede saberlo, y te pido que guardes el secreto, por favor. Referente a Donato, él me tiene sin cuidado.

—Pero tu papá insiste en que te cases con él.

—¡Jamás lo haré! Si es necesario, huiré de casa...

—Ni se te ocurra querer hacerlo con Saúl.

—Regresemos a la casa —dijo Ainara levantándose—, pronto llegarán los invitados de papá, y te ruego que el lunes sepas comportarte en la parroquia. —Ambas fueron riendo mientras cruzaban los jardines antes de llegar a la puerta de entrada.

Sentados a la mesa, Ainara a propósito hizo que Gabriella se sentara junto a Donato, y ella se ubicó al frente. Gaetano la aniquiló con la mirada, pero Ainara no le dio importancia; no tenía paciencia para soportar sus supuestos cumplidos.

—Tengo entendido que el lunes empiezas a dar clases a los niños de la parroquia, Ainara —comentó Nicoletta Carusso, la madre de Donato, quien estaba sentada junto a su hijo.

Ainara le dirigió la mirada y sonrió.

—Sí, señora Nicoletta, todo está listo para al fin iniciar las clases.

—Con ello Ainara ganará experiencia para cuando vaya a Florencia a estudiar artes plásticas. A más tardar, para los primeros días de febrero irá a la universidad —se adelantó en comentar Gaetano.

—¿Artes plásticas? —Nicoletta abrió los ojos, asombrada—. Oh, pensé que estudiaría música, al igual que tu otra hija Romina.

—Ainara tiene vocación por la pintura y la escultura —intercedió Francesca.

—Sí, señora Carusso, es lo que amo hacer —intervino Ainara. Ella odiaba las reuniones con la familia de Donato; su madre era tan intolerable como él. Levantó a mirar a Gabriella, ella dio una risita disimulada. Ainara negó para sí con la cabeza y cortó un pedazo de cordero y se lo llevó a la boca. Hasta que Donato tuvo que abrir la suya y plantear a su padre lo que ella tanto temía:

—Gaetano, me encantaría llevar a Ainara a ver una película. ¿Nos permites ir juntos esta tarde?

Gaetano se pasó apresurado un sorbo de vino y, con una amplia sonrisa que enmarcaron sus labios, respondió:

—¡Por supuesto, muchacho, vayan y diviértanse!

Entre Ainara y Gabriella intercambiaron miradas. Ainara tuvo deseos de levantarse y discutir a su padre de la misma manera como lo hizo en la boda de su hermana. Ellos no tenían derecho a decidir por ella sin siquiera consultarle si estaba con deseos o no de salir a algún lugar esa tarde. Seguramente notaron que estaba molesta, pero no le dieron ni la más mínima importancia.

Mientras tanto, Francesca se giró hacia Alfonsina y dijo:

—Alfonsina, sirve más vino, por favor.

—¿Qué película van a ver? —preguntó Gaetano.

—Es una película de acción que está en cartelera, trata de...

Ainara no prestó atención a la aburrida plática entre su padre y Donato; hizo como si fuese inaudible para ella. Los invitados continuaron con la sobremesa en la saleta contigua al comedor y, sin más opción, Ainara tuvo que ir al cine con Donato. Afortunadamente, Gabriella fue también, y digo afortunadamente porque de esa manera Ainara no tuvo que pasar la tarde del sábado a solas con un hombre a quien no toleraba. Pero asimismo tuvo que presenciar el excesivo afán de Donato por congraciarse con ella, y ella no se sintió para nada cómoda viendo a su amiga en medio de ambos, sabiendo que Gabriella vivía enamorada de él.

Donato compró palomitas para los tres, además de soda y fueron a la sala de cine donde se estrenaba una película de acción y suspenso.

Ainara se sentó en una butaca junto a Gabriella y, como era de esperarse, Donato aprovechó para enseguida acomodarse junto a Ainara.

—Esta película la he esperado por largo tiempo, hasta que al fin se estrena —comentó Donato, pasando su brazo alrededor de los hombros de Ainara.

Ainara le apartó discretamente la mano y respondió:

—Si tanto querías verla pudiste haber venido tú solo. Ahora que no estamos en la presencia de mi padre, te exijo que no vuelvas a decidir sobre mí.

—Qué mal agradecida eres...

Gabriella regresó a verlos.

—No discutan, por favor. Las personas nos miran.

Ainara exhaló con fuerza.

—Está bien, solo porque tú me pides y porque no quiero incomodarte me mantendré en silencio. Pero tan pronto como acabe la película nos llevas a casa, Donato —dijo, regresándolo a mirar. Donato asintió de mala gana, meneó la cabeza y por un momento trató de tomarla de la mano.

—¡Basta, Donato, vuelves a ponerme una mano encima y tenlo por seguro que me iré!

Las personas que estaban sentadas detrás de ellos pidieron que hicieran silencio. Ainara respiró profundamente, se mantuvo sin probar un bocado:

las palomitas y la soda quedaron rezagadas. Gabriella se acomodó en la butaca y, aunque Ainara sabía perfectamente que ella se sentía por demás incómoda, miró en calma la película o al menos fue lo que trató de aparentar. Pobre Gabriella, ojalá llegara a darse cuenta de la prepotencia de Donato y lo sacara de una vez por todas de su cabeza.

Ainara pudo ver a Donato con el rabillo del ojo; no aguantaba ni con él mismo.

Rio para sí, el supuesto plan que tendría en mente no le favoreció.

8

Empezó el voluntariado en la parroquia de San Feliciano di Valserra. Ainara y Gabriella se encontraron en el parque y, juntas, llegaron a la parroquia para dar su primera clase a los niños discapacitados. Mientras que Ainara se encargaría de instruirlos en el arte de la pintura, Gabriella les enseñaría lo básico de gramática y matemáticas.

Al cruzar por los corredores, Ainara dio una rápida ojeada buscando a Saúl, hasta que, de pronto, el padre Fortunato asomó por un extremo del patio y, levantando ambos brazos, se apresuró a darles el encuentro y las saludó:

—¡Buenos días, jovencitas! Los niños esperan por ustedes. —Se recogió la sotana de los tobillos para que no se le ensuciara, el patio estaba cubierto de lodo que el agua había arrastrado tras la fuerte lluvia de la noche anterior, mientras Filippo, ayudado de una escoba, barría.

Ainara y Gabriella se encaminaron junto al párroco hacia el aula.

Cuando el reverendo abrió la puerta, Ainara sintió un suave apretón en el brazo, por lo que se volteó.

Saúl estaba parado detrás de ella; una dulce sonrisa dibujaba sus labios rojos.

—Buenos días, Ainara, ¿te sientes mejor de la espalda?

Ainara sintió desfallecer teniéndolo nuevamente frente suyo. Su sonrisa era hermosa; como si los mismos ángeles hubiesen esculpido sus labios.

—Buenos días, Saúl. Sí, por suerte ya no me duele nada.

—Vamos, Ainara, que los niños esperan —apuró el reverendo, jalándola con él por el brazo.

—Suerte con los niños —dijo Saúl, y se alejó por el pasillo.

Ainara entró feliz a dar su primera clase.

Era un grupo de quince niños de entre ocho y diez años. Gabriella esperaba a un costado del salón hasta que su amiga terminara con su clase.

Ainara sacó del maletín los lienzos, pinceles y pinturas al óleo que Francesca había donado a la parroquia, y los repartió a cada niño. Ellos, felices, prestaron atención a las indicaciones que Ainara, con toda la delicadeza, les daba. Fortunato permaneció por un momento de pie bajo el umbral de la puerta, mirando cómo se desenvolvía su joven maestra.

Luego de que Ainara ayudara a una niña, dirigiéndola en el trazo con su mano puesta sobre la de ella, regresó a mirar hacia la ventana. Saúl, en ese momento, avanzaba por el pasillo. Volvió la mirada y continuó dándole indicaciones a la misma niña.

—Estuvieron muy bien en su primera clase con los niños —dijo el padre Fortunato mientras troceaba un pedazo del pan rústico que había sobre la mesa y lo bañaba con la salsa de tomate fresca y albahaca de los espaguetis.

Las jovencitas habían terminado su primer día de clases y almorzaban junto al párroco, Filippo y Saúl en el comedor de la parroquia. De pronto, se acercó la cocinera y le dijo algo al oído al padre—. En un momento regreso —dijo Fortunato a todos.

Filippo almorzaba en silencio; él era muy reservado, rara vez cruzaba palabra con el reverendo. Hablaba lo necesario, y eso solo cuando se le preguntaba.

Ainara y Gabriella también terminaron su almuerzo en completo silencio.

Ainara apenas podía levantar la mirada hacia Saúl, quien, sentado al lado de Filippo, levantaba los espaguetis sobre una cuchara y, enrollándolos con total tranquilidad, se los llevaba a la boca. «Posee muy buenos modales», pensó Ainara. Sintió la sangre ruborizar sus mejillas cuando su mirada coincidió con la de él. Ciertamente necesitaba en esos momentos la presencia del párroco en la mesa... Él, siempre con sus bromas y su buen sentido del humor, ayudaría a desmoronar esa barrera de timidez.

Después de algunos minutos de ausencia, el padre Fortunato regresó al comedor.

—Gabriella —dijo, sentándose a la mesa—, tu madre acaba de hablar conmigo, necesita que regreses a casa enseguida, después del almuerzo.

—Gracias, padre, por avisarme. ¿Le comentó el motivo?

—No, hija. Pero tranquila, termina primero con tu comida.

Una vez terminado el almuerzo, Gabriella fue a su casa. Filippo también se retiró a sus aposentos a tomar un breve descanso antes de las labores de la tarde, además de organizar la misa de las seis. Mientras tanto, Fortunato permaneció sentado a la mesa, a la espera del postre: bizcocho de higos bañado en miel; y no podía faltar su copa de *limoncello* con un cubito de hielo, su bajativo predilecto. Ainara y Saúl acompañaron al reverendo en la sobremesa y, como era su costumbre, luego se retiró para tomar una siesta.

—¿Deseas salir un momento al jardín? —preguntó Saúl.

A Ainara le tomó de sorpresa su repentina pregunta. Ella tenía decidido regresar a casa justo después del almuerzo, pero ante la posibilidad de quedarse un poco más con él, no dudó. Por supuesto que preferiría aprovechar ese breve tiempo juntos, aunque fuera solo por un rato más.

—Me encantaría —respondió.

Saúl sonrió, y ella volvió a quedar cautiva del brillo de sus ojos y de su encantadora sonrisa.

—Junto a la higuera hay una pecera —dijo Saúl—, me gusta ir a leer allí por las tardes.

—¿Gustas de la lectura? ¡Qué interesante! ¿Qué clase de libros lees?

—Me educo en medicina —respondió Saúl—, específicamente en todo lo relacionado con el cerebro humano.

Los vivaces ojos azules de Ainara se abrieron.

—¿Estudias medicina?

Saúl soltó una risotada.

—No, no, solo me educo en ello. ¿Vamos al jardín?

—Claro.

Ambos se sentaron sobre el muro de la pecera, donde, entretenidos, continuaron conversando.

Ainara se sentía tan a gusto con él que la barrera de timidez comenzaba a desmoronarse. Sin embargo, su corazón latía con fuerza cada vez que Saúl decía algo bonito, y cuando sus labios rojos se arqueaban en una sonrisa.

—¿Cómo fue que llegaste a Valserra? —preguntó Ainara de pronto.

—El párroco del pueblo donde nací es buen amigo del padre Fortunato. Quiso que viniera, además de que quería que aprendiera bien el idioma. —Saúl volvió a reír.

—Cuéntame sobre tu pueblo, tu familia...

—No tengo mucho que contar. Nuestra Señora de la Esperanza es un pueblo quizá más pequeño que este. Estudié desde muy joven en la parroquia, aquel fue mi hogar. Ahí me gradué, para luego estudiar teología y filosofía.

—¿Y tus padres? ¿Viven en el mismo pueblo?

—Papá murió cuando yo tenía quince años..., y mamá hace poco.

Ainara se quedó sin palabras, avergonzada de su pregunta. Sintió tanto pesar por él, como si se tratara de su propia vida.

—¡Cuánto lo siento! Discúlpame, por favor, por ser inoportuna... No me lo imaginaba.

Saúl la miró apacible.

—No tienes porqué disculparte, ya lo he superado.

—¡Qué bueno escucharlo! Pero, ¿cómo fue que te quedaste con los clérigos desde los quince...? ¿Y tú mamá?

Saúl bajó su cabeza, entrelazando las manos.

—Aquella es una historia un tanto triste para mí, Ainara —dijo.

—¡Disculpa, mil veces, disculpa! —exclamó Ainara—. Estoy entrometiéndome sin consideración en lo que no me concierne.

Saúl esbozó una dulce sonrisa.

—No, Ainara, en todo caso, gracias a ti por interesarte en mis cosas y escucharme. Me gusta hablar contigo sobre esto. —Ambos cruzaron miradas; a ambos les resplandecieron sus pupilas—. Mi madre decidió internarme cuando mi padre murió, ya que ella no podía hacerse cargo de mí. Mamá sufría de una enfermedad degenerativa en el cerebro, quedó postrada antes de que él muriera. La parroquia se encargó de pagar las cuentas del hospital donde la atendieron todos esos años, hasta el día en que falleció. Mi padre siempre quiso que yo fuera sacerdote, y mi madre me motivó para estudiar teología... De esa manera pienso que he cumplido con su voluntad. Mas aún no sé si tengo la vocación. No conozco nada más fuera de estas paredes. Te preguntarás por qué me autoeduco en medicina. —Saúl la miró fijamente a los ojos—. Siento que mi vocación está ahí, en los libros de medicina. Me gustaría aprender sobre neurociencia; esa es la razón por la que trato de educarme leyendo.

Ainara deseó abrazarlo y decirle cuánto lamentaba la vida dura que le había tocado, pero también pensó que debía seguir su corazón. Si el sacerdocio era la voluntad de sus padres, ellos ya no estaban con él; no tenía por qué seguir ese camino. Debía renunciar a la iglesia y continuar su vida.

Suspiró profundamente y, sin apartar ni por un instante sus ojos de los de él, dijo:

—Es... es muy triste todo lo que me cuentas.

—Eso es pasado, Ainara. La vida siempre nos da segundas oportunidades. ¿Y tú? Háblame más sobre ti.

—Tienes razón, debemos seguir adelante y cumplir con nuestros sueños. Mi padre es muy dominante. ¿Sabes? Quiere enviarme a Florencia a estudiar música, pero yo amo las bellas artes. Al menos logré convencerlo de ir después del otoño. —Saúl la escuchó atento, hasta que, de repente, apareció Donato.

—¡Ainara, te he buscado por todos lados!

Viéndolo frente a ellos, Ainara se levantó enseguida y preguntó:

—¿Donato? ¿Qué haces tú aquí?

—Fui a tu casa y, cansado de esperar, la sirvienta me dijo que seguramente continuarías en la parroquia... ¡Veo que no se equivocó!

—¿Hablas de Alfonsina? —protestó Ainara de inmediato—. Ella no es una sirvienta, Donato. Mira cómo te expresas frente a mí sobre ella. Alfonsina es como parte de mi familia.

—Como sea... Ven conmigo, te llevaré a casa. Francesca me pidió que lo hiciera.

Ainara respiró profundamente y regresó a mirar a Saúl. Él, que también se había puesto de pie, se despidió:

—Es tarde ya. Seguramente tu madre está preocupada. Hasta mañana, Ainara. —Saúl le regaló una suave sonrisa. Luego miró a Donato y le dijo—: Hasta pronto. —Cruzó el patio, abrió la puerta de su habitación y entró.

Ainara siguió a Saúl con la mirada; al fin supo cuál era su habitación.

—Ahora puedes llevarme a casa —dijo a Donato, volviendo la mirada hacia él.

Ainara tuvo que soportar a Donato durante todo el trayecto hasta llegar a su casa. Tanto le calentó la cabeza que, tan pronto como llegaron y estacionó el auto, Ainara abrió la puerta y, dándole un "gracias" apresurado, trató de poner un pie en el piso. Fue entonces cuando Donato la tomó con fuerza por el brazo y la detuvo. Pero Ainara, girándose violentamente, espetó contra él:

—¡No tienes por qué agarrarme así!

—¿Por qué tanto apuro, Ainara?

—Gracias por traerme a casa —replicó, cortante.

—Y yo deseo permanecer un momento más aquí contigo —dicho eso, Donato se le fue encima y, a duras penas, logró besar sus labios. Y digo "a duras penas" porque Ainara esquivó el beso, por lo que tan solo los rozó.

—¿Estás loco? ¡No te vuelvas a sobrepasar conmigo!

Donato rezongó:

—Tú me encantas, Ainara.

—¡Pero tú no a mí!

—Gaetano estaría feliz de vernos juntos. ¿Por qué eres tan huraña conmigo?

—¡Déjame en paz! —Ainara bajó del auto y, a paso aligerado, se encaminó hacia la puerta de entrada.

—¡Conozcámonos más...!

Tan pronto como Ainara entró en su casa, subió enfurecida por las escaleras y fue a su habitación. Gabriella la esperaba.

—Tardaste demasiado...

Ainara lanzó su maletín sobre la cama y, con el ceño fruncido, replicó:

—¡Donato es un atrevido, estoy harta de él!

—¿Y ahora qué pasó?

—Perdóname por lo que voy a decirte, Gabriella, pero es mejor que lo sepas para que vayas sacando a ese insolente de tu cabecita. ¡Trató de besarme a la fuerza!

—¡¿Qué?!

—No merece la pena... ¡Es autoritario! ¿Por qué te interesas tanto en él? Donato no es digno de alguien como tú..., ni de ti ni de nadie en su sano juicio.

Gabriella se quedó pensativa.

9

A LA MAÑANA SIGUIENTE, Ainara ya se encontraba en el aula, lista para dar su asignatura de pintura a los niños. Gabriella, en cambio, ayudaba al párroco en su oficina organizando un pedido de útiles para los alumnos mientras hacía tiempo hasta que fuera la hora de empezar su clase.

En cuanto Ainara le indicaba a la misma niña del día anterior cómo hacer los trazos, vio con el rabillo del ojo que Saúl, de brazos cruzados, sonreía mirándola desde el umbral de la puerta. Seguramente Gabriella la había dejado abierta, pensó ella.

Levantó a verlo y, entre risas disimuladas, saludó con él.

Saúl entró también al salón.

—Buenos días, Ainara. Dime si interrumpo y me iré enseguida.

—Para nada. ¿Cómo estás?

—Feliz de ver cómo los niños se adaptan tan bien a ti. —Saúl se volteó cuando una niña haló de su camisa—. Hola, pequeña —dijo—, ¿deseas que te ayude también?

La nena le dio el sí, esbozando una amplia y dulce sonrisa que agració su tierno rostro. —Veamos... —Saúl se puso en cuclillas y, con todo el cuidado, empezó a guiarla sobre el lienzo. La nena pintaba un bosque de pinos, donde había una pequeña casa, y por el campo corrían toda una variedad de animales: perros, gatos, ovejas, gallinas, patos—. Me dices ¿qué es?

—Me encantaría vivir en ese lugar —respondió la niña con su dócil voz. Saúl sonrió a la niña.

—A mí también me encantaría vivir en un lugar así... Ya somos dos.

Ainara dejó de lado el pincel que sostenía, y regresó a mirar.

—Continúa tú sola —dijo a la niña y fue junto a Saúl—. Eres muy tierno con los niños.

—Los niños irradian paz. Es fácil contagiarse de su inocencia.

—Ven conmigo. —Ainara tomó a Saúl de la mano y lo llevó con ella al frente del aula—. Niños, quiero que dejen sus pinceles de lado. Ahora haremos algo diferente y divertido. —Abrió la gaveta y sacó un paquete de cartulinas coloridas. Saúl la miró curioso, mientras que los niños, con sus caritas sonrientes, comentaban entre sí y reían—. Dáselas dos a cada niño, por favor —pidió a Saúl—. Ahora necesito que me presten atención, niños —les dijo, mientras Saúl repartía las cartulinas—, esta será una clase de arte diferente. Tomen el óleo y embárrense las manos sin miedo a ensuciarse. Quiero que den la forma que ustedes deseen sobre el papel. Que sus manos sean sus guías.

Los niños se divirtieron tanto que, como bien dijo Saúl, Ainara y él se contagiaron de su felicidad, y ambos también se divirtieron dibujando formas sobre el papel con sus manos cubiertas de óleo. Ainara conoció el lado infantil de Saúl, y él, el amor y la dedicación de ella por los niños. De pronto, sonó la campana que indicaba un corto receso para que los niños fueran a jugar o comer en el comedor de la parroquia. Uno a uno, Ainara ayudó a cada niño a lavarse las manos y les retiró los mandiles embarrados de pintura, mientras Saúl se encargaba de acomodar y limpiar el desorden.

—Gracias, Saúl. —Ainara cerró detrás de ella la puerta después de que saliera el último niño, y fue junto a él.

Saúl, quien en ese momento terminaba de guardar la escoba dentro del armario, se giró hacia ella y sonrió.

—Créeme que me divertí tanto como ellos.

—Fue algo que se me ocurrió sin pensarlo —dijo Ainara.

—Deberías ser educadora. Lo haces muy bien.

Ainara esbozó una suave sonrisa mientras guardaba los implementos dentro del maletín.

—No me disgusta la idea, pero tengo otros planes para mi vida.

—¿Desearías compartirlos conmigo? —preguntó Saúl, acercándose un tanto más hacia ella.

—Mi sueño es tener mi galería de arte —respondió Ainara, guardando la hoja de asistencia dentro de la gaveta, y levantó a mirarlo. Tenía a Saúl tan cerca de ella que su corazón comenzó a palpitar descontrolado y, al encontrar su intensa mirada, acercó sin temor su mano a su rostro. Suavemente, sintiendo la tersura de su piel blanca, pasó las yemas de sus dedos por su pómulo y le retiró el exceso de óleo.

Ascendió lentamente la mirada y la detuvo en la hipnotizante apacibilidad de sus ojos... La intensidad de sus ojos verdes penetró cada milímetro de su piel... Cada vez lo tenía más cerca. Sus manos le ciñeron el rostro y sintió la tibieza de su respiración abrazar sus labios.

Cerró los ojos, presintiendo que podría desmayar.

De pronto, la puerta se abrió, y ella instintivamente se giró: Gabriella, desde el umbral, murmuraba algo que Ainara apenas pudo entender.

Regresó la mirada a Saúl y, ruborizada, se apartó de su lado sin siquiera poder pronunciar una sola palabra, huyendo.

Filippo se cruzó con ellas.

Saúl permaneció en el mismo lugar, tal y como Ainara lo dejó: de pie, mirando hacia el pasillo.

Pensativo, se pasó las yemas de los dedos por su pómulo, rememorando el calor de su suave piel acariciándolo. La tuvo tan cerca... con cuánta locura deseó besarla. Saúl jamás lo había hecho con nadie.

El pobre seminarista estaba atormentado; nunca se había fijado en ninguna chica.

Él no conocía lo que era el amor.

«Dios, ¿cómo hago para sobrellevar esta fascinación que perturba mi cuerpo y, a la vez, estremece mi alma?», gritó su fuero interior.

De pronto, Filippo y él cruzaron miradas. Filippo, a paso relajado, avanzaba por el pasillo.

Tras un largo suspiro, Saúl se volteó y fue hasta la ventana. Quizás Ainara aún se encontraría en la parroquia, o tal vez estaría caminando por los jardines, pensó. Al volverse, notó que sobre el escritorio estaba su maletín. Lo tomó y salió del aula.

Buscó a Ainara por el patio, por los alrededores; fue al comedor, pensando que estaría allí, pero ella no apareció por ningún lugar. Seguramente estaría de camino a su casa, pensó, y regresó a su habitación.

Dejó el maletín sobre el viejo escritorio de madera, fue hasta su cama, tomó su libro de medicina y, sacando la azucena blanca de entre las páginas, la sostuvo entre sus dedos mientras sus pensamientos se perdían en ella. Saúl tenía claro que su princesa de los rizos dorados, como él la llamaba, despertaba algo demasiado fuerte en él, algo que nunca había sentido. Sabía que se estaba enamorando, lo presintió desde el día en que sus miradas se cruzaron. Desde ese momento, tuvo claro que su vida había cambiado.

En qué encrucijada se encontraba…

Necesitaba dilucidar cuál era su verdadero camino. Su corazón le gritaba que lo dejara todo y que corriera a buscarla; pero su ética le atormentaba con el látigo de la lealtad.

Saúl había hecho una promesa a sus padres, les dio su palabra, por lo que una y otra vez se cuestionaba.

Él sentía que estaba ofendiendo a quienes le habían tendido una mano; se debía a la iglesia.

Saúl se vio en la obligación de tomar una resolución inmediata; no podía poner en entredicho la honra de Ainara. Ella era la hija del alcalde, y él, un seminarista confundido que se había enamorado de ella. Acercó la azucena a sus labios y, antes de devolverla al libro, besó sus pétalos ya deshidratados.

Por respeto a la memoria de sus padres, a la iglesia y a Ainara, decidió renunciar a ella.

Cerró los ojos y, en un profundo suspiro, le pidió perdón.

Tomó el maletín de Ainara del escritorio y se apresuró a dárselo al padre Fortunato en su habitación.

Le pidió de favor que fuera él quien se lo entregara.

Ainara apuró el paso sin mirar atrás, sin prestar atención a Gabriella, quien la seguía a la misma velocidad, sin comprender qué había sucedido.

Ambas se despidieron en el parque, y ella siguió en dirección a su casa.

Cuando llegó, saludó apresuradamente a su madre y a Alfonsina, que se encontraban en el jardín delantero, y continuó hacia el jardín de los rosales.

Se sentó sobre el banco de piedra.

Aún permanecía latente, a flor de piel, el calor de sus bellas manos largas envolviendo su rostro; la dulzura de sus apasionantes ojos verdes, confesando sin necesidad de palabras cuánto anhelaba amarla; la candidez de sus labios rojos deseando juntarlos con los suyos.

«¿Por qué hui?», lamentó en lo más profundo de su fuero interior. Ella sabía que sentía lo mismo que él, y que deseaba lo mismo que él.

Con la mirada perdida en el riachuelo, que cobijaba su apartado lugar de escape, y una sonrisa inadvertida que gritaba de emoción, Ainara revivió una y otra vez lo que había sucedido en el aula de la parroquia esa mañana.

Ainara agarró un lienzo en blanco; quiso plasmar aquel momento tierno e íntimo, dibujando un retrato de ambos.

Tomó los implementos y dejó que su mano fuese su guía.

10

A LA MAÑANA SIGUIENTE, Ainara salió de casa más temprano de lo usual. Fue a la parroquia, y antes de empezar con su clase a los niños, se detuvo junto a la higuera y se sentó sobre la banqueta de metal repujado, aguardando por Saúl.

Quería hacerle saber que en lo más profundo de su corazón afloraba un sentimiento hermoso, indescriptible; algo que jamás había sentido.

Tenía la esperanza de que él pudiera mirarla a través de la ventana de su habitación; ella ya estaba al tanto de que era la que cruzaba el patio.

Aguardó sentada por largo tiempo, pero Saúl no apareció, así que tuvo que alejarse, ya que en cualquier momento empezarían a llegar los niños para su clase.

De camino al aula se encontró con el padre Fortunato. Le llamó la atención verlo solo por los pasillos, Saúl siempre iba con él.

—Buenos días, padre.

—Buenos días, hija. Me di cuenta de que llegaste más temprano hoy.

Ainara bajó la mirada, por un momento sus labios dibujaron una fugaz sonrisa.

—Sí, padre Fortunato, ayer olvidé el maletín con los trabajos de los niños en el aula y quería darles una ojeada antes de continuar con la clase de hoy —mintió.

—A propósito del maletín —comentó el reverendo—. ¡Pero qué despistado soy! Saúl lo llevó a mi recámara ayer en la tarde, me pidió que te lo entregara. Ven conmigo para dártelo.

Ainara, inquieta, preguntó:

—¿Saúl no se encuentra en la parroquia hoy?

Fortunato la tomó por el hombro y, mientras la encaminaba por los corredores, respondió a su pregunta:

—Por supuesto que está aquí, debe andar por algún lugar, quizás esté en la capilla.

—Claro, padre. —Ainara tomó el maletín que el reverendo le entregó, y ella continuó de camino al aula—. «¡Qué extraño!», se preguntó a sí misma. «¿Orando a estas horas?».

Cuando Ainara entró en el aula, los niños ya la esperaban agrupados en parejas para recibir su ansiada clase de pintura. Ainara dio la clase inquieta, desviando a cada momento la mirada hacia la ventana, esperando verle a Saúl pasar por los corredores.

Durante el receso del mediodía, se reunió con Gabriella, y juntas se dirigían hacia el comedor. Fue entonces cuando su amiga pudo preguntarle por su extraña actitud del día anterior:

—¿Qué fue lo que pasó ayer, Ainara?

—Te lo iba a decir en la mañana, pero estoy angustiada.

—¿Qué pasó?

—Mira la hora que es y Saúl no ha asomado, tampoco lo he visto por el patio o los corredores como siempre lo hace.

—Debe estar ocupado en algo —comentó Gabriella, gesticulando con el rostro.

Ainara se detuvo sorpresivamente.

—¡No, Gabriella, presiento que no es eso! Ayer pasó algo entre nosotros.

Gabriella abrió los ojos.

—Ahora entiendo por qué saliste corriendo sin explicación. ¿Acaso ustedes se besaron?

—Estuvimos a un paso… si no hubiese sido por ti.

Gabriella se colocó frente a frente con su amiga.

—¡Ainara, estás loca!

—Siento que me estoy enamorando, Gabriella.

—¿Te has detenido a pensar si, en vez de haber sido yo, hubiese sido el padre Fortunato quien en ese momento entró?

—No… bueno, sí.

Gabriella negó con la cabeza.

—Ten cuidado, amiga, mira que si llega a oídos de don Gaetano…

—Eso no viene al caso ahora, te digo que estoy muy preocupada por Saúl. Su actitud me descontrola. Es extraño que no haya aparecido, ¿no crees? El padre Fortunato me dijo en la mañana que Saúl sí se encontraba en la parroquia, que posiblemente estaba orando en la capilla.

—¿Se te olvida que Saúl pertenece a la iglesia? Es un seminarista, obvio que debe cumplir con Dios.

Ainara chasqueó la lengua.

—No, ¡qué va! Tú no conoces su verdadera vocación.

—¿Y acaso tú la conoces?

Ainara dio un largo respiro.

—Tengo tantas cosas que contarte y que aún no te he dicho.

—Pues deberías decírmelas, ¡y hoy mismo, cuando vaya por la tarde a tu casa!

—Vamos de una vez al comedor —apuró Ainara, halando a su amiga por el brazo—, luego se te hace tarde para tu clase con los niños.

—Sí, démonos prisa. Quizá Saúl ya se encuentre ahí.

—Ojalá.

Cuando Ainara y Gabriella entraron en el comedor, únicamente se encontraban almorzando sentados a la mesa el padre Fortunato y Filippo.

—Provecho... —dijeron ambas.

—Tomen asiento, jovencitas —dijo el padre Fortunato. Filippo apenas levantó la mirada y continuó tomando su sopa.

—Gracias, padre. —Ainara se sentó junto a Gabriella. El corazón se le fue a los pies cuando miró que sobre la mesa no había dispuesto más cubiertos que solo para los cuatro. No sabía si preguntar al párroco por Saúl. Mejor no hacerlo, pensó que no sería prudente.

—¿Cuéntame cómo estuvo tu clase, hija? —preguntó el reverendo.

—Muy bien, padre. Los niños aprenden rápido. —Ainara se sirvió un poco del minestrone. Ciertamente sabía bien, pero ella no tenía deseos de comer. Probó una que otra cucharada con desgana, mirando con insistencia hacia la puerta, esperando verle a Saúl entrar.

—¿Y a ti, Gabriella?

—De maravilla, padre Fortunato. Me encanta dar clases a los niños.

—Vas a ser una buena parvularia entonces. Bueno —dijo el párroco, levantándose—, me disculpan pero debo ir a hacer mi oración. Las veré mañana, jovencitas.

Ainara estuvo a punto de abrir la boca para preguntarle al reverendo por Saúl, pero se contuvo. Esperó a que Filippo también saliera del comedor y entonces consultó con su amiga:

—¿Podrías ayudarme en algo, Gabriella?

—¿Cómo podría hacerlo?

—Ve tú y pregúntale al padre Fortunato por Saúl. No sé, inventa algo creíble para que no sospeche.

Gabriella se negó al principio, pero luego accedió.

—Iré ahora mismo —dijo, levantándose para ir a buscar al párroco.

Mientras tanto, Ainara, inquieta, no dejaba de hacer dobleces en la servilleta que tenía entre las manos, esperando a que Gabriella regresara con alguna noticia.

—¿Qué te dijo? —preguntó en cuanto ella regresó y se sentó a su lado.

—Que Saúl se ausentó para guardar oración, eso fue lo que me dijo.

—¿Cómo dices? ¿Que se ausentó para orar? ¿Eso fue lo que te dijo? —Ainara tembló.

—Así es, amiga. El padre Fortunato me confió que Saúl le pidió que lo enviara lejos de Valserra.

La tez de Ainara empalideció.

—¡No, no, no, esto no puede estar sucediendo!

—¡Cálmate, Ainara! —exigió Gabriella, seguramente asustada de que alguien pudiera entrar en ese momento y encontrar a su amiga en ese estado. La sacudió por los hombros—. ¡Entra en razón, alguien puede verte así!

Pero Ainara no logró controlarse y rompió a llorar.

—¡Él se fue lejos de mí, Gabriella, entiéndelo! Su vocación no es la iglesia... ¡No lo es, me lo dijo!

—No creo que Saúl se haya ido por mucho tiempo. De lo contrario, el padre Fortunato me lo habría dicho, ¿no crees?

—No lo dijo, ¿verdad? —Ainara, apresurada, se secó las lágrimas de las mejillas.

—No. Seguro regresará. ¿Cuándo? Eso no lo sabemos.

—Hablaré yo misma con el padre Fortunato, ¡él tiene que decírmelo!

—Solo te pido que seas prudente, y prométeme que estarás bien, Ainara. Ahora tengo que ir a dar las clases.

Ainara asintió.

—Estaré bien, no te preocupes. Voy a casa ahora.

Ainara no se iba a dar por vencida. Saúl tenía que saber que él no le era indiferente.

11

Empezó una nueva semana de voluntariado en la parroquia.

Ese fin de semana, Ainara se tomó su tiempo para pensar. Saúl no podía haberse ido muy lejos; pensó que quizás él necesitaba su tiempo a solas, y que para cuando ella fuera a dar las clases, ya se encontraría ahí.

Como siempre, se reunió con Gabriella en el parque, y juntas llegaron a la parroquia. Atravesaron los pasillos, que se encontraban vacíos; ni siquiera el padre Fortunato asomó sus narices, y se dirigieron al aula.

Los niños empezaron a llegar, y Ainara dio su clase. En aquella ocasión, les enseñó el arte de pintar sobre estatuillas de yeso. Fue entregando a cada niño una pequeña figura que su madre había donado a la iglesia. Primero, les enseñó a pulirlas, y luego a pasar el pincel sobre ellas.

Los niños aprendieron rápido.

Mientras daba su clase, Ainara miraba de vez en cuando hacia el patio con la ilusión de ver a Saúl llamando su atención desde el corredor, pero él seguía sin aparecer.

Igualmente, a la hora del almuerzo, tan solo compartieron la mesa con el párroco y Filippo.

Y así transcurrieron los días...

Saúl no volvió por la parroquia.

Era viernes, y Ainara le pidió a Gabriella que adelantara su clase de matemáticas porque tenía que hablar con el padre Fortunato. No podía resistir un día más sin saber qué había pasado con Saúl.

Se armó de valor y fue al encuentro del párroco.

Fue directamente a su despacho, sabía que antes de la hora del almuerzo él solía tomar su café espresso.

—Buenas tardes, padre Fortunato.

—¡Ainara, pasa adelante, hija! Y dime, ¿qué te trae por aquí? ¿Algún inconveniente con los niños?

Ainara se sentó frente al reverendo.

—No, padre, los niños son un amor, aprenden rápido. Eh... yo tan solo quería preguntarle por Saúl. ¿No está en la parroquia, padre?

Antes de contestar a su pregunta, el párroco le dio un último sorbo a su espresso. Colocó la taza sobre el escritorio y respondió:

—Saúl está en Nuestra Señora de la Esperanza, hija. —Ainara tembló—. ¿A qué se debe la pregunta?

—Pues... por... porque se me ha hecho muy raro no verlo con usted, siempre están juntos. Además, a los niños les gusta mucho pintar con él. —Ainara no atinó qué más decir—. Me he dado cuenta de que Saúl le inspira un gran cariño, padre.

—Eso es cierto, hija. Saúl es un gran muchacho. No fue decisión mía enviarlo a su pueblo. Él me pidió ir porque necesitaba un retiro a solas en oración. El lunes estará con nosotros nuevamente. Además, estoy muy contento porque, enseguida de su regreso, tomará los hábitos. Ya estoy organizando su transición.

Ainara sintió un frío helado calarle hasta los huesos.

—Después de que él regrese a San Feliciano di Valserra —continuó el párroco—, lo tendremos muy poco entre nosotros porque se dedicará de lleno a su retiro en oración hasta el día en que se reciba como sacerdote.

—¿Así tan rápido? —Ainara sintió desmayar; Fortunato pudo darse cuenta porque ella misma percibió que estaba helada como un témpano de hielo.

—¿Te encuentras bien, hija?

—No se preocupe, padre. Seguramente es debilidad porque hoy no desayuné.

Fortunato enseguida se levantó de su silla.

—Ven conmigo, yo mismo te llevaré al comedor a que comas algo. ¡Estas criaturas de hoy no se alimentan como es debido! —fue balbuceando, mientras la encaminaba del brazo con él.

Ainara vivió un desconsuelo durante los días siguientes en casa.

Esperaba con ansias el día de volver a la parroquia y al fin ver a Saúl, conversar con él y hacerle comprender que cometería un error al querer tomar los hábitos.

Ella sabía perfectamente que él trataba de huir...

¿Huir de qué? ¿Del amor?

Para suerte suya, no tuvo que aguantar la presencia de Donato ese fin de semana; algo escuchó decir a su padre que él se había ausentado a Florencia por unos días.

Sin embargo, Gaetano insistía en que debía compartir más tiempo con él.

Su padre no tenía ni la más mínima idea de los sentimientos de su hija. Si por alguna razón llegara a enterarse de que se enamoró del seminarista, no quería ni imaginar...

Era domingo; luego de regresar de la iglesia, Ainara subió a su habitación y retomó la pintura que había empezado. Retiró la manta que cubría el lienzo y plasmó sobre él el recuerdo de aquella mañana entre los dos.

Nadie más podía mirarlo. Al terminar la pintura, la cubrió nuevamente con la manta y la guardó dentro de su armario.

Bajó al jardín de los rosales y, pensativa, sentada sobre la banqueta de piedra, su mirada se perdió en el horizonte. Saúl cometía un error al querer renunciar a ella y entregar su vida a la iglesia.

Tenía que hacerle comprender... Él no podía ni debía hacerlo; ella no se lo iba a permitir. Hasta que el sol se desvaneció y un manto de cientos de estrellas titilantes cubrió el cielo. Su mirada se detuvo en ellas y, cerrando los ojos, desde su inmensidad, imploró buen juicio para él y tranquilidad para su corazón.

12

Ainara llegó más temprano que de costumbre a la parroquia y, sin levantar sospechas, fue directamente a la habitación de Saúl... Sabía que él ya se encontraría allí.

Miró de cada lado del corredor y tocó a la puerta.

Saúl no tardó en abrir.

—¡Ainara! —exclamó. —Ainara quedó enmudecida, no pronunció palabra alguna. Saúl vestía más que vaqueros, y una toalla blanca alrededor del cuello. Poco a poco descendió la mirada a su torso desnudo y, luego, al encontrar su mirada, sus ojos azules quedaron prendidos en el verde apasionante de los suyos—. Ainara... —repitió nervioso—. ¿Cómo sabes que esta es mi habitación?

Ainara volvió a echar un vistazo de cada lado del corredor y entró.

—Eso no tiene importancia ahora.

—Por favor —dijo él—, ¿podrías esperar un momento? Iré a terminar de vestirme.

Ainara asintió.

En cuanto Saúl salió para ir a uno de los baños que se encontraba al final del pasillo, Ainara se giró hacia él; no se resistió a quedárselo mirando... Su espalda ancha parecía haber sido tallada por los mismos dioses. Se dio media vuelta y avanzó despacio por la habitación, observando todo a su alrededor.

Se sentó sobre su cama y notó que, sobre su pequeño velador, había un portarretratos. Al tomarlo, dedujo que se trataría de sus padres. De inmediato se dio cuenta de que Saúl había heredado los mismos ojos que su madre, además de ciertos rasgos del rostro. El color del cabello era idéntico al de su padre, al igual que la fisonomía de la cara. Ambos lucían muy atractivos. Colocó el portarretratos en su lugar y vio su libro de medicina. Enseguida lo cogió y, al abrirlo, se encontró con la azucena blanca; la misma que aquella mañana ella había lanzado a sus pies. Con una suave sonrisa dibujada en los labios, levantó la mirada hacia la puerta del cuarto. Saúl no tardaría en regresar.

Cerró el libro y lo colocó en el mismo lugar en que lo había encontrado.

A pesar de mostrar serenidad, Ainara temblaba. Tenía que hacerle desistir de su descabellada idea de ofrecer su vida a la iglesia.

De pronto, Saúl apareció en el umbral de la puerta. Se sentó a su lado y, disculpándose, le dijo:

—Perdóname, por favor, pero no es correcto que estés aquí conmigo.

—Yo sé que no es lo correcto, pero ¿qué más querías que hiciera? Te fuiste sin decirme nada.

Saúl inhaló profundamente.

—Lo que pasó el otro día entre los dos —dijo sin apartarle la mirada—, no fue apropiado. Te pido disculpas.

Ainara negó con la cabeza.

—¡Fue lo apropiado! ¡Fue hermoso! ¿Dime que no lo sentiste?

—No... Tomaré los hábitos.

Ainara se levantó repentinamente.

—No, ¡no puedes hacerlo, entiende!

—Ainara, desde muy joven he ofrecido mi vida a Dios. Además...

—¿Además qué? ¿Vas a decirme que te encerrarás en estas cuatro paredes porque tus padres así lo pidieron en su lecho de muerte? ¡No, no seas injusto contigo mismo, Saúl! Tu vocación no está aquí.

—Debo continuar, aunque no sea mi vocación.

—¿Por qué te fuiste, Saúl? —Saúl sostuvo su mirada en silencio. Ainara pudo ver que había amor en su tierno mirar—. No tienes que decirlo —respondió ella misma, clavando sus ojos en los suyos—. Yo sé lo que sucede contigo, porque a mí me ocurre lo mismo.

Sorpresivamente, Saúl se levantó y la tomó por el rostro. Ainara tembló al sentir su tibieza, aquella que la estremeció cuando, días atrás, esas manos largas y hermosas la ciñeron.

—Por esa misma razón debo continuar con el sacerdocio. Me estoy enamorando de ti, Ainara. Es algo más fuerte que yo, algo que me taladra por dentro, y no consigo sacarte de mi ser. Por respeto a ti, a tus padres y a la iglesia, debo continuar. Mi camino está aquí, entre estas cuatro paredes, como tú bien dices, por favor...

—¡No, no lo harás! —Ainara se volteó y fue a recoger su bolso del escritorio. Sacó el lienzo donde quedó plasmado el momento en que sus labios estuvieron a solo un paso de unirse en un profundo beso. Lo lanzó sobre la cama, frente a sus ojos—. ¡Date cuenta del amor tan fuerte que también nace dentro de mí!

Saúl, bajando la mirada, tomó al retrato entre sus manos.

Ainara no dijo una palabra más, se dio media vuelta y, con lágrimas en los ojos, salió de su habitación.

Los días transcurrieron, y Ainara continuó con el voluntariado en la parroquia.

Pese a que no volvió a ver a Saúl ni tuvo noticias de él —quizás algún comentario a la hora del almuerzo entre el padre Fortunato y Filippo acerca de su ausentismo para estar en oración, o algo referente a la transición para la toma de los hábitos— ella, a pesar del profundo dolor que consumía su joven corazón enamorado, no perdió los estribos y mantuvo la cordura.

Dio lo mejor de sí, continuó con las clases a los niños y no descuidó su ética en ningún momento.

Cada tarde, después de salir de la parroquia y regresar a casa, Ainara apenas compartía con la familia y luego subía a su habitación.

Estando ahí, pensativa, de pie frente a la ventana, con la mirada perdida en los extensos jardines que rodeaban la propiedad, dudó.

Ciertamente, Saúl necesitaba escapar de sus sentimientos y de los de ella, y por respeto a todos, a pesar de no tener vocación, ofrecería su vida a la iglesia.

Le aterraba que, de un momento a otro, llegara el párroco y les hiciera partícipes de la ceremonia, que ella suponía ya era un hecho.

Cerró los ojos y, con devoción, suplicó al cielo que una luz divina iluminara su camino.

Ainara volvió a la parroquia tranquila, decidida a no dar mayor importancia a la absurda decisión de Saúl de volverse sacerdote. Su amor naciente por él continuaba firme, pero, asimismo, no permitiría que el miedo la esclavizara.

Ainara era astuta.

—¡Ainara, ya sé adónde va Saúl todas las mañanas! —entró Gabriella al aula diciendo. Ainara organizaba en ese momento los pupitres de los niños para dar su clase de pintura, por lo que levantó la vista.

—¿Saúl sale de la parroquia? —preguntó.

—Sí. Al padre Fortunato se le escapó que va a orar junto al río, el que está a las afueras del pueblo, rodeado por cipreses, ¿lo recuerdas?

—¿El que tiene la caída de agua que baja por la colina? Claro que lo recuerdo, al que íbamos cuando niñas.

Gabriella asintió.

—Dijo que va ahí desde muy temprano, y que permanece por algunas horas.

Ainara sonrió.

—¿Me cubres mañana?

Gabriella esbozó una sonrisa cómplice.

—Por supuesto. Tendré que inventar alguna disculpa creíble para el padre Fortunato. Solo te pido que tengas cuidado.

—No te preocupes, el lugar es desolado.

Ainara sabía que lo que haría catapultaría, para bien o para mal, su ilógica resolución...

Tenía que jugársela.

Ya era el momento de que Saúl tomara una decisión: o la iglesia o el amor.

13

ERA UNA HERMOSA MAÑANA de viernes.

Saúl fue a orar al río, como solía hacer todas las mañanas desde el día en que Ainara estuvo en su habitación y se marchó lanzando el retrato de ambos frente a sus ojos.

Saúl lo escondió entre sus cosas.

Todas las noches, antes de dormir, lo tomaba entre sus manos y lo contemplaba por largos minutos. Lo colocaba sobre la mesita de noche y lo dejaba hasta la mañana siguiente, cuando lo guardaba dentro de su maleta.

Esa mañana, Saúl se sentó sobre una roca al pie del río y, desde allí, tratando de ser fiel a su compromiso con la iglesia, batallando consigo mismo por escapar de sus sentimientos que, con cada día que pasaba, lo hacían enamorarse más y más, y volverse presa de ellos, cerró los ojos y, sujetándose con ambas manos el rostro, imploró al cielo que una fuerza divina esclareciera su mente y tranquilizara su corazón enamorado.

Pero, en el momento en que los abrió, un grito ahogado lo dejó sin aliento; cerró y volvió a abrir los ojos: Ainara se bañaba desnuda al otro lado del río.

Sus largos rizos danzaban al compás de la melodiosa brisa que esa mañana de verano acariciaba su hermosa cabellera dorada. Ainara jugaba como una niña, hasta que, lentamente, salió del agua, luciendo frente a él su cuerpo desnudo y, parándose sobre una roca ancha y lisa, dejó que la fuerza de la diminuta cascada cayera sobre ella, mojando sus rizos y desvaneciéndose luego por entre sus pechos firmes, bañando toda su piel.

Saúl la contempló, hechizado, inmerso en su singular belleza. Su aterciopelada figura parecía haber sido esculpida por los mismos ángeles.

Ainara regresó la mirada a la orilla del río y, al verlo, saltó de pronto al agua.

Saúl se puso enseguida en pie e, inquieto, con su corazón saliéndosele del pecho, caminó los escasos metros que los separaban, acercándose poco a poco hacia donde ella estaba.

No sabía si lo correcto era huir o seguir sus instintos.

—Perdón, Ainara —dijo—, no me di cuenta de que estabas aquí. Ahora mismo me marcho.

Ainara, con su cuerpo sumergido dentro del agua, lo penetró con la mirada.

—Alcánzame mi vestido, por favor.

Saúl desvió la mirada que la tenía cautiva en sus hermosos ojos azules. Miró que su vestido blanco yacía sobre una roca. Lo tomó entre sus manos y, antes de que sus pies tocaran el agua, se detuvo en la ribera.

—Ainara... —titubeó. Saúl no pudo apartar ni por un momento sus ojos de su encantadora belleza. La curvatura de sus pechos, sus hombros torneados le robaron la calma.

Ainara, sujetando su mirada, dijo:

—Acércate, no temas.

Saúl se retiró los zapatos y, lentamente, fue acercándose hacia donde ella estaba.

Ainara esbozó una dulce y perturbadora sonrisa.

De sus rizos dorados resbalaba, cual cascada, el agua, que luego convergía sobre sus hombros y continuaba su camino abriéndose paso delicadamente por entre sus senos.

Levantó los brazos e insinuó que él le colocara el vestido.

Saúl tembló teniéndola tan cerca suyo, percibiendo el embriagante perfume de su piel.

Acercó el vestido y, suavemente, lo deslizó por su cuerpo desnudo.

Sus miradas se perdieron en el uno y el otro.

—No me tengas miedo —dijo Ainara—. Abrázame.

Saúl la abrazó y, aprisionándola con fuerza contra su pecho, cerró los ojos, sintiendo la tibieza de su piel, siendo presa nuevamente de ese sentimiento que lo consumía por dentro.

Ainara dejó escapar un suave suspiro.

Saúl se estremeció y, ciñendo con sus manos por entre los rizos mojados su tierno rostro, buscó sus labios rojos y, en un profundo suspiro, juntó los suyos con los de ella.

En un instante detuvo el tiempo, y al fin la besó, mientras Ainara correspondía a aquel encantador beso por eternos segundos.

De pronto, se apartó de su lado y, mirándolo dulcemente, dijo:

—Debo irme...

Saúl permaneció en el mismo lugar, mirando la silueta de Ainara alejarse por el sinuoso camino de espesos bosques que, cobijando las cuencas del río, fueron testigos de su primer beso; tan puro como aquella cálida y resplandeciente mañana de julio.

Y suspiró profundamente:
—¡Perdóname, padre, porque he pecado!

14

En la parroquia, el padre Fortunato conversó con Saúl. Le hizo saber que ya era el momento indicado para la ceremonia de transición y formar parte oficialmente de la Iglesia Católica, recibiéndose él como sacerdote. Había pasado suficiente tiempo, además de que Saúl había cumplido con los dos años de estudio en filosofía y tres en teología, como indicaba el reglamento, por lo que al reverendo no le parecía coherente seguir prolongando su transición por más tiempo.

Sin embargo, desde aquella mañana en el río, Saúl no dejaba de pensar en Ainara.

La tuvo tan cerca, sintiendo el calor de su cuerpo, rozando su piel...

La llama de la pasión se encendió.

Su devoción, su vocación, sus sentimientos por ella crecieron.

Él sabía perfectamente que tenía frente a sí un camino largo y escabroso por recorrer, pero lo que sentía por Ainara iba más allá de toda barrera.

A pesar de ello, Saúl debía ser prudente. Aún no era el momento oportuno para confiarle al párroco los sentimientos que Ainara había despertado en él; pero tenía claro que pronto lo haría. Mientras tanto, Saúl tenía la obligación de hacerle saber que no tomaría los hábitos, contrario a lo que ya le había expuesto días atrás.

Saúl respondió al llamado del párroco y se sinceró con él:

—Padre Fortunato, siento que aún no estoy lo suficientemente preparado para recibir los hábitos.

—Pero hijo mío, tú mismo me pediste hace apenas unos días que agilizara los preparativos para dejar sentada la ceremonia.

—Lo sé, padre, y le pido disculpas por mi apresurada decisión.

Fortunato gesticuló con la garganta.

—Está bien, Saúl. Consagrarse como sacerdote es un paso de absoluta seriedad y fe. Menos mal que aún no he enviado el comunicado a Roma.

—Le agradezco, padre.

—Bueno, ahora te dejo porque me urge ir a casa de Gaetano para entregarle una comunicación y unos papeles que de seguro estará esperando.

—No se moleste en ir, padre, yo se los puedo llevar.

—Ay, hijo, te agradecería. Realmente no tenía deseos de salir esta tarde, ya no estoy en edad para correr de un lado a otro. Ven conmigo para entregarte los papeles, y dile a Francesca, por favor, que la espero el lunes en la parroquia.

—Pierda cuidado, padre, así se lo haré saber.

Saúl vio en ello el pretexto perfecto para volver a ver a Ainara. Ansiaba tenerla frente a él, por contados minutos que estos fueran. Comprendió que jamás podría entregarse a otra vida que no fuera junto a ella; una vida de su mano.

Tomó el sobre que le entregó el párroco y se encaminó hasta su casa.

—Buenas tardes, señora Francesca.

—¡Saúl! ¡Qué grata sorpresa tenerte en mi casa! Adelante, muchacho, y dime, ¿a qué se debe tu visita?

—Gracias, señora Francesca. Traigo un recado del padre Fortunato para su esposo. Además, me pidió que le dijera que el lunes la espera en la parroquia.

—¡Qué considerado de tu parte tomarte la molestia de venir hasta aquí! Toma asiento, iré a llamar a Gaetano. Pero antes pediré a Alfonsina que te traiga algo de beber.

Saúl le dio las gracias, esbozando una suave sonrisa. Luego regresó a mirar por la ventana y vio que Ainara venía por el jardín, en dirección hacia la casa.

Saúl volvió a quedar cautivo por ella. Lucía tan hermosa con su largo y holgado vestido violeta, al igual que las hortensias que embellecían los jardines. Sus rizos dorados, aprisionados en una larga trenza, reposaban sobre su pecho.

Sonrió, animado por su belleza, hasta que de pronto escuchó la voz ronca de Gaetano saludándolo, por lo que se giró de inmediato.

—Buenas tardes, muchacho. Acabó de informarme mi esposa que Fortunato te envió aquí. —En ese preciso momento, Ainara abrió la puerta y entró... Sus miradas se encontraron.

—Don Gaetano, buenas tardes —respondió Saúl. Por escasos segundos quedó prendado de los ojos de Ainara, quien expresó sorpresa y exaltación—. Sí, el padre Fortunato me pidió que le hiciera entrega de esto. —Saúl alargó la mano acercándole un sobre grande de manila;

seguramente información contabilizada del dinero que Gaetano aportaba a la iglesia. Gaetano lo abrió y, mientras revisaba su contenido, Saúl desvió prudentemente la mirada, deteniéndola en Ainara. Ella, de pie junto al umbral de la puerta, únicamente se mantuvo en silencio.

—Ainara, no te quedes ahí parada —dijo de repente su padre—. Ve a la cocina y dile a Alfonsina que ponga dos puestos más sobre la mesa. —Ainara y Saúl cruzaron brevemente miradas—. Saúl nos acompañará a la cena.

—Le agradezco, don Gaetano, pero no desearía molestar. Únicamente...

—Ya está decidido, muchacho. Te doy las gracias por hacerme llegar estos papeles; los estaba necesitando.

—¿Y el otro puesto sobre la mesa, para quién es, papá? —preguntó Ainara.

—Donato vendrá a cenar con nosotros—. Saúl notó enseguida cómo se contrajo el ceño en el rostro de Ainara—. Ve a decírselo, Ainara. Te veré luego, muchacho.

Saúl hizo una ligera inclinación con la cabeza y, en cuanto Gaetano se perdió por el pasillo, se acercó a Ainara, pero antes de que él abriera la boca, ella se adelantó a decir:

—Pensé que no te vería hasta el lunes en la parroquia. ¡No imaginas lo feliz que me hace que estés aquí! —Sonrió y, apresurada, se disculpó con él diciendo que lo vería cuando estuvieran sentados a la mesa, y se alejó por el pasillo.

Saúl la siguió con la mirada. Ainara se desvió por el extremo del salón y desapareció de su vista, hasta que de pronto Francesca apareció por el corredor.

—¡Qué gusto que tú también nos acompañes esta noche a la cena, Saúl!

—Gracias, señora Francesca, será un placer.

—¡Alfonsina! —gritó Francesca desde la sala. Al momento asomó Ainara, trayendo consigo una fuente con una jarra de jugo de granada, hielo y un vaso alargado, además de galletas de almendra.

—Es para ti —dijo a Saúl. Colocó la fuente sobre la mesa de centro, tomó la jarra y llenó el vaso hasta la mitad con jugo.

Saúl no sabía qué hacer, si quedársela mirando o disimular... Las manos le sudaban.

—Gracias por comedirte en traérselo, hija, pensé que Alfonsina lo había olvidado. Sírvete, muchacho. —Francesca hizo que Saúl tomara asiento en el sofá frente al piano de cola. Ella y Ainara se sentaron enfrente de él—. Y cuéntame ¿cómo te has sentido en la parroquia? ¿Te gusta Valserra?

Antes de responder a la pregunta, Saúl, nervioso, se inclinó hacia la mesa de centro, tomó el vaso y, llevándolo consigo, respondió:

—Estoy muy a gusto, señora. El padre Fortunato es una gran persona.

—¡Oh sí, él es el alma del pueblo! —Francesca echó a reír.

—Tiene razón, siempre le estaré agradecido por la manera en que me ha acogido. —Saúl dio un pequeño sorbo al jugo, desviando continuamente la mirada hacia Ainara, mientras ella los escuchaba conversar con una dulce sonrisa dibujada en sus labios; aquellos labios rojos que él tanto deseaba volver a besar.

—Algo me comentó Fortunato —continuó Francesca—. Sé que muy pronto tomarás los hábitos. ¡Qué alegría tener a un sacerdote tan bien dispuesto a servir en la parroquia, además de joven!

Saúl enseguida rodó los ojos hacia Ainara... Ella lo taladró con la mirada, por lo que él sonrió disimuladamente y respondió:

—Siento que todavía no es el momento, señora.

Los labios de Ainara esbozaron una suave sonrisa y bajó la mirada.

De pronto, tocaron a la puerta. Alfonsina apareció por el recibidor y fue a abrirla.

—Buenas noches, joven Donato.

—¡Oh, llegó Donato! —exclamó Francesca, levantándose.

Simultáneamente, Saúl y Ainara cruzaron miradas intensas entre sí.

Saúl deseaba levantarse de ese sofá, tomar a Ainara entre sus brazos y, sin temor alguno, jurarle que jamás volvería a dudar de lo que quería para su vida... que jamás se alejaría de ella. Confesarle que el amor que empezaba a sentir era un dulce sentimiento que nunca había sentido por nadie.

—¿Conocías a Saúl? —preguntó Francesca mientras encaminaba a Donato del brazo hasta el interior de la sala.

—Sí, Francesca, lo he visto una que otra vez en la parroquia. Buenas noches. —Donato saludó brevemente a Saúl y enseguida se acercó a Ainara. La saludó dándole dos besos, uno en cada mejilla, y se sentó a su lado—. ¿Cómo has estado, quieres salir esta noche? —La pregunta fue lo suficientemente audible para que Saúl la escuchara. Ainara no respondió, más bien levantó a mirar a Saúl.

No hacía falta mayor detalle; en ese momento él intuyó que Donato pretendía a Ainara.

—¿Qué les parece si me acompañan a la mesa? —invitó Francesca.

Cuando se disponían a ir al comedor, Gaetano les dio el encuentro.

—¡Bienvenido, hijo mío! —dijo a Donato, y ambos se estrecharon en un abrazo. ¿Cómo te fue en Florencia?

Mientras Gaetano y Donato charlaban, Francesca llevó a Saúl hasta la mesa. Ainara fue detrás de ellos. Hizo que se sentara junto al puesto reservado para Donato. Frente a ellos se sentó Ainara; Gaetano a la cabecera, y Francesca en el extremo.

Durante toda la cena, Gaetano halagó a su congraciado invitado: se mostró orgulloso de sus estudios, su familia, y brindó porque en los próximos meses se titularía como abogado. Saúl comprendió claramente cuál era la verdadera intención del padre de Ainara... Lo quería como esposo para ella. Y, como era de esperar, Donato no dejó pasar por alto los elogios de Gaetano, decorando aún más su codiciada vida al anunciar que ya le llovían propuestas importantes de trabajo de los más renombrados bufetes de abogados de Florencia.

Qué poco conocía Donato de ella... pensó Saúl.

Una vez terminada la cena, Saúl se levantó, dio las gracias y se disculpó con la familia. Era tarde y debía regresar a la parroquia.

—Coméntale a Fortunato que mañana estaremos ahí para asistir a la misa de las once —dijo Francesca.

Mientras tanto, Ainara se levantó también.

—Yo acompañaré a Saúl hasta la puerta —dijo, por lo que Donato regresó a verlos.

—Ve, hija, ve —asintió Francesca—. Que tengas una linda noche, Saúl.

—Salúdale de mi parte a Fortunato —dijo Gaetano, y enseguida continuó conversando con Donato, mientras Alfonsina servía la sobremesa.

Entretanto, Ainara y Saúl se dirigieron, en silencio, hacia la puerta de entrada.

—Gracias por acompañarme —comentó Saúl con ella una vez fuera de la casa—. No encontraba el momento oportuno para decirte que vine por ti.

—Lo sé. —Ainara esbozó una suave sonrisa—. Y ahora vete de una vez antes de que mi padre se dé cuenta.

Saúl tuvo deseos de besarla, pero sabía que no podía hacerlo.

—¿Irás mañana también?

Ainara sonrió.

—Por supuesto que iré. Que tengas una linda noche. —Ainara estuvo a punto de darse la vuelta, cuando Saúl la tomó con ambas manos por el rostro e, inclinándose, besó su frente.

—Te estaré esperando.

15

AINARA VISTIÓ SU MEJOR vestido: alegre y femenino, en un bellísimo color blanco, salpicado con diminutas florecillas rosa pálido que engalanaban su inocencia. Sus mangas abullonadas cubrían parte de su brazo; el vestido se encarrujaba en el pecho, ciñéndole el torso y acentuando la curvatura de su cintura, para luego caer holgado hasta por encima de sus tobillos. Una insinuante abertura en el costado descubría parte de su muslo izquierdo, incitando al pecado.

Llevaba su cabello suelto; sus rizos dorados se deslizaban por sus hombros hasta caer adormecidos sobre la convexidad de su pecho, adornado con una diadema de cristales rosa y azul cielo, creando perfecta armonía con el brillo de sus ojos.

Ainara deseaba sucumbir a sus deseos; su intención era pasar el día entre los brazos de Saúl.

Esa mañana fue su amiga, Gabriella, a visitarla.

—¡Gabriella, Saúl renunciará a los hábitos! —exclamó Ainara, feliz, abrazando a su amiga.

—Envidio tu carácter, Ainara, ¡qué intrépida eres! Yo no podría.

—Él siente algo fuerte por mí, Gabriella. ¡Y yo por él!

Gabriella sonrió, mordiéndose un extremo del labio inferior.

—Cuéntame ¿qué se siente un beso?

Ainara haló a Gabriella por el brazo hasta el filo de su cama y, entre suspiros, exclamó:

—Es algo indescriptible. Sentí un torrente de escalofríos invadir todo mi cuerpo en el momento en que el calor de su piel cobijó la mía. La tibieza de su respiración penetró cada poro y, luego, cuando la calidez y la suavidad de sus labios rozaron los míos para después apropiarse de ellos, sentí que me desvanecía... ¡Morí de amor! Fue como si cientos de mariposas diminutas aletearan dentro de mis entrañas.

Gabriella escuchó embelesada cada palabra, cada descripción de Ainara.

—¡Qué hermoso! Me encantaría sentir un día lo mismo que tú sentiste.

—Por supuesto que llegará ese día, Gabriella, pero no con Donato... ¡Supéralo de una buena vez!

—Hago el intento.

—Prométeme algo. —Ainara la miró directamente a los ojos—. Prométeme que vas a ayudarme con Saúl. Que cuando estemos en la parroquia cubrirás mis espaldas.

Gabriella la abrazó.

—¡Por supuesto, Ainara! Por algo somos amigas.

Ainara y Gabriella continuaron comentando acerca del amor, hasta que escucharon a Francesca llamarlas desde el recibidor.

—Debemos irnos —dijo Ainara—. Qué pena que hoy no vengas con nosotros a la iglesia.

Gabriella se encogió de hombros.

—Ve tú sola. Pero eso sí, lánzale desde la banqueta miradas que a Saúl lo maten de amor.

Ainara sonrió. Permaneció por largos segundos en silencio, mordiéndose un extremo del labio inferior.

—Sabes, voy a quedarme con él.

—¿Cómo lo harás?

—Mentiré a mis padres diciéndoles que estaré con el padre Fortunato organizando las clases para los niños. Les diré que luego iré a tu casa. Tienes que ayudarme con eso, por favor.

De pronto, volvieron a escuchar la voz de Francesca, quien insistió llamándolas:

—¡Ainara, Gabriella, bajen niñas, que se nos hace tarde!

Antes de bajar a encontrarse con Francesca, Gabriella tomó a su amiga por el hombro y dijo:

—Cuenta conmigo.

Ainara y sus padres tenían reservada la primera fila en la iglesia.

Frente a ellos, sentado a un costado del reverendo, estaba Saúl, mientras el padre Fortunato ofrecía la misa del domingo.

Ainara, frente a frente con Saúl, en ningún momento apartó sus ojos de él durante la ceremonia; mientras que él, dirigiendo la mirada hacia los fieles, de vez en cuando la detenía en ella y, por largos segundos, quedaba prendido de sus ojos.

Ainara bajó la cabeza y sonrió para sí misma.

Ella sabía perfectamente que Saúl obraba con prudencia, pero asimismo le divirtió su elocuente nerviosismo.

Levantó la vista para mirarlo y, con una sugestiva sonrisa dibujada en sus labios —que esa mañana llevaba pintados en un seductor rosa intenso— buscó su atención y disfrutó tentándolo.

Tan pronto como terminó la ceremonia, Ainara enredó a sus padres diciéndoles que se quedaría en la parroquia, ya que necesitaba organizar los asuntos del voluntariado con el padre Fortunato. Además, les dijo que no llegaría a casa sino hasta avanzadas horas de la tarde porque luego iría a encontrarse con Gabriella en su casa.

Sus padres accedieron y se despidieron de ella en el patio trasero del convento.

Una vez que se alejaron, Ainara se encaminó por el pasillo en dirección a la oficina del párroco. Confirmó por sí misma que se habían ido y, sintiéndose tentada —ya que nadie caminaba por los corredores en ese momento y ella solo deseaba verse a solas con él—, se desvió hacia la habitación de Saúl.

Mas, por alguna razón que ni ella misma entendió, se intimidó y, antes de que alguien pudiera verla, se apresuró hacia la parte trasera de la parroquia.

Aquel lugar se encontraba apartado, y en realidad rara vez, o nunca, iban por ahí. Ainara lo conocía de sobra, porque de niña solía ir con Gabriella a la pequeña bodega: era su lugar de escape.

Quizá la bodega en donde siempre jugaban ya no se encontraría igual, porque habían pasado algunos años desde la última vez que estuvieron.

Antes de entrar, Ainara se sentó sobre la banqueta de madera que aún se mantenía en pie y, desde allí, en medio de ese lugar tranquilo, abrazada por un bosquecillo de cipreses, cerró los ojos…

Necesitó aquietar su corazón agitado.

Aún continuaba latente, a flor de piel, el beso que Saúl y ella se dieron aquella mañana en el río.

De pronto, deseó levantarse y correr a buscarlo, decirle que el corazón se le escapaba del pecho con solo pensar en él, en ese beso, en sus caricias...

Se imaginó entre sus brazos, arrojándose al fuego de la pasión que muchos llamaban pecado.

Tras un profundo suspiro, negándose a ese fuerte deseo que la taladraba por dentro, se levantó.

Avanzó por el estrecho espacio que separaba la banqueta de la bodega y entró.

Quiso rememorar aquellos días de inocencia, cuando, siendo aún una niña, jugaba con Gabriella en ese lugar sin tomar en cuenta el tiempo.

Recorrió despacio su interior. Pudo darse cuenta de que todo continuaba igual; quizás una que otra cosa había sido removida.

Aún se mantenía en el mismo lugar la casita de madera con la que jugaban, y el viejo armario en el cual solían esconderse.

A un extremo de la bodega, al pie de una pequeña ventana, continuaban los dos cojines: lo suficientemente espaciosos como para recostarse y leer los cuentos que robaban de la biblioteca.

Ainara se detuvo frente a ellos, bajó la mirada y tomó entre sus manos la cajita de música, que aún continuaba tal y como la había dejado años atrás.

Al abrirla, dejó escapar de sus labios una suave sonrisa en el momento en que la diminuta bailarina giró sobre la punta de sus zapatillas al compás de la melodía que a ella tanto le gustaba: *Für Elise*.

Cerró los ojos. Sus sentidos sucumbieron ante sus melódicas notas.

De pronto, escuchó la dulce voz de Saúl llamarla por su nombre:

—Ainara...

En un instante, abrió los ojos y un escalofrío recorrió todo su cuerpo. Cerró de inmediato la cajita de música y se volteó.

Su mirada quedó prendida de la de él, por lo que, suavemente, de sus manos resbaló la caja de música.

—Te busqué por todos lados —dijo Saúl.

—¿Cómo supiste que estaría aquí y no en casa?

—Me di cuenta de que no te embarcaste en el auto de tus padres. Tenías que estar aquí, era el último lugar que me faltaba por recorrer.

Ainara sonrió, mirando a sus ojos; a sus bellísimos ojos verdes, que le arrebataron la paz y a los cuales amó desde el día en que lo conoció.

—Este lugar es especial para mí, ¿sabes?

Saúl dio un paso adelante.

—También lo es para mí. —La tomó con ambas manos por el rostro y, con sus ojos fijos en el azul cielo de los suyos, dijo—: Anoche deseé tanto poder decirte que renuncié a la iglesia, que ahora mi vida se debe a ti. Discúlpame por haber tardado tanto en darme cuenta. No vayas a pensar que dudé de los sentimientos que empezaron a florecer en mí desde el día en que te conocí... No vacilé ni por un momento, amor mío, tenlo por seguro. Únicamente en mi cabeza daba vueltas la promesa que hice a mis padres, pero tú, solo tú, me hiciste darme cuenta del error que estuve a punto de cometer, y del que nunca me hubiese perdonado.

—Saúl...

Saúl la penetró aún más con la mirada.

—Vuélveme a mirar como lo hiciste en la iglesia.

Ainara tembló.

Cerró sus ojos en un suave suspiro. La tibieza de sus carnosos labios asedió sin consentimiento su boca, embriagándola de amor. Cientos de mariposas procuraron, con su suave aleteo, sensaciones celestiales. Entrelazó sus manos alrededor de su cuello y, ardiendo en deseo, besó sus labios rojos sin control. Su boca sabía a miel, y su respiración olía a flores del campo.

Saúl la aprisionó tan fuerte contra su cuerpo, como si, en un arrebato, deseara fundirlo con el suyo. Sus hermosas manos largas acariciaron su cabello, ensortijando sus dedos por entre sus rizos dorados, y bajaron por su espalda hasta ceñirla por la cintura, apretujando las fibras de su vestido.

Ainara sintió desmayar. La docilidad de sus manos emprendió su camino deslizándose por sus caderas y las aprisionaron con delicadeza.

Levantó la mirada; sus ojos desfallecían de gozo y temor a la vez.

—Es mi primera vez...

Saúl sujetó su mirada con ilusión y dulzura, y respondió:

—También lo es para mí.

Ainara alzó sus brazos por encima de su cabeza y dejó que la despojara de su vestido blanco, salpicado de diminutas florecillas.

Desnuda ante sus ojos, lentamente, ella también lo despojó de toda su ropa.

Entre besos y caricias, cayeron sobre aquellos cojines; los mismos que la ampararon de niña.

Saúl retiró con delicadeza la diadema de cristales que adornaban su cabello y, mirándola con ilusión, cerró los ojos y besó su frente; luego arremetió contra el calor de sus labios.

Ainara se abrazó a él, a sus fornidos hombros.

Deslizó la palma de sus manos por su piel: ardía y, a través de sus poros, goteaba a la vez. Palpó sus fuertes brazos y se aferró a ellos.

Saúl besó tiernamente sus blancos y delicados pechos.

Ainara se estremeció.

En un largo suspiro de fascinación, acarició su sedoso cabello negro, mientras el calor de sus labios profanaba los límites de su cuerpo.

Regresó a su boca y, dejando que su cuerpo descansara efusivo sobre la calidez del suyo, Saúl atravesó con frenesí su inocencia.

Los días brillaron como ninguno; el sol resplandeció con más fuerza, y las estrellas del cielo nocturno danzaron titilantes su danza de amor, envolviéndolos con su infinito manto celestial.

Ainara y Saúl descubrieron la pasión.

Ceñida bajo su cálida piel, Ainara transitó de niña a mujer.

Abrigado con el dulce aroma de su cuerpo, Saúl veneró el camino de su verdadera vocación.

16

A partir de aquella tarde de melodioso delirio, Ainara supo que su vida había cambiado.

—Ainara, hija mía, has madrugado hoy. ¿Qué te trae tan temprano por la parroquia?

—Buenos días, padre Fortunato. El viernes quedaron algunas cosas pendientes y voy ahora mismo a organizarlas. Con su permiso, padre.

—Ve, hija, ve.

Ainara se apresuró por el pasillo. Al cruzar por la habitación de Saúl lo hizo despacio y con prudencia; Filippo, a pocos metros, barría el patio.

Miró de reojo al pasar, notando que las persianas de la habitación de Saúl estaban corridas, y avanzó hacia el aula que se encontraba al cruzar el siguiente pabellón.

Dejó la puerta entreabierta, colocó su maletín sobre el escritorio y fue hasta el ventanal.

Buscó con la mirada a Saúl a través de los destellos de luz que resplandecían frente a sus ojos, bañando las flores del jardín con su fulgurante luz para luego colarse por la vidriera. Le invadió un sentimiento de paz y amor y, dando un profundo suspiro, se giró y fue hasta su escritorio. En realidad, tenía tareas pendientes por organizar, como ya le había comentado al párroco.

En cuanto abrió la gaveta, se encontró con una fresca azucena blanca ante sus ojos, envuelta en cintas rojas y con una nota debajo.

La tomó entre sus manos y, al desatar las cintas que la envolvían y percibir su fresco aroma, supo que Saúl debió haberla cortado hace poco.

Con una radiante sonrisa desbordándose de sus labios, la mantuvo entre sus dedos y besó sus pétalos.

Colocó la azucena sobre el escritorio y tomó la nota, la cual decía:

"Estoy prendado de ti. Mi vida te pertenece, amor mío"

Acercó la nota a sus labios y, cerrando los ojos, en un suave suspiro besó sus letras.

<<Y la mía es tuya, *amore mio*>>.

—¿A qué se deben esos suspiros?

Ainara, de inmediato, abrió los ojos.

—¡Gabriella, qué susto me diste!

—Vine antes porque las ganas de saber qué pasó ayer entre ustedes no me han dejado tranquila.

Ainara se levantó de la silla y fue hasta la ventana. Se fijó si por ahí andaba Saúl.

—Estuvimos en el cuarto de la bodega —comentó y, al ver que él no caminaba por los pasillos, volvió junto a Gabriella.

—¿Pasaste la tarde con él en ese lugar?

—¡Hicimos el amor, Gabriella! —Los ojos de Ainara se iluminaron, mientras que Gabriella, sorprendida, abrió los suyos como si fueran dos grandes platos.

—Ainara... ¿Lo dices en serio?

—Fue tan hermoso... Sentirlo pegado a mi cuerpo, besándonos y acariciándonos...

—Ustedes definitivamente están locos. —De pronto, Gabriella desvió la mirada hacia el ventanal. Sonrió, sonrojada—. Alguien espera por ti —murmuró con picardía.

Ainara se volteó enseguida.

Sus miradas volvieron a encontrarse.

Ainara corrió hacia donde él.

—Yo los dejo solos —dijo Gabriella y salió del aula.

Ainara y Saúl se miraron a través del cristal de la ventana.

—Ve al bosquecillo luego que terminen las clases —dijo Saúl—. Te estaré esperando.

Ainara le dio el sí con una tentadora sonrisa que enmarcó sus labios.

Saúl continuó su camino por el pasillo.

Ainara corrió al bosquecillo.

Saúl la esperaba apoyado contra un ciprés. Tan pronto la vio venir en su dirección, corrió a sus brazos.

Ciertamente, el pequeño bosque estaba apartado de la iglesia, y rara vez alguien cruzaba por ahí. Era imposible que pudieran descubrirlos.

Ambos se abrazaron.

—¡Ansié tanto volver a tenerte entre mis brazos y sentir la tibieza de tu piel! —exclamó Saúl.

Ainara lo tomó por el rostro; apenas tenían contados minutos.

—No ha habido un solo momento en el que no haya dejado de pensar en ti. —Su mirada de niña reflejó el más puro amor—, pero tengo que irme.

Sus labios se buscaron con ansias, fundiéndose luego en un beso desenfrenado.

Ainara se apartó de sus brazos y se apresuró por los senderos que conducían al convento.

A medio camino, se regresó y volvió junto a él. Envolvió entre sus manos el óvalo de su rostro y dijo:

—Mi vida también te pertenece. —Le dio un suave beso en los labios y se marchó.

El pequeño bosquecillo fue testigo de la pasión que encendía cada milímetro de sus almas.

Saúl permaneció en el bosquecillo, mirando a Ainara alejarse, cuestionándose por qué debería ocultar lo que sentía su corazón enamorado. No podía continuar por más tiempo perteneciendo a la iglesia; su conciencia no se lo permitía.

Resolvió ir a hablar con el padre Fortunato... y debía hacerlo cuanto antes.

Primero fue a su habitación; necesitaba poner en orden sus ideas y buscar las palabras correctas antes de confesarle al reverendo que, si continuaba en el sacerdocio, estaría ofendiendo a la iglesia y a Dios.

Saúl se había enamorado perdidamente de la hija del alcalde y nada podía hacer para evitarlo.

Sus ojos quedaron fijos en la diadema de Ainara, que la tarde anterior, luego de tumbarse abrazados sobre los cojines de la bodega abandonada y hacer por primera vez el amor, retiró de entre sus rizos dorados y llevó consigo... Fue la experiencia más bella.

Jamás se había enamorado, y mucho menos había tenido a una mujer entre sus brazos. Tomó la diadema entre sus dedos y, acercándola a sus fosas nasales, percibió su perfume; el mismo perfume dulce, floral y frutal que su delicado cuerpo emanó aquella memorable tarde.

La guardó consigo para, cada noche, revivir su esencia.

17

A LA MAÑANA SIGUIENTE, Saúl aguardó desde temprano por Ainara dentro del aula.

Sabía que ella llegaba con anticipación, y como nadie caminaba por ese lugar en esos momentos, se sentó sobre su escritorio a esperarla.

De pronto, escuchó el ruido de unos pasos aligerados que venían en su dirección, por lo que se levantó de inmediato. Se paró detrás de la puerta para sorprenderla en el momento en que ella la abriera y no pudiera verlo.

Efectivamente, Ainara entró dejando la puerta abierta y fue directamente a sentarse en su escritorio. Saúl, en silencio, observó cómo abrió la gaveta y sacó un pequeño libro.

Lo abrió y, de su interior, sustrajo la azucena blanca que él había dejado el día anterior.

La tomó entre sus manos y, esbozando una dulce sonrisa, besó sus pétalos.

Saúl se controló para que su presencia no fuera advertida, pero algo entró en su nariz y le hizo estornudar.

Ainara lanzó de inmediato la azucena dentro del cajón, miró a su alrededor y se levantó.

Saúl, por un instante, tuvo que contener la risa.

Ainara, extrañada, se acercó despacio al umbral de la puerta y miró hacia el pasillo, hasta que, sorpresivamente, Saúl se abalanzó a abrazarla.

—¿Estás loco? —replicó, ceñida entre sus brazos.

—Te estaba esperando —dijo Saúl, robándole un beso.

Ainara correspondió a ese dulce, aunque breve, beso.

—¡Qué susto me diste! —exclamó, acariciando con las yemas de sus dedos sus mejillas—. Ten más cuidado, no quisiera que alguien descubriera lo nuestro.

Saúl sonrió y besó sus manos.

—Nadie caminaba por los pasillos, no te preocupes.

—¿No te detuviste a pensar que quizá Filippo podría haber estado barriendo el patio? Lo hace desde muy temprano.

Saúl negó con la cabeza. Mientras tanto, caminó hasta la ventana y echó un vistazo.

—Me aseguré de que no hubiera nadie, no temas. Vine a decirte —dijo volteándose—, que hoy hablaré con el padre Fortunato.

Ainara corrió a su lado.

—¡No Saúl, por favor, aún no es el momento!

Saúl la tomó por las manos.

—¿Por qué, amor mío, si bien sabes que no puedo vivir un solo día más con este cargo de conciencia?

Ainara lo miró angustiada.

—Porque tengo miedo. Sé que el padre Fortunato conversará de inmediato con mi padre. Su moral es íntegra y lo hará... ¡Y tú no conoces cómo es él!

Saúl ciñó su rostro entre sus manos y dijo:

—No temas, por favor, solo entiéndeme. Le pediré que guarde el secreto, al menos por un tiempo. Sé que él va a comprender.

—¿Y si no?

Saúl pudo ver que el rostro de Ainara adquiría un matiz tan lívido como los tiernos pétalos de una rosa blanca.

—Entonces yo mismo hablaré con tu padre, así sabrá que mi amor por ti es tan fuerte que va más allá de la razón.

El brillo en los ojos de Ainara gritaban suplicantes:

—¡Hazme caso! Un día nuestro amor vencerá todas las barreras, pero ahora debemos ser prudentes... ¡Te lo imploro! Su ira, viéndose frustrado al no conseguir que me case con Donato, hará que me envíe lejos de aquí. Ni yo misma puedo adivinar qué ideas cruzarían por su cabeza en esos momentos.

Saúl la abrazó con más fuerza.

—Nunca repitas eso. Mi mundo acabaría el mismo día en que no pudiera estar a tu lado.

De pronto, Ainara se apartó de sus brazos y, mirándolo desesperada, exigió:

—Prométeme que no lo harás... ¡Saúl, prométemelo!

Saúl sostuvo su mirada, insertando un aire de quietud en sus ojos.

—Te lo prometo.

Ainara respiró profundo; pudo esbozar una sonrisa serena.

—Gracias, *amore mio*. Ahora vete, porque no tardarán en llegar los niños.

18

CUÁNTO AMOR EMANABA LA pareja. Pero solo con imaginar la reacción que tendría Gaetano al enterarse de que su hija se había enamorado del joven seminarista, quien estaba destinado a consagrar su vida a la iglesia y que no poseía más que un título en teología y otro en filosofía, Ainara sentía pavor por el antagonismo que acometería en contra de Saúl... y en contra de ella misma.

A Ainara le atemorizaba que la obligara a casarse con Donato, manipulándola quién sabe de qué manera. Su padre era un hombre autoritario y con mucho poder en el pueblo, y ella temía por ello.

Sabía que debía confesárselo, pero ni ella misma sabía cómo ni cuándo.

Llegó el fin de semana, y Ainara estaba consciente de que no podría inventar cualquier excusa para ir a la parroquia y verse con Saúl.

Ese sábado, a su padre se le ocurrió la brillante idea de invitar a la familia Carusso al almuerzo y, por supuesto, al flamante abogado de cuarta, según Ainara.

Lejos de saber que tendría que lidiar con el pesado de Donato, además de soportar las insinuaciones de su padre, Ainara estaba feliz porque sabía que al día siguiente, después de la misa de las once, vería a Saúl.

Su madre organizó que en casa se celebrase el cumpleaños del párroco.

Fortunato cumplía setenta años, dedicando cuarenta de su vida a servir a la parroquia de San Feliciano di Valserra.

Un gran almuerzo de bienvenida se cocía en la cocina de la casa D'Alfonso por orden de Gaetano, para halagar a la familia Carusso.

Ainara no tenía ningún deseo de bajar y compartir con ellos. Si al menos Gabriella estuviera con ella, pero tuvo que hacer un viaje corto con sus padres ese día.

Antes de que la voz autoritaria de su padre bramara desde el piso de abajo llamándola para que bajara a recibir a sus congraciados invitados, ella se adelantó y, al ver que su madre se encontraba en el salón principal, protestó:

—¿Por qué papá tiene que insistir en meterme por los ojos a Donato? No conforme, hasta les invita a sus padres.

—¡Qué modales son esos, hija!

—¡Ay, mamá, así se habla ahora! ¿No pudiste haberte negado?

—Ya sabes que lo que dice tu padre se hace, Ainara. Además, Donato habló anoche con él diciéndole que tiene algo muy importante que decirnos. Según tu padre, dijo que se lo escuchaba contento. Él está muy emocionado por saber qué es lo que, con tanto afán, Donato quiere comunicarnos.

Ainara hizo un vívido gesto de fastidio, chasqueando la lengua.

—Espero que le diga que se va lejos, muy lejos de aquí para hacer su tesis... ¡A China, de ser posible!

—¿Qué pasa, hija? Te noto irritada.

—Sí, mamá, Donato y toda su aristocrática familia me exasperan. ¡Bien sabes que no lo tolero, y tú continúas apoyando a papá! Deja de obedecerlo en todo y piensa más en mí... ¿No crees? —Ainara se dio media vuelta y prefirió ir al jardín.

Sentada, de brazos cruzados, sobre la banqueta junto a las hortensias de su madre, contó los minutos para que el día acabase de una vez por todas.

Tan pronto como todos se encontraban sentados a la mesa, Donato, quien estaba junto a Ainara, no dejó de alabar sus propios méritos. En poco tiempo se recibiría de abogado y, por supuesto, eso admiraba considerablemente Gaetano de él.

Nicoletta y Darío Carusso llegaron vestidos muy elegantes al almuerzo; y ni hablar de Donato, aunque él siempre vestía impecable, esta vez llamó la atención de Ainara.

No se conmemoraba algo... ¿O sí?

Después del almuerzo, Gaetano invitó a la familia Carusso a pasar al salón principal, para degustar del fabuloso pudín de pistacho que Francesca preparaba y que, en efecto, le quedaba delicioso.

Luego de que Alfonsina sirviera el postre, Donato se puso en pie y, pidiendo la atención tanto de Gaetano como de su esposa, anunció:

—Mis estimados Francesca y Gaetano, tengo algo muy importante que decirles. —Luego se giró hacia Ainara, quien, por sugerencia de su padre, se encontraba junto a él, y continuó—: Ainara, es algo que nos compete a los dos. —Ainara abrió los ojos, extrañada, mientras Donato prosiguió—: Todos conocemos perfectamente que, desde niños, Ainara y yo hemos mantenido una amistad muy estrecha. Y ahora que somos adultos, siento que esa infantil amistad se ha convertido en amor. Francesca, Gaetano, con todo respeto, me encantaría pedir la mano de su hija. Sé que suena bastante apresurado, pero deseo de corazón casarme con Ainara cuanto antes. Pronto tendré que ir a Florencia para culminar mis estudios y no regresaré en mucho tiempo a Valserra, por lo que me encantaría poder hacerlo enseguida.

Ainara estuvo a punto de abrir la boca para gritarle que era un ridículo y todo cuanto se merecía, pero la voz de su padre se interpuso antes:

—¡Donato, mi querido muchacho, qué noticia maravillosa! Sabes que las puertas de mi casa siempre estarán abiertas para ti. Mi mayor felicidad es que ustedes se comprometan, además...

—¡Tú lo has dicho, papá, las puertas de *tu* casa, pero no las de *mi* corazón! —protestó Ainara poniéndose de pie de inmediato, contradiciendo a su padre. Gaetano frunció el ceño, mirándola exasperado. Pero ella, sin tomar el más mínimo interés ni en él ni en los padres de Donato, quienes quedaron paralizados por su inesperada reacción, regresó a mirar a Donato y, desafiante, replicó, clavándole la mirada—: ¿Quién te crees tú para venir a pedir mi mano sin habérmelo consultado antes? Yo no estoy enamorada de ti... ¡Y nunca lo estaré!

—¡Ainara, qué forma de comportarse es esa! —espetó su padre.

Ainara se volvió hacia él, pero se mantuvo en silencio. Luego regresó a ver a los padres de Donato y se disculpó con ellos:

—Disculpen ustedes, señora Nicoletta y señor Darío, por este malentendido, pero entre su hijo y yo no hay ninguna relación amorosa ni lo habrá. Me apena que hayan tenido que presenciar esto.

Ellos apenas asintieron con la cabeza, pero, por la expresión de disgusto en sus rostros, se podría afirmar que se sintieron humillados. Mientras tanto, Donato permaneció inmóvil al lado de Ainara, seguramente retorciéndose de ira por el bochornoso momento que la hija del alcalde le hizo pasar.

—Ainara —exigió su padre—, ¡vienes conmigo en este momento al despacho!

Francesca tomó a su esposo de la mano.

—Déjala, Gaetano. Es preferible dejar solos a los muchachos para que puedan conversar.

—Nosotros nos retiramos —dijeron los padres de Donato—. Que tengas una buena tarde, Francesca. Hasta pronto, Gaetano.

—Una buena tarde para ustedes también, Nicoletta —respondió Francesca, y se dispuso a encaminar a su esposo hacia el despacho.

—Te veo el lunes en la alcaldía, Gaetano —dijo Darío, y salieron de casa.

Mientras tanto, Ainara y Donato permanecieron en el salón.

Ainara se sintió incómoda por decir las cosas de esa manera. Pero tampoco podía continuar permitiendo que tanto su padre como Donato decidieran sobre sus sentimientos. Desde ya, no tendría más consideración con el abusivo de Donato.

Donato se mostró molesto; la fuerza de su mirada así lo delató. Mas a Ainara poco o nada le importó.

—Fuiste muy grosera con mi propuesta, Ainara. Ni mis padres ni yo merecíamos ese trato.

Ainara lo fulminó con la mirada.

—¿Y qué querías? El grosero eres tú, que vienes así sin más a mi casa y les comunicas a mis padres que te casarás conmigo. ¡Y todavía dices que quieres hacerlo enseguida para que vaya contigo a Florencia! ¿Qué te crees que soy? ¿Una de esas mujeres a las que seguramente tienes a tus pies y puedes disponer a tu antojo? Conmigo te equivocaste, Donato. Ya te he repetido hasta el cansancio que no me interesa nada contigo.

Donato rio con desprecio.

—¡Qué cambiada te noto, Ainara! Realmente has dado un cambio repentino desde que estás en ese bendito voluntariado. Debería hablar con tu padre para que te prohíba de una buena...

—¡Ni te atrevas a inmiscuirte en mis cosas y en las decisiones que tome mi padre! —exigió Ainara dando un paso adelante, colocándose aún más cerca de él.

Donato esbozó una sonrisa irónica.

—Veo que continúas teniéndole miedo... Pero esto no se quedará así. Yo tengo mis medios para averiguar qué es lo que pasa contigo. Hasta pronto, Ainara. Nos volveremos a ver... Tenlo por seguro.

Ainara prefirió no responder. Lo miró marcharse con ese caminar arrogante, muy propio de él.

¿Estaría Donato presintiendo algo?

Le atemorizó que tal vez se hubiera dado cuenta de que entre ella y Saúl avivaba un sentimiento muy fuerte; quizás una mirada comprometedora de la que no tuvieron cuidado, y él la advirtió en alguna de las tantas veces que fue buscándola a la parroquia.

Prefirió no darle importancia... podían ser suposiciones suyas.

En ese momento salieron del despacho su padre y Francesca.

—¡Estoy muy desilusionado por tu maleducado proceder, Ainara! —recriminó su padre.

—Discúlpame, papá, que te contradiga, pero yo no fui la maleducada. Estoy en todo mi derecho de decidir y saber hasta qué punto admito tal o cual cosa que involucre mi vida.

Gaetano rezongó, pero Francesca enseguida intervino:

—Basta, cariño, no discutas más con tu hija. Si es de ser que formalicen una bonita relación con Donato, así será.

—¡No, madre!

Antes de que Ainara pudiera refutar más a las exigencias de su padre, Francesca le hizo un gesto con los ojos.

—¡Ya ha sido suficiente por hoy, hija, ve a tu habitación!

Ainara se dio media vuelta y, con sus labios contraídos en una fina línea, subió los peldaños que conducían a su habitación.

Qué falta le hizo en esos momentos estar entre los brazos de Saúl y, con tan solo mirar el dulce sigilo de sus ojos, cobijarse bajo el manto de su tierna y apacible quietud.

19

Fuegos artificiales y la alegre música de mandolinas y violines sonaban en los jardines de la casa de la familia D'Alfonso para celebrar los setenta años de vida del párroco del pintoresco pueblo norteño de Valserra.

Francesca organizó una gran fiesta en su honor, y Fortunato, en medio de tan alegre música, rodeado de todas sus amistades y, por supuesto, frente a tantos manjares —de los cuales él disfrutaba a más no poder—, se sentía feliz.

Ainara, junto a Gabriella, contemplaban desde un extremo de la tarima la fiesta, en la que los músicos, con sus alegres melodías, deleitaban a los presentes, mientras que algunos bailaban. Saúl, sentado a una mesa a escasos metros de ella, en compañía de Filippo y otros sacerdotes, también cantaba y brindaba.

Ambas miradas convergieron, y él, con una dulce sonrisa que surgía de sus sensuales labios rojos, levantaba su copa y le dedicaba su atención.

Ainara también hacía lo suyo para corresponderle: bastaba un gesto o una mirada vehemente, inadvertida por todos.

Gracias al cielo, Ainara no tuvo que soportar la presencia de Donato; él se ausentaría por algunos días, lo cual fue un alivio para ella, más aún luego del desagradable encuentro que tuvo con él la tarde anterior.

Ainara no iba a dejar pasar por alto la reunión. Buscó por todos los medios el momento oportuno para verse a solas con Saúl, pero tal parecía que miradas inquisitivas los vigilaban.

Su consuelo fue contemplarlo desde aquella considerable distancia.

De pronto, Francesca apareció por el centro del jardín, venía del brazo de Romina, y a su lado iba Giordano.

Tan pronto como Gaetano vio a su hija, se levantó y fue a abrazarla.

Había transcurrido algún tiempo desde que se casaron y fueron a su viaje de bodas. Nuevamente su hermana estaría en el pueblo, y eso les haría felices tanto a su madre como a su padre.

Ainara también se alegró por tener a su hermana de vuelta, a pesar de no haber compartido tiempo con ella.

—¿Cómo estuvieron estos meses por Grecia, hermana? —preguntó, dándole un abrazo.

—Feliz, Ainara, y más aún por estar nuevamente en casa con todos. —Romina desvió la mirada hacia el centro del jardín—. Iré a darle un abrazo al padre Fortunato, te veo luego.

Ainara la miró alejarse; su hermana se veía feliz. Tomó de la mano a Gabriella y, con prisas, la encaminó hasta su habitación.

—¿Qué sucedió? —preguntó Gabriella.

—Haré algo, y en este preciso momento —comentó con su amiga mientras escribía una nota en el pedazo de papel que arrancó de su libretín—. Regresemos a la fiesta —apuró tan pronto como terminó de redactar—, que esto se lo daré yo misma a Saúl.

—¿Y cómo piensas dárselo? —cuestionó enseguida Gabriella.

—Buscaré el momento oportuno. —Ainara sonrió, mordiendo un extremo de su labio inferior—. Necesito verlo y estar a solas con él.

—¡Ay, Ainara, ten cuidado! Mira que alguien podría darse cuenta y no quiero ni imaginar...

—¡No seas melodramática! Nadie va a darse cuenta. Confía en mí.

Las dos amigas regresaron a la fiesta y, en cuanto Ainara vio que Alfonsina cargaba una fuente con refrescos para los invitados, enseguida se apresuró hacia ella.

—Deja que yo le lleve un refresco al padre Fortunato, Alfonsina.

—¡Gracias, mi niña! Ve pronto, porque tal parece que este calor lo tiene sediento.

Ainara rio.

—Llevaré otro para dárselo también a Saúl —dijo, agarrando dos refrescos de la bandeja, y se encaminó hacia donde estaban ellos—. Les traigo unas bebidas, padre Fortunato.

—¡Hija mía, qué a tiempo pensaste en mí! Moría de sed. —Fortunato alargó la mano, y de un solo sorbo terminó el refresco.

—Si desea otro, déjeme decirle a Alfonsina, padre. Ella viene hacia nosotros. —Mientras tanto, Saúl no le apartaba ni un momento los ojos de encima.

—Pienso que sí, hija —asintió el reverendo—, el calor está insoportable.

Luego Ainara se volvió hacia Saúl.

—Sírvete, Saúl. —Hizo contacto visual con él y, regalándole una sonrisa disimulada, le pasó discretamente la nota junto con la bebida. Sus dedos se rozaron y, sujetando la nota, Saúl rápidamente la introdujo en el bolsillo de su pantalón de lino negro que esa mañana llevaba puesto. Alfonsina cruzó frente a ellos—. Continúe disfrutando de su fiesta, padre. Alfonsina —dijo Ainara, señalando al reverendo—, el padre Fortunato desea que le sirvas otra bebida. —Intranquila, deseó alejarse cuanto antes de ahí. Supo que Alfonsina notó algo, porque al hacerle un gesto no muy esperanzador con los ojos, le clavó la mirada.

Apurada, y sin mirar atrás, Ainara se encaminó hacia donde estaba su amiga.

—Presiento que Alfonsina se dio cuenta, Gabriella.

—¡Te advertí, Ainara! Más vale que inventes algo ¡y ya!, porque viene hacia nosotras.

—Ven conmigo a la cocina, Ainara —exigió Alfonsina, tomándola por el brazo.

Ainara y Alfonsina se dirigieron hacia la casa.

—¿Piensas que no me di cuenta de lo que hiciste?

—¿Qué fue lo que hice?

—Vi cómo le pasaste una nota al joven Saúl.

—Tenía que hacerlo, Alfonsina.

—Explícame...

—Nana, él va a ayudarme con un proyecto que tengo en mente para los niños... Conoce más que yo de pintura.

La forma en que Alfonsina la inquirió fue incierta.

—¿Notitas...? ¿Y no podrás decírselo hablando?

—Ay, nana, ¿y cuál es el problema en que le pase una nota al seminarista? Fueron datos lo que escribí ahí.

Alfonsina gesticuló con los labios y respondió:

—Está bien, Ainara. Y ahora ayúdame llevando esta fuente a la mesa de tus padres, ¿quieres?

Ainara tomó la fuente y se dirigió a la mesa donde sus padres conversaban y reían.

Gabriella se acercó y, enseguida, luego de que Ainara les sirviera el postre, la haló por el brazo hasta un extremo del jardín.

—¿Qué sucedió? ¿Se dio cuenta de algo?

—Sí, pero enseguida le dije que le pasaba unos datos para que Saúl me ayudara con un proyecto. Todo está bajo control, te aseguro que se lo creyó.

Gabriella respiró más tranquila.

—Menos mal... ¿Y qué decía la nota? Si se puede saber, claro.

Ainara sonrió, mordiéndose un extremo del labio inferior.

—Que esta noche amaneceré entre sus brazos...

20

AINARA LE DEJÓ SABER a Saúl que, después de que todos se hubieran ido, ella iría a darle el encuentro en el jardín de los rosales.

Él debía esperar por ella al otro lado del portón.

Ainara salió pasada la medianoche de su habitación y bajó en puntillas a la planta baja. Se desplazó en silencio, descalza, por la cocina para que Alfonsina no pudiera escucharla. Salió al patio trasero y, en medio de la confusa noche estrellada, echó a correr al pequeño jardín de los rosales.

Tal como decía en la nota, Saúl esperaba por ella detrás del viejo portón que lindaba con el riachuelo.

Ambos se abrazaron.

Las estrellas, que dibujaban el cielo con su tiara titilante, fueron testigo del delirio de sus labios fundiéndose en un apasionado beso.

Ainara tomó a Saúl de la mano y lo encaminó hacia el viejo granero.

Cerró el portón, cegándolo con un pedazo de madera y, prendiendo el candelabro que yacía sobre un viejo baúl, avanzaron hacia su interior.

Situó el candelabro sobre el piso: de él chisporroteaba un fuego vivaz.

Ainara se retiró el abrigo y, ante los ojos de Saúl, quien, mirándola en completa fascinación, dejó escapar de sus labios rojos una inquieta sonrisa, reveló su sensual figura, disimulada por la diminuta camisola. Desató su cabello, permitiendo que se desbordara libre sobre sus hombros, cubriendo el encaje que circundaba sus atractivos pechos firmes.

Ambos se miraron dulce y ardientemente en silencio.

Ella se aproximó más hacia él y, suavemente, acercó sus manos a su pecho. Desabotonó su camisa blanca de algodón que esa madrugada llevaba puesta. Pasó las yemas de sus dedos por sus voluptuosos pectorales y se deleitó recorriéndolos. Acercó sus labios y, entre suspiros, se embriagó con su firmeza y su calor.

Levantó la mirada y encontró la suya.

Sus ojos verdes, como dos esmeraldas destellantes, clamaron de deseo.

Ainara lo miró con fervor; anhelaba sus besos, codiciaba la lujuria de su cuerpo.

Saúl acarició con sus labios cada rincón de su piel.

La tomó en brazos y la hizo reposar sobre un espacio de paja, como si fuese un lecho de amor que sutilmente había sido moldeado para que dos cuerpos enamorados fundiesen ahí sus más ardientes deseos. Situado junto a ella, la acarició suavemente y, tomándola con ambas manos por el rostro, besó sus labios.

Ainara se colocó sobre él. Sus cuerpos desnudos danzaron al compás de los latidos de su corazón, mientras sus rizos dorados, los que él tanto amó, se balancearon impulsivos para después precipitarse y colisionar contra su firme y afrodisíaco abdomen.

El sudor brotó exhausto por sus poros, abriéndose paso por su piel agitada y bañándolos con su aroma, mientras tenían como único testigo a la débil llamarada que, avivada por la fuerza de su amor, se incitaba al compás de sus gemidos y su respiración.

Cautivos de gozo, apaciguaron su sed de pasión desmedida, hasta que aquel cielo cómplice, que los cobijó con la infinita tiara de estrellas titilantes, dibujó en su amparo delicados matices anaranjados, dando la bienvenida a un nuevo amanecer.

Los débiles rayos de luz se colaron por la claraboya, exigiéndoles que despertaran.

Saúl acarició su larga cabellera dorada, y dándole un beso en la frente, le dijo que regresaría al convento. Sus labios rojos esbozaron una tierna sonrisa y se levantó; a lo que Ainara le respondió:

—Ve con cuidado, *amore mio*. Pronto estaré contigo.

21

—Buenos días, padre Fortunato.

—Saúl, hijo mío —contestó el párroco, mientras lo encaminaba por los pasillos del convento—, vamos al comedor, que un buen desayuno nos espera.

Saúl apenas pudo tomar una ducha rápida y vestirse.

—Anoche fui a buscarte a tu habitación —continuó el párroco—. Llamé a la puerta y no contestaste.

—Seguramente me habré quedado dormido, padre —mintió; cosa que él jamás hacía, pero no tuvo otra manera de escapar de la interrogante, que a él mismo le sorprendió. No era usual que el reverendo paseara por los pasillos tarde en la noche. Saúl abrió la puerta del comedor y, desviando el tema de la conversación, comentó—: Qué linda celebración le ofreció la familia ayer, padre.

—Maravillosa. Gaetano y su familia son muy queridos en toda Valserra, y para mí en particular.

Al poco tiempo, Filippo también entró en el comedor.

—Buenos días, padre.

—Buenos días, Filippo. —Fortunato metió la mano dentro del bolsillo de su sotana y sacó un apunte—. Por favor, Filippo, necesito que, luego del desayuno, vayas a la despensa y compres todo lo que escribí en la nota.

—Enseguida del desayuno lo haré, padre.

—Y bueno —comentó Fortunato, limpiándose los labios con la servilleta de lino luego de terminar con la última rebanada de prosciutto—, yo los dejo, muchachos, porque se me hace tarde para verme con Francesca.

—Yo también debo retirarme —dijo Saúl, y salió del comedor.

Antes pasó por su habitación, recogiendo la azucena blanca que, al paso, arrancó de un jardín para dársela a Ainara, y fue a esperarla en el pasillo exterior, enfrente del aula. Fortunato y Filippo no se encontraban en la parroquia, así que Saúl aprovecharía ese momento, por corto que fuera.

Cuando la vio entrar, se acercó más hacia la ventana para que ella pudiera verlo.

Enseguida que Ainara dejó su maletín sobre el escritorio, rodó sus ojos hacia el ventanal.

Saúl, dirigiéndole un beso volado, le pidió que se acercara.

Mas Ainara, corriendo hacia donde él, abrió de par en par el ventanal.

—¿Qué haces aquí? ¿Cómo se te ocurre?

—Deseaba verte. —Saúl miró de cada lado del pasillo, constatando que no pasara nadie por ahí en ese momento. La atrajo hacia él y pudo besarla—. Me hace falta tu aroma, sentir el calor de tus labios.

Ainara ciñó a Saúl por el rostro.

—Yo también lo deseo igual. Sabes que te estoy amando con todas mis fuerzas... ¿Lo sabes, verdad? Pero debemos ser más cautelosos.

Saúl sonrió.

—Lo seré. Traje esto para ti. —Saúl acercó la azucena blanca a sus manos y, mientras la sujetaba por contados segundos entre las suyas, la contempló embelesado.

Ainara desvió por un momento su mirada de él.

—¡Madre del cielo, el padre Fortunato! —exclamó, apartándose de inmediato de su lado.

—¿¡Qué!? —Saúl regresó la mirada al pasillo.

—¿Saúl, qué haces por aquí? —preguntó el párroco.

Entretanto, Ainara, nerviosa, saludó al reverendo:

—Buenos días, padre... ¿Cómo amaneció usted?

Fortunato detuvo su mirada en Saúl; luego respondió al saludo, aturdido, de Ainara:

—Hija mía, buenos días. Necesito recoger una carpeta que dejé en el aula antes de ir a ver a tu madre.

—Claro, padre, enseguida se la busco. —Y dándose media vuelta, Ainara se encaminó al interior del aula.

Mientras tanto, Saúl se quedó inmóvil, sin saber qué responder al párroco.

—Pensé que estarías en la iglesia organizando la celebración del mediodía, Saúl —dijo el reverendo.

—Sí, padre, únicamente pasé un momento para entregarle algo a Ainara.

Fortunato carraspeó.

—Espérame en la sacristía, iré enseguida.

Saúl se dirigió hacia la sacristía. Presintió que el párroco había visto algo.

—Ven conmigo a mi oficina, Saúl —dijo Fortunato en cuanto fue a darle el encuentro.

Saúl lo siguió preocupado. Cómo no tuvo cuidado y dejó que el reverendo los viera tomados de la mano. En su mente, enseguida ideó alguna disculpa creíble para no involucrar a Ainara.

Tan pronto como el reverendo cerró la puerta detrás de él, cuestionó:

—¿Qué está sucediendo contigo, Saúl?

—¿Por qué lo pregunta, padre?

—Muchacho, no te hagas el que no sabes a lo que me refiero. Los vi a ti y a Ainara tomados de la mano.

—No, padre...

—Saúl... —Fortunato lo inquirió con la mirada—, ¡vi cómo la mirabas! ¿Crees que, por ser un cura viejo, no conozco esa forma de mirar a una mujer?

—Padre Fortunato, por favor... —Saúl quiso confesarle de una vez por todas su amor por Ainara y no faltar más a la iglesia, pero pensó en ella. No podía exponerla ante su padre—. Debe ser un malentendido.

—Está bien, Saúl, esperemos que sea como dices. Tú eres un hombre consagrado a la iglesia; pronto te recibirás de sacerdote. Si alguna duda hay en tu corazón, deberías decírmelo cuanto antes... Pero te advierto que no tenga nada que ver con la hija del alcalde —advirtió el párroco, incrustando un aire de desconfianza en la inquietud que los ojos de Saúl no pudieron disimular—. Ahora debo irme.

—Hasta pronto, padre. —Saúl permaneció en la oficina del párroco, pensando qué haría. La manera en que el reverendo le planteó las cosas dejó clavada una espina en él; Saúl intuyó que Fortunato algo se olía.

Desde ya, debería ser más prudente, pensó.

Esperó a que el reverendo saliera de la parroquia y que fuera la hora de receso con los niños para ir a hablar con Ainara.

La llamó desde el umbral de la puerta.

Ainara se dio la vuelta y enseguida fue hacia él.

—¡Saúl, estaba preocupada por ti! ¿Qué te dijo el padre Fortunato?

—Desconfía de mí.

—¿Se lo confesaste?

—¡No, por supuesto que no! Antes está mi palabra.

Ainara lo abrazó por un instante.

—¡Gracias, *amore mio*, no imaginas la reacción que tendría mi padre! Y más aún luego de que...

—¿Qué pasó? —preguntó Saúl, apartándose de sus brazos.

—No quise decírtelo antes porque para mí no tiene la más mínima importancia, pero Donato estuvo hace unos días en casa. Fue a decirles a mis padres que desea casarse conmigo. —Saúl se quedó en silencio, mientras tanto, Ainara continuó—: Papá comprendió que jamás lo haré con él. Además, Donato se marchará muy pronto a Florencia y estará lejos de aquí por mucho tiempo.

—Pude notar el afán de tu padre en sus ojos —dijo Saúl—. No lo tomes a mal, pero él desea lo mejor para ti. Seguramente ve en Donato a un buen hombre.

—¡Pero yo no lo amo!

—Lo sé, amor mío. —Saúl la acercó a su pecho y besó su frente—. Por ahora necesitamos ser más prudentes. No quiero que, por nada de este mundo, tu padre haga algo en tu contra. Sé que el padre Fortunato está en sobreaviso con nosotros.

Ainara respiró profundo y exhaló con fuerza.

—Tienes razón, no podemos vernos en la parroquia tan seguido. Te haré llegar una nota con Gabriella, donde te diré cuándo y dónde encontrarnos.

Saúl, esbozando una suave sonrisa, bajó la mirada y encontró la suya.

—Estaré pendiente.

—Prométeme que serás paciente. Ten por seguro que esto no tardará mucho tiempo. Muy pronto hablaré con mis padres.

—Lo sé. Ahora debo irme. —Saúl la tomó con ambas manos por el rostro y, en un beso apresurado, tiernamente besó sus labios.

22

Los días pasaron. Ainara y Saúl dieron comienzo a su plan de no verse ni coincidir por los pasillos cuando estuvieran en la parroquia; únicamente se veían a la hora del almuerzo.

Ainara tenía que morderse las ganas de levantar la mirada y dedicarle una mirada ardiente.

De seguro ocurría lo mismo con Saúl.

Simplemente conversaban lo necesario con el párroco, y luego cada cual tomaba su camino.

Ainara deseaba con ansias volver a verse a solas con él.

Terminó de redactar la nota y se la entregó a Gabriella.

—Hazle llegar esto a Saúl, por favor. Pero tiene que ser hoy mismo, y ten cuidado de que nadie se dé cuenta.

—Es difícil porque siempre está acompañado del padre Fortunato —respondió Gabriella—, pero buscaré la manera.

—Tengo una idea —dijo Ainara—, pásala por debajo de la puerta de su habitación.

—Es mejor así. Me voy ahora antes de que alguien pasee por los corredores. —Gabriella cogió la nota y se apresuró por los pasillos.

Ainara le decía a Saúl en la nota que lo esperaba al día siguiente, temprano en la mañana, en el río del bosquecillo de cipreses. Ese viernes no tenía que dar clases porque era feriado en el pueblo, y ella sabía que buscaría la manera para salir de casa e ir a encontrarse con él.

Saúl esperaba por Ainara la mañana del viernes, sentado sobre la misma roca, cuando ella, desesperada por hacerlo entrar en razón, decidió tentarlo.

Se veía tan relajado con sus jeans entubados y su camiseta verde pistacho, la cual competía con el color de sus ojos.

Saúl, distraído, lanzaba piedrecillas al río hasta que, acercándose por detrás, Ainara le cubrió los ojos con sus manos. Él, tomándolas enseguida entre las suyas, sonrió.

Ainara lo abrazó fuerte contra su pecho.

Qué quietud sintió de encontrarse a solas con él en aquel pacífico lugar, en donde, rodeados del bosquecillo de cipreses, el sonido del agua golpeando contra las rocas y el apacible canto de los pájaros hicieron que el tiempo se detuviera.

—¿Cuánto tiempo llevas esperando por mí? —preguntó, sentándose sobre sus piernas.

Saúl la abrazó por la cintura.

—Quizá veinte minutos, quizás algo más, no lo sé. Eso no tiene importancia, ahora estás aquí conmigo, solos en nuestro lugar.

—Pronto estaremos juntos, amándonos sin temor a las miradas del mundo —dijo Ainara, girándose hacia él, perdiéndose en sus labios rojos. Su sonrisa deslumbraba sus mañanas.

—Pronto, amor mío. Y ahora dime ¿cómo te las ingeniaste para venir hasta aquí?

—Dije a mis padres que pasaría el día en casa de Gabriella —contestó, mirando hacia el horizonte.

Saúl echó a reír.

—Tú siempre tan perspicaz. Eso adoro de ti, ¿lo sabías?

—Y yo te adoro a ti —respondió, volviendo la mirada a sus ojos—. Ven conmigo. —Ainara se levantó y lo haló con ella por el brazo. Corrieron tomados de las manos por entre el sinuoso camino del bosquecillo de cipreses, hasta que llegaron a una llanura abierta. Ainara soltó su mano y corrió ladera arriba—. ¡Alcánzame! —gritó.

Saúl empinó veloz por la colina, tratando de alcanzarla.

Ainara se adentró por un extenso campo de cipreses enmarañados y desapareció de su vista.

—¡Alcánzame! —repitió entre carcajadas. Se detuvo al pie de un matorral y, recobrando el aliento, rodó sus ojos por entre los árboles, tratando de encontrarlo, pero él no apareció por ningún lugar—. ¿Dónde te metiste?

De pronto, sintió el calor de sus brazos rodeando el contorno de su cintura.

—¿Dónde crees? —respondió Saúl, besando la curvatura de su cuello.

Ainara se estremeció al sentir el cosquilleo que erizó su piel, y se giró hacia él.

Sus miradas se encontraron, suplicantes de deseo... Sus labios, como cerezas que tentaban a comérselas, se arrebataron delirantes.

Sus manos despojaron recíprocamente de sus vestimentas, lanzándolas a la maleza.

Sobre su espesura, a los ojos del bosquecillo de cipreses, que acunaron sus cuerpos desnudos, prisioneros de éxtasis y ventura, se amaron apasionadamente y sin control, entregándose el alma a lo Romeo y Julieta.

Exhaustos, cobijados por los destellos de luz que se colaban entre las ramas, se miraron el uno al otro en silencio a través del fulgor de sus pupilas, y bajo el susurro del canto de las aves que orquestaron su amor, quedaron adormecidos.

Y así, una tras otra, corrieron las horas.

—Deseo que tengamos una casa en lo alto de una colina, así, igual que esta, verde y rodeada de cipreses, y a la distancia divisar el mar —comentó Ainara con la cabeza recostada sobre su regazo, mirando hacia el horizonte, donde, en la parte baja, decenas de ovejas comían de los pastizales.

Saúl jugaba, enredando entre sus dedos los rizos de su cabello dorado, dejándolos caer con una suave caricia sobre sus senos desnudos.

—Así será, amor mío. Construiré nuestra casa en un lugar tranquilo y pacífico como este. Imagino a nuestros hijos corriendo felices por las llanuras, y tú, hermosa como siempre, luciendo tu radiante vientre, esperando a nuestro tercer hijo. —Saúl sonrió y besó la curvatura de su cuello.

—¡Amo a los niños, y deseo tener muchos contigo! —Ainara sonrió también y, entrelazando sus manos con las suyas, las enrolló cercando su cintura y recostó su cabeza sobre su clavícula.

Ambos se quedaron en silencio, cautivos de esa dulce paz.

—Es tarde, *amore*, debemos irnos —dijo Ainara.

Saúl la aprisionó con fuerza y besó su coronilla.

—Regresemos entonces.

23

SAÚL SENTÍA QUE SU corazón enamorado latía con mayor intensidad con cada día que pasaba.

Sentado aquel sábado de otoño sobre la banqueta en el patio de las higueras, en donde las hojas de los árboles empezaban a caer, recordaba a Ainara, inmerso en sus pensamientos. Con su mirada prendida en la azucena blanca que yacía entre sus dedos, extrañaba con fervor su dulce sonrisa, el resplandor de sus ojos repitiéndole cuánto lo amaba, el destello de sus delicados rizos dorados, los cuales, al ser bañados por los rayos del sol, jugaban insinuantes, meciéndose libres con cada caricia de una suave brisa frente a sus ojos; sus delicadas manos acariciando sin pudor cada parte de él, la dulzura de sus labios estremeciendo su piel con cada beso, la sensualidad, y a la vez el candor de su perfecto cuerpo desnudo que, cada vez que lo imaginaba o lo poseía en un tierno abrazo, provocaba sus sentidos...

Ainara era su mundo; ella era su todo.

De pronto, la voz del párroco le sacó de sus ensimismados pensamientos, acercándose agitado, a donde él estaba:

—Saúl, te estuve buscando por todos lados. De haber sabido que estarías aquí, no me habría tomado la molestia de recorrer todo el convento.

Saúl enseguida guardó con cuidado la azucena dentro del bolsillo de su pantalón para que sus hojas secas no se desprendieran.

—Dígame, padre Fortunato.

—Hijo, estoy un tanto aburrido. Hoy todos han tomado su día libre... bueno, casi todos. Por suerte tú estás aquí conmigo. ¿Qué te parece ir al centro del pueblo? Necesito un cambio de aires, y este clima fresco es ideal para dar un paseo.

Saúl sonrió.

—Por supuesto, padre, voy con usted.

—Vamos entonces. ¿Has probado las rosquillas de chocolate que preparan en la cafetería que está enfrente del parque? Son exquisitas.

—No, padre, pero hoy las probaremos.

Saúl fue hasta su habitación, y después de devolver la azucena a su libro de medicina, se encaminaron hacia el centro del pueblo. La distancia era corta, entre quince y veinte minutos.

El olor a castañas recién horneadas que humeaba esa tarde, invadiendo con su gustoso aroma las callejuelas que circundaban el parque del pueblo, incitó los sentidos del párroco. Él las disfrutaba en los meses de otoño. Le indicó a Saúl que se detuvieran a comprar un paquete del carrito que estaba estacionado junto a la acera.

Saúl enseguida se detuvo y, mientras sus ojos estaban puestos en las manos de aquella mujer mayor, curtidas por los años, que envolvía una buena porción en un canuto de papel que ella misma enrolló, llamó su atención las risas un tanto escandalosas de una muchacha que le llegaron desde la acera de enfrente. Levantó la mirada: Gabriella, riendo, paseaba del brazo de Donato, mientras que Ainara, distraída, iba en silencio tropezando a su paso con quienes cruzaban junto a ella. Saúl se detuvo a mirarla, y por un momento olvidó por completo que el reverendo se encontraba a su lado y no tomó precaución de su presencia.

Pero tal parecía que ella no cayó en la cuenta de que él estaba allí, frente a sus ojos, observándola.

Quizá la fuerza de su mirar hizo que Ainara volviera a mirarlo.

Ambos sujetaron extrañados sus miradas.

—Saúl, ayúdame con esto —dijo de pronto el párroco—. ¡Oh, miren a quiénes tenemos por aquí también! —Fortunato levantó la mano saludándolos, pero de inmediato les hizo una seña dando a entender que debían continuar con su paseo vespertino.

Ainara apenas sonrió; en tanto que Saúl y ella se siguieron en silencio con la mirada mientras avanzaban por aceras diferentes, hasta que Saúl y el párroco entraron en la famosa cafetería donde horneaban las mejores rosquillas con chocolate.

Sentados a la mesa, Fortunato disfrutó sobremanera de su taza de chocolate caliente y unas cuantas de sus apetecidas rosquillas... Mas no ocurrió lo mismo con Saúl.

Qué extraño le resultó ver a la mujer que amaba paseando con quien ella misma le había confesado unos días atrás que la pretendía. A pesar de que a Ainara y a Donato los separaban algunos metros de distancia, Saúl sintió celos de él.

24

A LA MAÑANA SIGUIENTE, las bancas de la iglesia fueron ocupadas por los fieles, como cada domingo, cuando asistían a recibir la misa matinal. Ainara y su familia se sentaron en primera fila, como era tradición. Saúl, ocupando una banca junto al párroco en el altar, no desprendió sus ojos de ella. De pronto, miró a lo lejos entrar a la familia Carusso.

Los padres de Donato se acercaron a saludar a Gaetano y su familia, y luego ocuparon las bancas posteriores. Donato, por otro lado, prefirió quedarse junto a Ainara.

Saúl trató de disimular su ira; no podía ser advertido, pero sus ojos se volvían indistintamente hacia ambos. Sabía que ella nada podía hacer. Su padre lo consentía y, mientras más se aproximara Donato y tratara de conquistarla, él lo festejaría.

Saúl conocía perfectamente que su intención era desposarla con él.

Con cada oportunidad, Ainara levantaba a mirarlo, y juntos sujetaban sus enamoradas miradas, a pesar de que Donato insistiera en distraerla.

Finalizada la ceremonia, Fortunato invitó a Gaetano y a su familia a degustar un desayuno en la parroquia, organizado por él mismo con la ayuda de Saúl. Los padres de Ainara accedieron entusiasmados; cómo no hacerlo, si la familia, pero sobre todo Francesca, disfrutaba de su peculiar carisma.

Saúl y Ainara caminaron detrás del párroco, de Gaetano y de Francesca, uno al lado del otro, en total silencio hacia el comedor. De vez en cuando se miraban entre sí, regalándose dulces pero fugaces sonrisas. Saúl deseaba poder tomarla libremente de la mano y caminar a su lado sin miedo alguno, pero eso le estaba prohibido.

De pronto, escucharon el ruido de unos pasos apresurados que venían detrás de ellos.

—¡Padre Fortunato!

Fortunato se volteó a mirar. Saúl y Ainara avanzaron unos pasos más y se detuvieron a un costado del pasillo. De igual forma, Gaetano y Francesca se detuvieron de inmediato.

—Donato, dime, hijo —dijo el reverendo.

—Padre, disculpe que llegue así, de improviso, pero supe por Filippo que se encontraría con don Gaetano y su familia. Me urge conversar un momento con él.

—Por supuesto —se adelantó a responder Gaetano—. Puedes acompañarnos al desayuno que el párroco nos ofrece. Pienso que no habrá problema contigo, ¿verdad Fortunato?

Fortunato asintió con la cabeza y echó a reír.

—Claro que no, vamos, pasen adelante. —Una vez frente a las puertas del comedor, las abrió de par en par.

Claramente, Saúl pudo darse cuenta de la manera en que Ainara desafió a Donato con los ojos... Luego sintió el suave roce al deslizar su mano sobre la suya.

—Entonces dime —preguntó Gaetano—, ¿qué es lo que con tanta urgencia tienes que conversar conmigo?

—¿Te molestaría salir un momento?

—¡Claro que no! Discúlpenme, regreso enseguida.

Saúl prefirió sentarse a un costado de la mesa. Por prudencia, el espacio vacío junto a Ainara no podía ser ocupado por él. A pesar de no querer hacerlo, lo dejó libre para Donato; nada podía hacer, debía mantener el control.

Y, en efecto, cuando éste regresó de hablar con Gaetano, fue directamente y se acomodó junto a Ainara.

Estaba claro que todo aquello fue únicamente un pretexto para tenerla cerca.

Saúl tenía que verse en algún momento a solas con Ainara; ya no era suficiente hablarse con miradas cada vez que se encontraban caminando por ahí. Él necesitaba expresarle seriamente su desacuerdo con respecto a Donato. Decidió que antes de la hora del almuerzo sería el momento oportuno, ya que luego Ainara se iría para su casa.

Saúl se mantuvo yendo y viniendo de un lado hacia el otro: de la puerta del aula al paredón de enfrente, y del paredón a la puerta, mientras esperaba impaciente a que finalizara la hora de clases y los niños salieran.

Nadie más caminaba por ahí en ese momento, hasta que, al fin, todos los niños empezaron a salir en un solo griterío. El último en hacerlo se fue dando un fuerte portazo.

Saúl abrió la puerta y entró.

Ainara se volteó de inmediato.

—¿Saúl, qué haces aquí?

Saúl se acercó a donde ella; su rostro no mostró sonrisa alguna.

—¡No soporto un solo día más sin verte!

Ainara esbozó una suave sonrisa.

—Lo sé, *amore mio,* pero deberías tener más cuidado, alguien podría vernos.

—No te preocupes... me fijé antes de hacerlo —respondió cortante.

Ainara frunció el entrecejo.

—¿Qué tienes, Saúl? Te siento diferente.

—¿Qué hacías tú también con él la tarde del sábado en el parque?

—¿Te refieres a Donato?

—Sí. No me gustó verte paseando con él, y luego de que me dijeras que pretende casarse contigo.

Ainara respiró profundamente.

—A ver... —dijo, tomando a Saúl con ambas manos por el rostro—. Vamos entendiéndonos. A mí tampoco me gustó en lo absoluto haberme encontrado ese día con él en el parque. Tú viste quién iba colgada de su brazo, ¿cierto? —Saúl se mantuvo sin responder, entretanto Ainara continuó—: Efectivamente, dijo a mis padres que deseaba casarse conmigo, pero eso no quiere decir que, porque coincidió que esa tarde lo miraste paseando con nosotras, yo lo esté considerando. ¿Qué pasa contigo? ¿Estás acaso desconfiando de mí, de mis sentimientos por ti?

—¡No, no, eso jamás! Discúlpame, por favor. —Saúl abrazó a Ainara fuerte contra su pecho—. Él no me da confianza, eso es todo. Te amo desesperadamente. No respiro si no estás a mi lado. —En ese momento,

Saúl envolvió su rostro entre sus manos y, en un beso ferviente, calmó su sed de amor.

—¡¿Saúl, Ainara?!

Sus labios se separaron y, sobresaltados, miraron en la misma dirección.

—¡¿Por los clavos de Cristo, hijos míos, qué han hecho?!

—¡Padre Fortunato! —Ainara dio un paso adelante, encubriendo a Saúl—. ¡Soy yo quien empezó todo!

Saúl se adelantó y, tomando la mano de Ainara, desmintió:

—No, padre Fortunato... Si aquí hay un responsable soy yo. Me enamoré... Ambos nos amamos.

—¿Por qué callaron algo así y no me lo confiaron? Saúl, tú, hijo mío, a quien acogí abriéndote las puertas de esta parroquia y las de mi corazón, ¿cómo callaste algo tan serio?

—¡Fui yo, padre Fortunato! —intervino Ainara enseguida—. Yo le imploré que no le dijera nada a usted... No hasta hablar primeramente con mi madre. Tenía miedo de que se lo dijera a papá.

—Ainara, hija mía, esto involucra a la iglesia. Debieron habérmelo confiado. De todas maneras, ¡miren cómo me vengo a enterar!

—¡Discúlpenos, por favor, padre, pero tengo terror de que se lo digan a papá!

Saúl dio un paso adelante.

—Si alguien tiene que hablar con don Gaetano, soy yo, padre Fortunato.

—¿Estás loco, muchacho? Por el momento, nadie hablará con Gaetano. Ahora ustedes dos, jovencitos, se sientan aquí —Fortunato señaló las dos bancas que él mismo hizo de lado—, y me van a contar todo desde el principio. ¡Y suéltense de esas manos!

Saúl y Ainara se miraron nerviosos.

—Padre... —dijeron ambos al mismo tiempo.

—Uno por uno, por favor. Empieza tú, Saúl.

—Padre Fortunato, antes que nada, le juro por la memoria de mis padres que amo a Ainara. La amé desde el primer día en que la vi. Nuestro amor es mutuo y sincero. —Y así, más tranquilo, se sinceró con el reverendo.

—Y tú, hija mía —preguntó el párroco a Ainara—, ¿lo amas de igual manera?

—Sí, padre Fortunato. Saúl es mi vida. Mi corazón le pertenece.

Fortunato carraspeó y, con insistencia, se pasó la palma de la mano por el contorno ausente de cabello que dibujaba su coronilla.

—Ya me presentía algo de esto. Pero si ante los ojos de Dios su amor es verdadero y puro, nadie podrá oponerse a los designios del Creador... Ténganlo por seguro. Ahora comprendo por qué tú, Saúl, te retractaste de recibirte como sacerdote. Pero lo que no logro entender es, ¿por qué me pediste que celebrara la ceremonia si ya ustedes estaban enamorados?

—Sentí temor, padre, de faltar a la iglesia y a la palabra que di a mis padres antes de que fallecieran.

Fortunato se puso en pie de inmediato.

—¡Ya, ya! —discutió, con un aspaviento de manos—. Estarías faltando a la iglesia si te hubieras consagrado sin devoción. Y en cuanto a la promesa que hiciste a tus padres en su lecho de muerte, perdónalos, hijo mío. Ellos solo querían lo mejor para ti y no se daban cuenta de que te estaban sacrificando a una vida que tú no la elegiste. Ahora, ustedes dos y yo sabemos que Saúl será excluido del celibato, pero por el momento esto quedará entre nosotros hasta encontrar una solución oportuna y hacer pública su abdicación de la iglesia.

Ainara, emocionada, abrazó a Saúl.

—¡Gracias, padre Fortunato!

—Y con respecto a ti, hija —dijo el párroco volviendo a sentarse—, deja que yo hable con tu madre... Sé que ella lo va a aceptar.

—¿Y qué sucederá con mi padre? ¿Cuándo se lo diremos?

—Esa es una buena pregunta...

Saúl se levantó de inmediato y comentó:

—¡No, padre! Yo mismo iré a confesarle a don Gaetano mi amor por Ainara.

—¿A que luego mande a echarte del pueblo? Y quién sabe, ¿de la misma Italia? Seamos prudentes, Saúl. Obviamente Gaetano tiene que saberlo, pero debemos encontrar el momento oportuno. Lo conozco bien y sé cómo es su temperamento. Primero haré pública tu renuncia de la iglesia. Luego de eso, actuaremos conforme se vayan dando las cosas. Por ahora, lo primero es lo primero. Y ustedes dos, jovencitos, nada de andar por ahí mirándose imprudentemente y buscando escondrijos para estar abrazándose y besándose. Las paredes tienen ojos y oídos... Sean sensatos.

—No se preocupe, padre Fortunato.

—¿Cuándo hablará con mi madre? —preguntó Ainara.

—Pronto, hija mía, sé que lo haré muy pronto. Y ahora ve a casa.

—Sí, padre, y muchísimas gracias por comprendernos y ayudarnos. —Ainara se levantó, pero antes de darse media vuelta e irse, preguntó—: ¿Puedo darle un beso a Saúl?

Fortunato asintió con la cabeza.

—Dáselo en la frente.

Ainara tomó a Saúl con ambas manos por el rostro y plasmó un tierno beso en su frente.

—*Ciao*. Te amo, *amore mio*. Hasta mañana, padre Fortunato —se despidió, volviéndose hacia él.

—Ve con Dios, hija. Bueno, hay que solucionar esto lo antes posible, Saúl. Ven —dijo levantándose—, vayamos al comedor, que ya estamos tarde para el almuerzo. Pero antes necesito tomarme una copita de mi *limoncello* para calmar el gran susto que me dieron.

25

Ainara llegó feliz a su casa.

—Hola, mi niña —la saludó Alfonsina—. ¿Te sirvo el almuerzo o ya lo hiciste en la parroquia?

—Gracias, Alfonsina. Sí, almorzaré aquí.

—Te veo muy contenta hoy.

—Es una larga historia, nana. —Ainara vaciló en si decirle de una vez a Alfonsina que amaba a Saúl y que el padre Fortunato estaba al tanto y amparaba su amor.

—El brillo en tus ojos me dice que debe ser algo muy bueno. ¿Quisieras compartirlo conmigo?

—Me encantaría. Pero prométeme que vas a escucharme sin reproches y que esto que te contaré quedará solo entre tú y yo... por el momento, claro.

Alfonsina gesticuló con el rostro, levantando ambas cejas.

—Tiene que ser algo muy, pero muy importante. Me sorprendes, mi niña. Está bien, seré todo oídos, pero antes te serviré el almuerzo. —Alfonsina se dirigió a la cocina.

—Alfonsina, ¿mamá y papá no se encuentran en casa? —gritó Ainara desde el comedor.

—Ellos fueron a almorzar en casa de tu hermana Romina. Enseguida te llevo el almuerzo.

Ainara sintió que debía confiarle a Alfonsina; ella la quería tanto como a una hija, estuvo siempre a su lado y pendiente desde el día en que nació.

—Aquí te traigo una deliciosa crema de verduras con parmesano para el frío. Sírvete y me vas contando...

—Amo a Saúl, nana, ambos nos amamos.

—¡Ainara qué cosas me dices!

—Te pedí que no reproches.

—Pero me estás diciendo algo inaudito. No, no, eso no puede ser cierto.

—¿Por qué, nana?

—¡Porque Saúl está consagrado a la iglesia! Muy pronto se recibirá como sacerdote. ¿No te parece suficiente motivo? ¡Ainara, hija, me asustas!

Ainara exhaló profundamente. Hizo a un lado el plato, no pudo continuar con la sopa.

—Él dejará muy pronto la iglesia.

—¿Qué te hace pensar eso? ¿Acaso te pintó pajaritos en el aire?

—¡No, nana! Saúl no es de esos hombres, me juró amor eterno. No es su vocación servir a la iglesia. Nos amamos con el alma. Además, el padre Fortunato lo sabe y nos dio su bendición.

Alfonsina elevó el rostro hacia la lámpara que colgaba del techo y exclamó:

—¡Madre del cielo! ¡Ave María purísima, sin pecado concebido! Es cierto entonces...

—Te suplico que no le digas nada a mamá. El reverendo hablará con ella.

—¿Desde cuándo ustedes están juntos?

—Desde hace algunos meses.

—Me engañaste entonces cuando te descubrí haciéndole llegar la nota...

—Perdóname, nana. Lo siento de corazón. ¿Pero cómo iba a decírtelo?

Alfonsina volvió a respirar profundamente.

—Me imagino que renunciará a los hábitos.

—Ya te dije que sí. El reverendo va a encargarse de eso. ¿Y entonces, guardarás el secreto?

—Por supuesto que lo haré, mi niña. Aunque me dejas desconcertada, te doy mi palabra.

—No te preocupes, nana. Todo estará bien.

—Quien me preocupa es tu padre... Y el joven Donato.

—¿Qué tiene que ver Donato en todo esto? Yo no lo amo, se lo he dicho un millar de veces y se lo seguiré repitiendo.

—Tú sabes bien que don Gaetano lo admira y lo quiere para ti. Y ese joven, al igual que tu padre, son hombres de mucho poder.

—En contra de mis sentimientos no podrán hacer nada. Jamás me casaré con él, antes...

—Ni se te ocurra querer hacer bobadas, Ainara. Confiemos en la mano del Señor.

Ainara sonrió para sí.

—Gracias, Alfonsina.

—Vamos al jardín de los rosales, Gabriella, tengo que contarte algo.

Las dos amigas se encaminaron hacia el pequeño jardín. Ainara estaba impaciente por comentarle sobre las maravillosas novedades del día; ni ella misma creía que estuviera sucediendo y que, en cuestión de pocas horas, habían ocurrido cosas tan extraordinarias.

Se sentaron sobre la banqueta de piedra y, entre risas y abrazos, Ainara le contó a su amiga, al detalle, todo cuanto ocurrió esa mañana en su ausencia.

—¡Es sorprendente, Ainara! Al fin te quitas un peso de encima. ¿Y que el padre Fortunato lo haya aceptado? ¡Guau... es maravilloso!

—Él es una buena persona. Hubieses visto cómo le habló a Saúl cuando él se refirió a la palabra que dio a sus padres, hizo que se me salieran las lágrimas.

—Por esa razón todo el pueblo adora al reverendo. ¿Y Saúl, cómo está?

—Feliz. Pero claro, le preocupa la reacción de mi padre. —Ainara dio un largo suspiro—. Yo también temo eso.

—Esa es la parte fuerte. Pero confiemos que todo estará bien. No vamos a opacar tu felicidad con algo que ni siquiera sabemos a ciencia cierta cómo lo tomará. Quizás hasta lo vea como lo más natural, y tú estás sufriendo sin razón.

—Espero que así sea... Pero lo dudo.

—¿Cuándo se verán?

—Mañana iré un momento a la parroquia. Necesito contarle al padre Fortunato que hablé con Alfonsina. Muero por abrazar a Saúl y decirle que pronto todos, absolutamente todos, sabrán de nuestro amor.

—Cuando Donato se entere... ¡no quiero ni imaginarlo!

—Él, menos que nadie, me tiene sin el mayor cuidado. Pronto se irá a Florencia, y ojalá nunca más lo vuelva a ver.

Gabriella gesticuló con la boca.

—Eso ni lo sueñes, tu padre y el suyo son grandes amigos. Además, que don Gaetano adora a Donato. Qué lástima que él solo tenga ojos para ti...

Ainara la miró con el entrecejo fruncido.

—¿Y vas a continuar con lo mismo? Sácatelo de la cabeza de una buena vez... Es un prepotente, no merece la pena.

Gabriella dio un largo suspiro.

26

Ainara se levantó con el alba. Fue hasta su ventana, desde donde los diminutos rayos de luz se colaron recelosos, acogiendo aquel terso pero frío amanecer de otoño.

Abrió de par en par las ventanas y, feliz, dejó que el frágil resplandor entrara, cobijado por la gélida brisa que hizo enrojecer sus mejillas, mientras unos cuantos pajarillos revoloteaban frente a sus ojos, orquestando su dulce gorjeo.

Tomó el baño más apacible que hubiese podido tomar y, enseguida, mientras en casa aún dormían, se apresuró hacia la parroquia, ansiosa por ver al hombre que amaba.

—Buenos días, padre Fortunato —saludó con él cuando fue a buscarlo directamente al comedor. Sabía que el reverendo era un hombre madrugador y lo primero que hacía era deleitar sus sentidos con un mocaccino, al cual le añadía un chorrito de algún licor anisado.

—Ainara, buenos días. ¿Qué te trae por aquí tan temprano?

—Necesitaba conversar con usted, padre.

—Pero por supuesto, toma asiento. ¿Has desayunado?

—No, padre, vine enseguida que me levanté.

Fortunato pidió a la persona que ayudaba en la cocina que preparara otro mocaccino para Ainara, pero, claro, sin el chorrito de licor.

—Entonces cuéntame, ¿qué es lo que con tanta urgencia quieres hablar conmigo?

—Ayer hablé con Alfonsina, padre, le conté todo.

—¿Cómo lo tomó?

—Al principio no quería creerlo, pero cuando le dije que usted estaba al tanto y que nos dio su bendición, terminó aceptando. A propósito, padre, ¿Saúl todavía no ha venido por aquí? Me gustaría verlo.

—Sí, hija, él está alimentando las aves en el gallinero del patio trasero. Entonces Alfonsina lo sabe todo. Bueno, esperemos que no vaya a decírselo a Francesca. Soy yo quien necesita hablar con ella.

—No, padre, le pedí que no lo hiciera. Ella está al corriente de que usted conversará con mamá.

—Muy bien. Bueno, date prisa y termina de una vez ese mocaccino para que vayas a ver a Saúl. —Fortunato esbozó una sonrisa cómplice.

—Gracias, padre, voy en este preciso momento.

—Sean cautelosos, por favor.

Ainara le dio un último sorbo apurado a su café y salió corriendo del comedor.

Saúl se encontraba en ese momento dentro del gallinero, llenando con agua fresca los bebederos. Ainara lo llamó desde la rejilla.

Él enseguida se dio la vuelta.

—Ainara, mi amor —dijo acercándose—. ¿Qué haces por aquí tan temprano?

—¿Te da gusto verme?

—¿Cómo puedes preguntar algo así? Por supuesto. Deja que vaya a lavarme las manos primero.

Ainara fue a sentarse sobre una vieja banca de madera que había al pie de un amplio pino, hasta que Saúl se aseara y se sacudiera la paja de su ropa.

—Listo —dijo, sentándose a su lado. Por un momento la abrazó y besó su frente—. ¿Cómo has estado?

—Feliz. Vine porque no aguantaba las ganas de verte y contarte que ayer conversé con Alfonsina. Ella está al tanto de nosotros.

Los hermosos ojos verdes de Saúl brillaron.

—¿Lo tomó de buena manera?

—Sí, *amore mio*. Ya son dos nuestros aliados.

Ambos, sumidos de contento, se tomaron de las manos. Por un instante, les sacó de su alegría el chasquido de unas ramas secas que escucharon venir detrás de ellos. Juntos regresaron la mirada, pero no vieron nada, únicamente el viejo pino, que con su abrazo los ponía al resguardo de algún curioso.

—Debió haber sido el viento —comentó Saúl.

—Seguramente. Bueno, debo irme. Tan solo vine por un momento, no saben que salí de casa, ni siquiera Alfonsina, que despierta temprano. Te veré mañana en la iglesia.

—Estaré esperándote como todos los domingos, aunque sea para verte tan solo un momento. —Saúl se acercó y, rápidamente, le dio un beso en los labios, mientras que las manos de Ainara acariciaron su rostro pálido.

—Te amo, *amore mio*.

—¡Saúl, hijo mío, tenemos que ser más prudentes!

Saúl, alarmado, cerró de inmediato su libro de medicina cuando el reverendo, agitado, entró en su habitación.

—¿Qué ha sucedido, padre Fortunato?

—¡Hahh! Permíteme tomar asiento primero, porque vengo con prisas antes de que a Filippo se le ocurra venir a encararte, y tú, inocentón como eres, tengas la brillante idea de confiarle todo.

—¿Qué fue lo que le dijo Filippo, padre?

—¿Tienes por ahí un vaso con agua, por favor? Siento que el corazón se me escapa del pecho.

—Claro, padre, ya se lo traigo.

Mientras tanto, Fortunato se acomodó, recostando su espalda en el respaldo de la vieja silla de madera.

—Sírvase, padre. —Saúl le acercó un vaso con agua que vació de la jarra que tenía en la mesita de noche.

—Gracias, hijo. Bueno, ahora que me siento más aliviado, te cuento. Filippo acabó de ir hace apenas unos minutos a mi despacho y me contó que los vio a ti y a Ainara tomados de las manos en el patio del gallinero.

—¿Dice que nos vio? Pero ¿cómo? ¿En qué momento pudo haberlo hecho si no había nadie? A menos que...

—Les advertí que sean prudentes. Él caminaba por ahí y los vio conversando sentados sobre la banqueta. Sumamente alarmado, me comentó que parece que entre ustedes hay amoríos porque los vio tomarse de las manos. Tuve que inventar, ¡y nuestro Señor me perdone por mentir! —exclamó el reverendo, dirigiendo la mirada al cielo—, que entre tú y Ainara habían hecho una buena amistad, que seguramente ella o tú trataban de tranquilizarse por algo. Bueno, no creo que haya visto algo más, porque enseguida me hubiese contradicho.

—Gracias por venir a decírmelo, padre. Pero tenga la seguridad de que fuimos prudentes. Además, Ainara enseguida se fue para su casa. Seguramente él estuvo detrás del abeto cuando escuchamos crujir las hojas.

—Seguramente. Cuídense las espaldas de todos, pero con Filippo tengan mayor cuidado, hasta hablar con Francesca y anunciar tu renuncia de la iglesia. Esto es solo un aviso, Saúl. Al menos se fue creyendo que eran suposiciones suyas.

—Téngalo por seguro, padre. De hoy en adelante seremos aún más cuidadosos.

—Ahora te dejo, hijo. Nos veremos a la hora del almuerzo. Y no vayas a tocar el tema frente a Filippo, deja eso en mis manos.

—Así será, padre.

27

Después de asistir a la misa dominical, Ainara se quedó en la parroquia. Fortunato habló con Francesca, diciéndole que necesitaban ir organizando desde ya las festividades navideñas para los niños. Gaetano, sobre todo, no puso objeción; sabía que todos los años se organizaba con antelación el agasajo para todos los niños del pueblo.

Pero en realidad ese no era el motivo. Fortunato tuvo que inventar esa mentira piadosa porque tenía que poner a Ainara sobreaviso respecto a Filippo.

—Mi madre me dijo que lo buscara aquí, padre Fortunato.

—Sí, hija, siéntate.

De pronto, Saúl también entró en la sacristía.

—¿Saúl? —exclamó Ainara.

—Así es, hija, tengo que hablar con ambos. Bueno, Saúl ya sabe de lo que se trata, porque ayer conversé con él.

Mientras tanto, Saúl se sentó al lado de Ainara. Ambos se miraron y sonrieron.

—Le escucho, padre —dijo Ainara, volviéndose hacia el párroco.

—Verás, Ainara, ayer Filippo los vio tomados de la mano cuando estaban en el patio trasero. Vino enseguida a verme, muy alarmado, y me comentó que pensaba que entre ustedes hay amoríos.

Ainara abrió los ojos.

—¡Ay, padre, eso no me lo esperaba!

—Tampoco yo, hija.

—Le juro que tuvimos todo el cuidado, tal como usted nos aconsejó.

—Eso mismo le dije ayer al padre Fortunato —comentó Saúl a Ainara—, pero Filippo ha estado por ahí sin que nos diéramos cuenta.

—¿Y entonces qué va a suceder? ¿Dirá algo?

Fortunato negó con un gesto de las manos.

—No, no, le hice entender que ustedes se llevan bien, eso es todo. Que piense por ahora que son como dos hermanos.

—¿Y él se lo creyó?

—Pienso que sí, porque no ha vuelto a decirme nada al respecto. Solo quiero que tengan más cuidado que nunca, por favor. No sería conveniente que se forme un escándalo dentro de la iglesia. Recuerden que, ante los ojos de todos, Saúl pertenece a la congregación, aunque no haya tomado todavía los hábitos, se ha estado preparando para ello.

—Sí, padre, lo sabemos —dijo Ainara, mirando a Saúl, que se mantuvo cabizbajo—. ¿Filippo está aquí ahora?

—No —respondió el párroco—, se tomó el día libre para visitar el orfanato. Necesito que te vayas preparando, hija, porque en uno de estos días hablaré con tu mamá. Tengo que acelerar el trámite para la disolución de Saúl de la iglesia.

—Estoy preparada, padre Fortunato. Hable con mi madre cuando lo crea conveniente.

—Está bien. Y ahora —dijo Fortunato levantándose—, tengo que organizar un encargo para los niños. Puedes permanecer un rato más en la parroquia, Ainara. Por cierto, a tus padres les dije que haríamos los preparativos para las fiestas que se avecinan. Te veo mañana. Sean cuidadosos, por favor. —El párroco salió de la sacristía, cerrando la puerta detrás de sí.

—Todo va a estar bien —dijo Saúl, tomando la mano de Ainara.

—¿No se te hace raro que no nos hayamos dado cuenta de que Filippo andaba por ahí? Cuando fui a buscarte, no había nadie.

—Quizá coincidió que anduvo por el patio antes de que llegáramos, y no nos percatamos de su presencia.

—Puede ser... —Una dulce sonrisa agració el rostro de Ainara—. ¿Vamos a la bodeguita? Ahí podemos conversar más tranquilos y a salvo.

Saúl sonrió.

—Claro que sí, amor mío, vamos.

Ainara cerró la portezuela de la bodega, tomó de la mano a Saúl y lo encaminó hacia el lugar en donde, aquella tarde, hicieron el amor por primera vez, un momento que quedó grabado en sus memorias y que jamás olvidarían.

Un débil centelleo se coló por la rejilla, dando un poco de calor al frío de la habitación.

—Abrázame, que muero de frío.

Saúl la envolvió entre sus brazos y, con una caricia, besó su frente.

—Quiero quedarme así, pegada a ti —dijo Ainara, recostando su rostro sobre su pecho.

—Venceremos, amor mío.

Ainara levantó la mirada, buscando la de Saúl.

—Júrame que, pase lo que pase, jamás dejarás de buscarme.

Saúl sostuvo su mirada en silencio, y luego respondió:

—No pasará nada malo.

—¡Júramelo, por favor!

—Nunca dejaré de amarte. Pase lo que pase, siempre estaré a tu lado.

Ainara lo aprisionó fuerte contra su pecho.

—De la misma manera lo haré yo, *amore mio*. Pase lo que pase, siempre estaré contigo, amándote.

Saúl inclinó la cabeza y buscó sus labios rojos.

Ambos recrearon sus bocas en un ardiente beso.

Él desabotonó su abrigo y acarició sus pechos. Ainara se estremeció. La docilidad de sus manos, tocándola por encima de la blusa, hizo que se le erizara la piel.

Ainara lo despojó del abrigo corto que cubría parte de su cuerpo y, después, con ilusión, lo liberó del buzo gris de algodón que esa fría mañana de otoño él llevaba puesto.

Saúl la miró enamorado mientras sus dedos se deslizaban suavemente por entre los rizos de su cabello dorado. Ainara acercó sus labios a sus sólidos pectorales y, en un suave suspiro, los recorrió despacio.

De pronto, la puerta se abrió:

—¡Pecadores...! ¡Impuros...! ¡Hijos de Satanás!

Ainara, sobresaltada, se alejó de los brazos de Saúl y regresó a mirar.

—Tú... —acusó Filippo, señalándola con el dedo índice—. ¡Serpiente pecadora! Vienes con tu antifaz de niña casta a tentar en este lugar sagrado. —Ainara se quedó pasmada—. Y tú, Saúl, eres una injuria para la santa iglesia de Dios. Esto no se quedará así...

—¡Basta, Filippo! —exigió Saúl—. No tienes el derecho a tratarnos de esta manera.

Filippo se acercó a ellos, llevando el crucifijo en alto en una de sus manos.

—¡Yo sabía, sabía que entre ustedes había algo! ¡Carnales, hijos del demonio! Serán juzgados con la furia de Dios.

Ainara dio un paso adelante.

—¡Deja de injuriarnos! ¿Acaso no escuchaste lo que acaba de decirte Saúl?

—¡Atrás, víbora demoníaca! —Filippo la amenazó, acercándole el crucifijo a la cara.

Ainara dio un paso hacia atrás, espantada.

—¡Es suficiente, Filippo! —Saúl le arrebató el crucifijo y lo lanzó al piso—. Tú no eres quién para venir a ofendernos de esta manera.

Filippo lo escupió en la cara, por lo que Saúl, tomando enfurecido a Filippo por la muñeca, espetó contra él:

—¡No vuelvas a faltarme al respeto de esa manera!

—Ustedes dos han ofendido a Dios en su propia casa... ¡Arrepiéntete! Deberían expulsarte de este lugar sagrado. ¡Pero yo haré que te echen, de la misma manera que el Padre expulsó a Adán del Edén por pecador! No solo lo sabrá el padre Fortunato, también le informaré al alcalde.

Mientras tanto, Saúl alcanzó su buzo y enseguida lo vistió.

Ainara se colocó frente a Filippo y advirtió:

—¡No, no lo harás, Filippo!

Filippo se inclinó a recoger el crucifijo del piso y, en cuanto trató nuevamente de desafiar a Ainara, acercándoselo a la cara, Saúl le sujetó por el antebrazo y exigió, más enojado aún:

—¡Sal de aquí, Filippo!

—Esto lo sabrá el reverendo y el alcalde. ¡Inmundos pecadores! —Filippo dio pasos amenazantes hacia atrás, llevando el crucifijo en alto y retándolos con él hasta que desapareció de su vista.

Saúl y Ainara se abrazaron.

—¿Qué haremos ahora? —exclamó Ainara.

Saúl respiró profundamente.

—Debo decirle al padre Fortunato. Tú ve a casa, amor mío, no soportaría que Filippo vuelva a faltarte al respeto.

—Necesito estar a tu lado cuando hablemos con el padre.

—Déjalo en mis manos, por favor. Te prometo que todo se calmará. Ahora ve a casa, te lo pido. —Saúl inclinó su rostro y besó su frente.

—Prométeme que estarás bien.

—Lo estaré. Y ten la certeza de que ni el padre Fortunato ni yo permitiremos que Filippo hable con tu padre.

—Moriré de la impaciencia esperando noticias tuyas. No me dejes intranquila, te lo suplico.

Saúl, tiernamente, acarició su rostro trémulo.

—Te prometo que, pase lo que pase, siempre estaré contigo, amor mío.

Una lágrima rodó por la mejilla de Ainara.

—Te amo por siempre, Saúl. —Se colocó el abrigo y salió de la bodega.

28

—Padre Fortunato...

—No te tomes la molestia de decírmelo, lo sé todo, Saúl. Filippo habló conmigo.

—Padre, nunca nos imaginamos que Filippo estaría en la parroquia ni que tampoco iría por la bodega.

—¡Ya, Saúl, lo hecho, hecho está! No logramos nada lamentándonos.

—¿Y Filippo, padre? ¿Dónde está?

—Le dije que fuera a su habitación. Estaba intolerable.

—Hoy mismo hablaré con don Gaetano, padre, ¡está decidido!

—¡No, Saúl, no seas imprudente!

—Padre Fortunato, Filippo amenazó a Ainara diciéndole que él mismo le contaría a su padre. Tengo que hacerlo, y enseguida, antes de que él envenene a don Gaetano.

Fortunato posó su mano sobre el hombro de Saúl.

—Lo sé, Saúl, lo mismo me dijo a mí. Le pedí que guardara el secreto hasta deslindarte de la iglesia. Creo que entendió, ya conoces cómo es su fanatismo.

—Padre...

—No te inquietes, hijo, de todas formas hoy mismo iré a casa de Gaetano y hablaré con Francesca. No voy a esperar un día más. Tú aguardarás aquí hasta que yo regrese. Y no trates de ir también... ¡Sé cauto!

—Prométame, padre, por favor, que convencerá a doña Francesca de que no se vayan en contra de Ainara.

—No te puedo prometer nada, hijo, pero también es cierto que yo, más que nadie, sé cómo es Francesca. Pierde cuidado, ella es su madre y es sensata, no va a permitir que Gaetano le haga daño a su propia hija.

—Ruego para que así sea.

—Y ahora déjame ir de una buena vez a su casa. —Fortunato fue al escritorio, tomó la sarta de llaves del convento y las metió rápidamente en el bolsillo de su sotana—. Y no vayas a aprovechar mi ausencia para enfrentar a Filippo. Él tiene una estricta orden de permanecer en el convento.

—No, padre, vaya tranquilo. Yo lo esperaré aquí hasta que regrese.

Fortunato le lanzó una mirada desconfiada.

—Nos veremos por la tarde. —Salió apurado de la oficina.

Saúl fue junto al ventanal y, preocupado, su mirada se perdió en las matas del jardín interior, despojadas de su follaje.

Ainara no tenía ni idea de que el padre Fortunato había llegado a casa para hablar con Francesca. Se encontraba ensimismada en sus pensamientos, en el jardín que lindaba con el riachuelo, donde hasta hace tan solo unas semanas florecían rosales.

¿Confiaría en Filippo? ¿Lograría el padre Fortunato convencerlo? Era la duda que martillaba en su cabeza, atormentándola.

—Ainara... —De pronto, escuchó la voz de su madre, quien enseguida se sentó junto a ella sobre la banqueta de piedra.

Ainara respiró profundamente; rara vez su madre iba por ahí. Quizá ya estaba enterada de su relación con Saúl, pensó, y se volvió hacia ella.

—Madre, tienes algo que decirme, ¿verdad?

La mirada de Francesca denotó desconcierto.

—El reverendo acaba de conversar conmigo. ¿Por qué no me confiaste algo tan serio, hija?

Ainara, por un momento, se quedó en silencio.

—Discúlpame, mamá, pero me enamoré.

Francesca la atrajo contra su hombro.

—Hija mía, en los sentimientos del corazón no se puede mandar, pero hay que usar la razón. ¡¿Cómo pudiste haberte fijado en él, sabiendo que pronto recibiría los hábitos?! Tu padre no lo consentirá.

—En el corazón no se puede mandar, como tú misma me acabas de decir, madre... ¿Cuándo se lo dirás a papá?

—Lo más pronto, hija. Pero yo te pido encarecidamente que te olvides de Saúl.

—¡No, madre, eso jamás! —discutió, apartándose de sus brazos—. Amo a Saúl, ambos nos amamos con el alma.

—Entiende, hija, que expones el prestigio y la autoridad de tu padre con este amor absurdo.

—¿Absurdo, mamá? ¿Por qué? Porque Saúl es un seminarista, ¿y yo la hija del señor alcalde? ¿Acaso no tienes un poco de sentimientos para darte cuenta de lo que me estás pidiendo?

—No tienes por qué hablarme de esa manera, hija. Ya te dije que hay que anteponer la razón. Es un absurdo porque Saúl es un pobre muchacho que todo el tiempo ha vivido dentro de la iglesia. No tiene una carrera... ¿Cómo va a labrarse la vida si no conoce nada de fuera?

Ainara frunció el ceño, incrédula.

—¿Mamá, qué sucede contigo? Saúl es joven, inteligente, él buscará la manera de salir adelante. Y yo voy a estar a su lado.

—Al lado de quien tú debes estar es de Donato, hija. Ustedes se conocen desde niños, además, él vive enamorado de ti y tiene los medios para mantenerte. Así lo queremos tanto tu padre como yo.

—Tú lo has dicho, mamá, así lo quieren papá y tú... ¡Pero no yo!

—Créeme que todo esto es un capricho tuyo, hija. Luego te olvidarás de Saúl.

—¡No, mamá, entiende, por favor, amo a Saúl! —Ainara echó a llorar sobre el pecho de su madre—. Te suplico que me entiendas. Deja que seamos felices, por favor.

Francesca exhaló un profundo suspiro.

—Ainara, mi pequeña —dijo, acariciando su cabello dorado—, no tengo corazón para continuar oponiéndome. Hablaré con tu padre y trataré de hacerlo comprender. Pero no te puedo asegurar nada.

—Gracias, mamá.

—Alfonsina, ¿podrías ir a casa de Gabriella y decirle que venga, por favor? —pidió Ainara, feliz, una vez que regresó del jardín de los rosales.

Necesitaba contarle a su amiga que su madre, por fin, consintió que ella y Saúl estuvieran juntos.

—Claro que puedo, mi niña. Pero antes cuéntame, ¿qué te dijo tu madre? El padre Fortunato estuvo aquí y hablaron por largo tiempo. Yo le dije que estabas en el jardín de los rosales cuando preguntó por ti.

—¡Lo consintió, nana, mamá bendijo nuestro amor!

—¡Cuánto me alegro por ustedes, mi niña! Ahora tan solo debe dar su aprobación don Gaetano.

Ainara respiró profundamente.

—Así es, nana. Estaré en mi habitación para cuando venga Gabriella. —Ainara subió por las escaleras y fue hasta su recámara. Tomó un pedazo de papel y escribió una nota para Saúl.

Al poco tiempo, Gabriella ya estaba en su casa.

—Alfonsina me dijo que querías verme. ¿Está todo bien?

Ainara se levantó y fue hasta donde ella, cerró la puerta y la haló por el brazo hasta su cama.

—Mamá habló hoy conmigo. ¡Lo aceptó, Gabriella!

—¡Qué buena noticia! ¿Ves? Ya todo se va encaminando.

—Sí, deseo tanto ver a Saúl y decirle que estoy bien, que las cosas van por buen camino. Aunque sigo intranquila porque papá aún lo desconoce. Pero bueno, no voy a preocuparme de eso ahora. Necesito pedirte un favor.

—¿Cuál será?

Ainara fue hasta su mesita de noche y sacó la nota.

—Entrégasela a Saúl, por favor.

—¿Pero cómo quieres que lo haga?

—Yo sé que estamos de receso en la parroquia, pero ve un momento allí, te lo suplico. No se darán ni cuenta, te lo aseguro.

—Bueno... buscaré algún pretexto en caso de que el padre Fortunato me vea por ahí. Si todo corre bien, pasaré la nota por debajo de la puerta de la habitación de Saúl.

Ainara la abrazó.

—¡Gracias, no sabes la tranquilidad que me haces sentir!

—Eres mi amiga, razón más que suficiente. Y mejor me voy de una vez antes de que se haga más tarde. No quisiera que uno de mis padres, viendo que no llego a casa, venga a buscarme hasta aquí y yo no esté.

Ainara rio mientras la acompañaba a la salida.

—Ni pensarlo. Suerte, Gabriella. Te estaré eternamente agradecida.

29

AL CAER LA TARDE, Ainara fue a esperar por Saúl junto al portón del jardín de los rosales, tal y como le pidió en la nota que le hizo llegar con Gabriella.

No hizo falta aguardar por él; tan pronto como ella abrió el portón, Saúl venía doblando la esquina.

—Tuve tanto miedo de que Gabriella no hubiera podido entregarte la nota —dijo, abrazándolo.

—Pude hablar con ella. —Saúl besó su frente—. ¿Cómo te encuentras, amor mío?

—Tengo algo muy importante que contarte. Ven —dijo, halándolo hacia el interior del jardín. Ainara constató que no había nadie antes de entrar al granero, mientras que Saúl le ayudaba a cerrar el portón, asegurándolo con el tronco de madera.

—Por la expresión de felicidad en tu rostro, es algo bueno lo que vas a decirme, ¿verdad?

—Hablé con mamá, y ella ampara nuestro amor.

Saúl la envolvió entre sus brazos.

—¡Amor mío, es la mejor noticia que pudiste haberme dado!

Ainara suspiró al escuchar los fuertes latidos de su corazón. Cerró los ojos y dejó que su mejilla continuara recostada sobre su pecho.

—Aún tenemos un largo camino por recorrer. Necesito que vuelvas a prometerme que serás fuerte, y pase lo que pase, siempre estarás a mi lado.

Saúl la aprisionó con más fuerza contra su pecho. Inclinó la cabeza y besó su coronilla.

—Te lo repetí una vez y te lo seguiré repitiendo un millar de veces si es necesario. Siempre estaré contigo, así el mundo entero se oponga. Mi vida es del todo tuya. Te amo con toda mi alma, amor mío.

—Y yo a ti. Mi vida te pertenece.

Ambos juntaron sus labios en un largo y ardiente beso.

—Y ahora debes irte, no quiero que mamá nos encuentre y luego tengas problemas por mi causa.

Saúl acarició con una dulce sonrisa su rostro.

—Lo sé. Esperaré con ansias noticias tuyas.

—Cuídate, *amore mio*.

Saúl calló la decisión que tomó; no se lo dio a conocer al reverendo.

Esa tarde salió de la parroquia sin que nadie lo notara y fue directamente a la alcaldía para hablar frente a frente con Gaetano.

La secretaria hizo la llamada pertinente a la oficina de la alcaldía y luego le indicó a Saúl que pasara a su despacho.

—Don Gaetano, buenas tardes —saludó Saúl.

Gaetano giró su silla de cuero negro hacia él.

—¿Y todavía tienes el atrevimiento de venir a buscarme aquí?

Saúl no comprendió su pregunta, pero la expresión de seriedad en su rostro lo inquietó.

—Necesito hablar con usted, don Gaetano. Seré breve, le pido que me escuche.

—¿Qué es lo que vas a decirme? —espetó, poniéndose en pie y dando un puñetazo contra el escritorio—. ¿Sobre tus amoríos con mi hija Ainara?

Saúl se quedó atónito.

—Don Gaetano, yo...

—¡Cómo pudiste enredar a mi hija! ¡Eres un hombre consagrado a la iglesia!

—Yo no he enredado a su hija. Yo la amo, ambos nos amamos...

—¡Cállate, bastardo! Un hombre que burla las reglas de la iglesia no se merece ser hijo de nadie.

Saúl se tragó el insulto por respeto a Ainara.

—No he burlado ninguna regla, señor. Decidí con anticipación renunciar a los hábitos.

—No me interesa si renuncias o no a tales hábitos. No entiendo cómo Fortunato ha sido capaz de socapar acciones tan indignas. Esto deberá ser castigado por la ley.

—No, señor, el padre Fortunato no tiene nada que ver en todo esto. No se vaya en contra de él, por favor. Todo es responsabilidad mía. Me enamoré de Ainara...

—¡No vuelvas a pronunciar el nombre de mi hija frente a mí! Jamás, entiende bien, jamás permitiré que te le vuelvas a acercar.

—¿Por qué, don Gaetano? Ambos nos amamos, solo deseamos estar juntos.

La mirada del alcalde fue sombría; por un momento hizo que Saúl temblara.

—¿Y tienes la osadía de decir que ambos se aman? ¡Ainara no amará a nadie más que no sea Donato! ¡Tú, desaparécete de su camino!

—No, don Gaetano. Si tanto le preocupa, nunca fue mi vocación servir a la iglesia. En Ainara encontré mi verdadera vocación. Me casaré con ella. Ainara no ama a Donato; usted no puede destruir así su vida.

—¡Insolente! —Gaetano se volteó y caminó hacia el ventanal—. Bien hizo Donato en alertarme de tus intenciones. Te estoy exigiendo de buena manera que desaparezcas de la vida de mi hija —dijo, volviéndose hacia él—, porque si no lo haces, tomaré otras medidas. Bien sabes que soy un hombre de poder, y no querrás que los desprestigie tanto a Fortunato como a ti y los eche del pueblo.

—Usted no sería capaz de irse en contra del reverendo.

—¡Tú qué sabes, muchachito desvergonzado, de lo que yo soy capaz o no! Es mi primer aviso... ¡Ya lo sabes! Y ahora ándate y nunca más te acerques por mi casa, porque no la volverás a ver.

Saúl, desesperado, se paró frente a Gaetano.

—¡No, por favor, no me separe de su hija, yo...!

Gaetano cogió el auricular y llamó a su secretaria.

—Señorita, llame a seguridad.

Saúl inhaló profundamente.

—Me iré por mi cuenta, no necesita recurrir a la fuerza. Que tenga una buena tarde. —Se dio media vuelta y salió del despacho de la alcaldía.

30

Saúl no tomó en cuenta el tiempo y se le hizo tarde para regresar al convento. En noviembre era normal que oscureciera a las cinco de la tarde.

Su cabeza no estaba puesta en nada más que en Ainara.

¿Cómo su padre podía ser tan cruel? Él no iba a permitir que la obligara a casarse con Donato... Jamás. ¿Y cómo Donato supo del romance entre ellos? Fue la interrogante que lo inquietó mientras aligeraba el paso hacia la parroquia.

—¿A quién tenemos aquí esta noche?

De pronto, Saúl se vio acorralado por dos hombres altos y fuertes, y un tercero que era Donato.

—Tal parece que al padrecito se le hizo tarde para regresar al convento. ¡Sujétenlo! —ordenó Donato a los dos hombres, mientras terminaba de fumar su cigarro y lo lanzaba al adoquinado.

Aquellos dos hombres sujetaron a Saúl con fuerza por ambos brazos.

Saúl opuso resistencia, pero fue imposible. Enseguida sintió el impacto de un fuerte rodillazo en su abdomen.

—¡No te vuelvas a acercar a Ainara!

Saúl soportó el dolor, contrayendo los músculos, pero Donato volvió a incrustarle otro, y luego otro, y otro más. Los dos hombres a sus costados reían.

—Fuiste tú entonces quien le fue con el chisme a don Gaetano —Saúl logró articular, apenas con la cabeza levantada, sumido en profundo dolor por la fuerza de los golpes.

Donato se carcajeó.

—Tengo los medios para comprar a quien yo quiera. Hay soplones hasta dentro del convento. —Se retiró el abrigo, sacó un guante de cuero negro del bolsillo de su gabardina, la dejó sobre uno de los basureros que había en la callejuela y, mientras Saúl forcejeaba con los dos hombres, Donato se colocó el guante en su mano derecha. Al momento, la fuerza de repetidos golpes viró su cara, abriendo su labio inferior, provocando que Saúl sangrara—. ¡Ainara será mi mujer! Más te vale que no te le vuelvas a acercar. —Saúl trató de refutarlo, pero la magnitud de un rodillazo ahogó su voz. Por más que trató, no pudo mantener su cabeza firme: ésta se le vino abajo, no sin antes ver con sus ojos a medio abrir el brillo de las iniciales "DC" que colgaban de la cadena de oro de Donato—. Tampoco irás a decírselo a nadie sobre nuestro encuentro si no quieres que a ella le pase algo grave... ¡No sabes con quién te metes!

Saúl ya no tenía fuerza alguna.

—No te atrevas... —logró articular, sintiendo cómo de sus labios goteaban hilos de sangre.

—¡Suéltenlo! —Donato ordenó a sus hombres.

Saúl cayó, dándose de bruces contra el adoquinado.

La callejuela quedó en silencio, supo que el cobarde de Donato y sus dos hombres se habían marchado. Trató de tomar fuerzas, pero el dolor de su cuerpo lastimado no le permitió levantarse. Permaneció tendido sobre los fríos adoquines hasta que, poco a poco, logró incorporarse y, avanzando casi arrastrándose, llegó al convento.

Cruzó el patio interno para ir a su habitación, cuando Fortunato apareció por el pasillo:

—¡Saúl, hijo mío! —gritó y corrió hacia él—. ¡¿Dios mío, qué te han hecho?! ¡Alguien que me ayude!

—Ayúdeme, por favor, padre, a llegar hasta mi habitación. —La voz de Saúl fue apagándose.

Fortunato pidió ayuda a otro religioso que acudió al escuchar los gritos.

Saúl no consiguió mantenerse en pie ni por un solo segundo más y perdió el conocimiento.

Despertó en medio de la charla entre el párroco y la señora de la cocina mientras lo atendían.

—¡Hijo mío! —exclamó enseguida Fortunato—, ¿cómo te sientes?

Saúl abrió los ojos a media luz y respondió:

—Mejor, padre, gracias.

—¿Qué te hicieron, muchacho? Dime quién fue para ir ahora mismo a poner la denuncia.

—No, padre, déjelo así. Casi no pude distinguirlo, quizás asaltantes que vagan por ahí.

Fortunato gesticuló con la garganta.

—Está bien, Saúl, no te esfuerces. Ahora tan solo descansa y recupérate, luego hablaremos de eso... No me quedaré con la incertidumbre de descubrir quién pudo ser tan cruel para hacer esto... —balbuceó. Saúl pudo escucharlo, por lo que oprimió su mano—. Celestina, por favor, tráigame más hielo.

Saúl cerró los ojos y se quedó dormido.

31

Ainara permaneció por largas horas sentada en el jardín de los rosales, bajo el pinar que cobijaba la banqueta de piedra, pensando en cuál sería su destino y el de Saúl si su padre no aprobaba su relación. Ella sabía que él no lo tomaría de buena manera; su afán era casarla a toda costa con Donato. Temía que la mandase de inmediato a Florencia.

Se levantó y, decidida a afrontar lo que viniese, se dirigió a la casa.

Su padre salió a su encuentro.

—Ainara... —dijo, mirándola con seriedad—, vienes ahora mismo conmigo a mi despacho. Tú y yo tenemos mucho de qué hablar.

Ainara fue detrás de él; presintió lo peor.

Gaetano cerró con llave el cerrojo de la puerta. Abrió el armario y sacó un látigo.

Los ojos de Ainara quedaron fijos en el cuero que revestía la fusta.

—Antes de azotarme —enfrentó, mirándolo altiva—, quiero que sepas que amo a Saúl, y hagas lo que hagas, jamás me casaré con Donato.

La violencia del látigo abatió sobre su espalda y sus caderas. Ainara soportó con valentía el dolor.

—¡Qué vergüenza! Has desacreditado mi buen nombre y el de la familia enredándote con un clérigo. ¡Desagradecida! Y todavía injurias el nombre de Dios diciendo que lo amas.

Los latigazos continuaron arremetiendo contra su delicado cuerpo.

—¡Basta, padre, ya es suficiente! —suplicó con lágrimas en los ojos—. ¡Tu furia no hará que mi alma deje de amarlo!

Gaetano lanzó una bofetada contra su nívea mejilla.

—¡Atrevida! Mi furia llegará más lejos que eso. Jamás volverás a verlo. ¡Pronto te irás a Florencia, vivirás ahí interna, y ruega para que Donato quiera desposarte luego de saber que te revolcaste con ese blasfemo!

Ainara lloró desconsoladamente.

—No lo harás... ¡Soy tu hija!

Gaetano estuvo a punto de darle otro latigazo cuando escuchó a Francesca suplicar al otro lado de la puerta:

—¡Ábrela, por favor, Gaetano, no le hagas más daño a tu hija!

Gaetano lanzó el látigo contra el piso, abrió violentamente la puerta y, enfurecido, haló a Ainara por el brazo, arrastrándola por los escalones hasta llegar a su habitación. Francesca corrió detrás suyo, al igual que Alfonsina.

—¡Permanecerás encerrada hasta que yo mismo te lleve a Florencia! —espetó, empujándola hacia el interior de la alcoba.

Ainara cayó de rodillas contra el piso. Lloró suplicante, mirando a su madre y a Alfonsina, quienes estaban detrás de su padre.

—¡Madre, haz algo! —imploró.

—Gaetano —suplicó Francesca—. ¡No desahogues tu ira de esta cruel manera! Reacciona, así perderás a nuestra hija.

Gaetano se volvió enérgico hacia Francesca.

—¡Perdí a esta desvergonzada el mismo día que profanó el nombre de Dios y de este hogar acostándose con ese hereje! ¡Quedará encerrada hasta el día en que la lleve a Florencia! Y nadie, absolutamente nadie, podrá visitarla... ¡Es una orden! Alfonsina, tráeme las llaves de su cuarto.

Alfonsina regresó a mirar a Francesca. Ella asintió con un ahogado suspiro. Alfonsina bajó por los escalones para traérselas.

Gaetano cerró la puerta, dando tres vueltas a la cerradura. Guardó las llaves en el interior del bolsillo de su chaqueta y bajó por los escalones.

—Mamá... —gritó Ainara, sollozando desde la soledad de su alcoba.

—Estarás bien, hija... Te lo prometo.

Ainara lloró desconsoladamente. Las huellas de los latigazos ardían sobre su piel.

Sus lágrimas resbalaban una tras otra por su mejilla enrojecida; la misma mejilla que su padre besaba cuando era una niña.

Se incorporó con dificultad, apoyándose con las manos en el borde de la cama.

«¡Jamás podré perdonarte por el daño que me haces, papá!», repitió entre sollozos.

Acomodó algunos de los almohadones y se recostó sobre ellos, pero el ardor de las heridas le impedían mantenerse en una postura cómoda.

Las horas pasaron con ella recostada sobre la cama en la misma posición: boca abajo.

Una lágrima rodó rebelde por su mejilla. Ainara la apartó con ira; el dolor de su alma pesaba más que el de sus heridas.

Se sobrepuso y, colmada de coraje, se levantó.

El dolor fue aminorando, pero las huellas de aquellas manos salvajes marcaron su alma y su piel.

Se sentó frente a su escritorio, arrancó un pedazo de papel del cuaderno que tenía frente a ella y redactó una carta. La dobló en tres partes, la guardó dentro de un sobre pequeño y la escondió debajo de una pieza de porcelana que días atrás había empezado a pintar. De pronto, escuchó el ruido de la llave girando en el cerrojo.

Levantó la vista.

—Mi niña, te traigo algo de cenar —dijo Alfonsina, con una bandeja en las manos.

—No tengo hambre, nana. Pero gracias de todas maneras.

Alfonsina dejó la bandeja con crema de tomate y queso parmesano, además de un vaso de leche y algunas galletas de avellana que tanto le gustaban a Ainara, sobre la mesita de noche.

—Tu madre quiso venir, pero don Gaetano le tiene prohibido verte.

Ainara suspiró profundamente.

—¡Qué te ha hecho tu padre, Dios mío! —dijo Alfonsina, pasando su mano por los moretones en su brazo. Luego levantó la blusa de Ainara, y una lágrima rodó por su mejilla—. Voy a curar tus heridas.

—Jamás le perdonaré lo que me hizo, nana.

—No digas eso, mi niña. Es tu padre. Confío en que algún día se dará cuenta del grave error que cometió. —Ainara encorvó la espalda cuando Alfonsina aplicó ungüento sobre los moretones en sus costillas—. Pronto te sentirás aliviada. Confío en esta medicina.

—Alfonsina, necesito que me hagas un favor. —Ainara deslizó el sobre desde debajo del adorno de porcelana—. Hazle llegar esta carta a Gabriella, por favor. Si es posible, mañana mismo. Dile que mi padre tiene prohibido que me visiten, díselo así, te lo pido. Ella sabrá qué hacer con la carta.

—Sí, mi niña, mañana a primera hora iré a entregársela.

—Gracias, nana. ¿Cómo está mamá?

—Triste. Ella también sufre.

—Dile que estaré bien, que no se entristezca por mí.

—La casa estará tan sola y fría cuando no estés... —Alfonsina bajó la mirada y se limpió los ojos llorosos. Amaba a Ainara tanto como a una hija.

Ainara la tomó por el rostro y esbozó una dulce sonrisa.

—No estés triste. Ya no soy una niña, algún día tenía que irme. ¿Irás a visitarme a Florencia, verdad?

—Por supuesto, mi pequeña. Tu madre y yo iremos siempre que podamos. Ahora debo irme. No quiero que tu padre se inquiete al ver que no he bajado aún.

—Ve, nana, y guarda bien esa carta, que no la vea papá.

—Hasta mañana, mi niña. Descansa. Y hazme el favor de comer todo lo que está en esa bandeja, no quiero que vayas a debilitarte.

Ainara asintió con una sonrisa.

—Comeré todo, no te preocupes.

Ainara escuchó el sonido del picaporte. Desvió la mirada hacia la ventana y suspiró.

32

Los moretones y las heridas en el rostro y el cuerpo de Saúl sanaron poco a poco. Prefirió no contarle nada al padre Fortunato por la seguridad de Ainara.

Donato era un hombre peligroso, capaz de cualquier bajeza, y en venganza podía hacerle daño; además que así se lo había advertido.

Saúl jamás permitiría que le sucediera nada malo a Ainara.

Esa tarde de otoño paseaba por el jardín del patio de las higueras cuando vio a Gabriella bajar el peldaño que dividía el corredor del patio y venir en su dirección.

Le sorprendió verla sola por la parroquia, aún faltaban algunos días para retomar las clases con los niños discapacitados. Quizás el padre Fortunato la había llamado para organizar algo pendiente, pensó.

—¿Saúl, pero qué te sucedió? —Gabriella, asombrada, no apartó sus grandes ojos pardos de su rostro malogrado. Los moretones se habían disipado por sus pómulos y aún cubrían su ojo izquierdo.

—Hola, Gabriella, no te inquietes. Una tarde, regresando, me asaltaron. ¿Buscas al padre Fortunato?

Gabriella frunció el ceño.

—No, Saúl, vine por ti. Ainara te envió esta carta. —Extendió su mano y se la entregó.

—¿Una carta? —Sorprendido, Saúl la tomó entre sus manos.

—Alfonsina fue hoy a buscarme. Me dijo que don Gaetano encerró a Ainara en su habitación. Tiene prohibidas las visitas. Ni siquiera yo puedo ir a verla.

—¿Cómo dices? —inquirió, impaciente—. ¿Qué sucedió?

—Don Gaetano sabe todo, Saúl. Debo contarte lo que Alfonsina me dijo... la golpeó.

—¡No...! —La tez de Saúl cambió de color, se puso pálido—. ¡Eso no puede estar sucediendo! ¡Cómo se atrevió a golpearla y a encerrarla!

Gabriella respiró profundamente.

—Don Gaetano es un hombre enérgico. La fuerza y el miedo son su autoridad.

—Gracias por informarme de esto, Gabriella. —Saúl sintió que tenía que ir a buscarla.

—Ahora tengo que regresar a casa. Cuídate, Saúl.

—Adiós, Gabriella.

Saúl entró en su habitación y, sentándose frente al viejo escritorio de madera, abrió el sobre y leyó la carta de Ainara:

Amore mio, te pido que, luego de leer mi carta, mantengas la serenidad.

Alguien habló con mi padre antes de que el reverendo pudiera hacerlo. Él se opone a nuestro amor.

Pronto iré a Florencia, estaré interna en la universidad.

No hagas nada, por favor, de lo que luego podamos lamentarnos. Ahora más que nunca, tenemos que guardar la calma y ser prudentes. Voy a estar bien, créelo. Mi amor por ti es más fuerte que cualquier adversidad. Nadie podrá, ni siquiera mi propio padre, destruir algo tan bello que siento por ti.

Recuerda nuestra promesa, la que nos hicimos en el granero. Ten por seguro que, esté donde esté, siempre estarás a mi lado. Tus besos, tus caricias, tu aroma, tu amor lo llevo dentro de mí. Es la fuerza que poseo para sobrellevar este camino que mi padre me impuso.

Te amo con toda mi alma. Tenlo siempre presente.

Ainara.

Una hilera de lágrimas resbaló por sus mejillas.

Guardó la carta en el bolsillo de su camisa y, sin decirle siquiera al reverendo, salió del convento y se dirigió hacia la casa de Ainara.

Cruzó el jardín frontal y fue hasta la puerta de entrada.

Golpeó.

—Saúl, ¿qué le pasó a tu cara? —preguntó Francesca, asombrada, en cuanto abrió la puerta.

—Buenas tardes, señora Francesca. Tuve un altercado hace algunas noches regresando al convento. No es nada de importancia. Doña Francesca, sé que Ainara no puede recibir visitas, Gabriella me comentó, pero necesito verla, aunque sea por un momento, por favor.

Francesca miró a Saúl compasiva y suspiró profundamente.

—Pobre de mi niña, Saúl. Ellos se fueron hoy en la mañana a Florencia.

Saúl sintió desvanecerse.

—¡No! Dígame que eso no es cierto, por favor.

Francesca asintió en medio de un hondo suspiro.

—Sí, Saúl, Gaetano no quiso esperar un día más y se la llevó para dejarla interna en el instituto. Me siento tan triste por mi Ainara, además de culpable por no haber hablado antes con él y contarle lo de ustedes. Quizá lo hubiese calmado y ahora mi hija no estaría sufriendo. Estaría aquí con nosotros. Pasa adelante, por favor.

Saúl entró. Vivió un amargo sinsabor.

—No se sienta culpable, porque nada de esto es culpa suya. Soy yo el responsable por no haber hablado enseguida con su esposo.

Francesca sonrió con ironía.

—No, Saúl, hiciste lo correcto, créeme. Él se hubiese enfurecido más.

—Estuve con su esposo hace unos días en la alcaldía. Fui a buscarlo para confesarle mi amor por Ainara, pero él ya estaba al tanto de todo. Desconozco quién se lo informó. Pero ahora me doy cuenta de que quién lo hizo, lo hizo de la manera más despiadada para que su esposo tomara esta decisión y hasta la haya agredido... Me rompe el corazón solo con pensar cómo pudo hacerlo, y ahora ella estará desconsolada. ¿A cuál internado la llevó? Dígame, por favor, porque iré a buscarla.

—Al Instituto de Bellas Artes. —Francesca llamó a Alfonsina. Ella vino enseguida.

—Dígame, señora Francesca. Buenas tardes, joven Saúl. —Alfonsina hizo un vívido gesto de sorpresa cuando miró las manchas oscuras en el rostro de Saúl.

—Tráenos algo de beber, por favor, y unas galletas también.

—Enseguida, doña Francesca.

—Como te iba diciendo, Ainara permanecerá interna en ese lugar hasta que culmine sus estudios.

Saúl no admitía enterarse de algo así. Serían tres o cuatro años que Ainara debería permanecer encerrada en ese frío lugar.

—Usted no puede permitir que la encierre por tanto tiempo. ¡Haga algo, por favor!

—Tú no conoces a mi esposo, Saúl. Sus órdenes deben cumplirse, y yo no puedo hacer nada al respecto.

Saúl negó con la cabeza.

—¿Por qué lo hace, señora? No le siga el juego. Disculpe que me entrometa en su vida y en sus decisiones, pero debería tener su propia autonomía. Don Gaetano no puede gobernar sobre sus sentimientos y desposeerla, sin piedad, de su paz interior.

Francesca se quedó mirándolo, mientras dejaba escapar una lágrima.

—Sírvete, por favor —dijo, bajando la mirada, cuando Alfonsina trajo la fuente con té de hojas de limón y galletas de avellana; las mismas que Ainara comió la noche que su padre la encerró en su habitación.

—Usted es un gran muchacho, joven Saúl —comentó Alfonsina—. Ahora entiendo por qué Ainara lo ama tanto.

Saúl levantó la mirada a Alfonsina y esbozó una suave pero distante sonrisa.

—Cuando vayas a buscarla, te pido que tengas cuidado, hijo. Mi esposo advirtió a todo el personal que la tengan estrictamente vigilada. No soportaría que la cambien a otro internado, y que ni yo misma pueda saberlo.

—Pierda cuidado, doña Francesca. Le prometo que seré muy precavido. Ahora debo retirarme —dijo, levantándose—. Que tenga una buena tarde. Me despide de la señora Alfonsina, por favor.

—Te acompaño hasta la puerta.

33

SAÚL REGRESÓ ABATIDO A la parroquia. Nada sería igual sin ella. Ni siquiera las hojas secas de mil colores, que yacían en el piso y que miró desde el ventanal de su habitación —con las cuales Ainara jugaba y las coleccionaba—, le parecieron tener encanto después de saber que ya no estaría más en el pueblo donde se conocieron y consagraron su más ferviente amor.

Él sabía que debía ir lo antes posible a buscarla.

Fue hasta la mesita de noche y, sentándose sobre su cama, abrió el libro de medicina y sacó la azucena blanca. Cerró sus ojos y, mientras besaba sus pétalos resecos por el tiempo, repitió dentro de sí: <<siempre estaré a tu lado, amor mío>>.

Dejó la azucena junto al libro y salió de la habitación para ir a buscar al párroco.

—Padre Fortunato —llamó su atención en el momento en que lo encontró caminando por el pasillo—, lo estaba buscando.

—Dime, hijo, también necesitaba hablar contigo.

—¿Está al tanto de que don Gaetano llevó interna a Ainara a Florencia?

—Sí, Saúl, Francesca acaba de telefonearme contándomelo. Además, me dijo que estuviste en su casa.

—Fui a buscarla porque me hizo llegar una carta con Gabriella, en donde me decía que su padre la llevaría a Florencia, pero cuando llegué ya se habían ido.

Fortunato posó su mano sobre su hombro.

—Ten fe, hijo. Jamás me imaginé que Gaetano actuara de esa manera.

Saúl asintió con la cabeza.

—¿Qué es de Filippo, padre?

—¿Por qué lo preguntas?

—Pienso que él es el responsable de esto.

—Lo mandé al pueblo donde viven unos familiares. Fue preferible para que no hubiera problemas entre ustedes. ¿Y por qué piensas eso?

—La noche en que me atacaron, regresaba de hablar con don Gaetano. Fui a confesarle mi amor por Ainara, pero él ya estaba al tanto de todo. ¡Y no sabe de qué manera, padre! Ofendió la memoria de mis padres.

—¿Acaso piensas que él le fue con el chisme a Gaetano?

—Lo doy por hecho, padre.

Fortunato gesticuló con la garganta.

—Es algo lógico. ¿De otra manera, quién más?

—Padre Fortunato, mañana iré a primera hora a Florencia. Tengo que ver a Ainara y poder conversar, aunque sea por un momento, por corto que fuera.

—Solo te pido que tengas cuidado. Gaetano tiene ojos por todos lados.

—Lo sé, padre. Además, quiero pedirle que agilite mi emancipación de la iglesia, por favor.

—Lo haré, Saúl. Lleva un tiempo, pero empezaré con el trámite mañana mismo.

—Gracias, padre Fortunato. —Saúl inhaló profundamente—. Sin más que decirle, me retiro a dormir. Mañana saldré al amanecer.

—Que Dios guíe tu camino, hijo —dijo el reverendo, dándole una palmadita en el hombro.

34

Saúl tomó el tren que lo llevó a Florencia.

Fue al Instituto de Bellas Artes, que se encontraba en la parte colonial de la ciudad.

Él estaba consciente de que no podía preguntar por ella a los guardias que controlaban la entrada, porque ya se lo habían advertido tanto Fortunato como Francesca. Ainara tenía estricta orden de no recibir a nadie más que a su padre.

El nombre de Saúl Márquez estaba registrado como persona indeseable; le estaba prohibida la entrada, así como el acceso a los alrededores de la entidad.

Gaetano era un gran amigo del dueño, además de ser el director del instituto desde hacía años. Colaboró con una buena cantidad de dinero para que se cumpliera a cabalidad su ordenanza.

No estaba de más que Saúl tuviera extremo cuidado, porque todo el personal que trabajaba ahí estaba sobreaviso.

Pero él fue astuto: burló la seguridad, entre comillas, ordenada por el respetado Gaetano D'Alfonso.

Antes de acercarse al instituto, habló con un hombre que limpiaba las calles aledañas, proponiéndole que le pagaría unas cuantas liras por dejarle usar sus atuendos de limpieza: su escoba y el carrito recolector de basura por unas cuantas horas. Así, Saúl no se delataría.

El hombre accedió sin inconveniente; de seguro le vendría bien un tiempo de descanso, además de tomarse un café por ahí.

Saúl se vistió apresuradamente con el mono de trabajo, usó un gorro de lana y gafas oscuras para ocultar los moretones que aún mostraban sus ojos. Haciendo rodar el carrito de tres ruedas, se apresuró hacia los exteriores contiguos al instituto.

Un guardia se encontraba resguardando la entrada de acceso. Saúl llevaba consigo la tarjeta de información con los datos del hombre que hacía la limpieza. La fotografía se encontraba en mal estado por el paso del tiempo, apenas podían distinguirse los rasgos de su rostro.

Saúl se detuvo frente a la puerta y saludó al guardia:

—Buenos días, vengo a hacer la limpieza.

El guardia le echó un breve vistazo, ni siquiera le preguntó por la identificación y abrió el portón. Seguramente aquel hombre iba seguido.

—Siga, por favor.

Saúl entró nervioso. Lentamente se dispuso a barrer las aceras que conducían a la puerta principal. Miró a través de los grandes ventanales por si Ainara estuviera ahí. Terminó de asear ese lugar y avanzó con el carrito por los patios internos. El instituto era lo bastante grande; Ainara podría estar por cualquier parte, pero él la conocía mejor que nadie. A ella le gustaba pasear por los jardines y distraerse recogiendo las hojas que el viento de otoño azotaba.

Saúl no se equivocó.

Ainara paseaba distraída por los extensos jardines. Sus bellos rizos dorados no se balanceaban libres como solía llevarlos; en aquella ocasión los tenía cautivos en una larga trenza. Se detuvo junto a una banqueta de piedra y se sentó. Saúl estuvo lo bastante cerca para ver cómo sus bellos ojos, tan azules como un cielo de primavera, se perdían en algún punto a la distancia.

Suspiró; la tristeza en su mirada perforó su alma.

Saúl avanzó con el carrito hasta donde ella estaba y se detuvo.

—No se moleste, señor, no tengo basura para entregarle —dijo Ainara. Apenas lo miró. Saúl pudo notar que sus ojos no resplandecían como antes; estaban apagados.

—Jamás te dejaré sola, amor mío.

Ainara levantó a mirarlo, incrédula.

—¿Saúl?

—Estoy aquí, cariño mío. Fue la manera que encontré para verte sin que nadie sospechara.

—¡Dios mío, no te reconocí! —Los ojos de Ainara recobraron su luz.

—Pedí a un buen hombre que me prestara sus implementos de limpieza. Pienso que no levanté sospechas. —Por un momento, Saúl deseó tomarla de las manos, pero sabía que no debía hacerlo. Tuvo suerte de llegar hasta allí sin ser sorprendido y estar junto a ella—. Se fuerte, amor mío. Te aseguro que buscaré la manera de seguir viéndonos. A mi regreso a Valserra me deslindaré por completo de la iglesia y enseguida me mudaré aquí para estar cerca de ti.

Ainara esbozó una suave sonrisa.

—¡Saúl, *amore mío*! Quiero abrazarte, pero no puedo. Mi padre pagó para que me vigilaran.

Saúl dio un largo suspiro.

—Lo sé, y no voy a arriesgarte.

Ainara echó un vistazo a ambos lados. Inclinó la cabeza y se retiró del cuello la cadena con las letras de su nombre, que siempre llevaba consigo.

—Toma —dijo, entregándosela—. Guárdala contigo.

Saúl sonrió. Tomó el colgante y, en un instante, acarició su mano.

—Lo tendré siempre suspendido en mi pecho. Tengo algo para ti. —Saúl le pasó discretamente un pequeño sobre.

Ainara lo guardó apresuradamente en el bolsillo de su abrigo.

—Lo leeré cuando esté en mi habitación.

—Ahora debo irme —dijo Saúl—, pero te prometo que, tan pronto como sea un hombre libre, regresaré y me quedaré cerca de ti. Quiero que me prometas que estarás bien.

—Sabiendo que estarás cerca de mí, mis días en este frío lugar serán llevaderos. Vete de una vez antes de que alguien sospeche al vernos conversar.

—Te amo, mi bella Ainara.

—Y yo a ti, Saúl, con toda mi alma. Cuídate, *amore mio*.

Saúl sujetó el coche de limpieza y lo rodó por las callejuelas del jardín. Se volvió para mirar a Ainara. Ella continuaba sentada sobre la banqueta, observándolo marcharse. Pudo ver que sus dulces labios rojos esbozaban una suave sonrisa. La guardó en lo más recóndito de su ser y continuó rodando el coche por los caminos que circunvalaban los patios, hasta llegar a los portones. Se despidió del guardia y salió del instituto.

Ainara permaneció en medio del jardín hasta que Saúl desapareció de su vista.

Creyó haber vivido un sueño. Nunca imaginó que Saúl se ingeniaría con tanta astucia para ingresar a las instalaciones y, así, por contados minutos que estos fueran, poder conversar con ella.

Para suerte de ambos, nadie los descubrió. Ainara dejó escapar una risita, recordando lo gracioso que se veía vistiendo de barrendero.

Con su alma en paz, se levantó y se encaminó hacia su habitación.

Sacó la carta del bolsillo de su abrigo y, sentándose sobre la cama, se dispuso a leerla:

Mi dulce Ainara, qué difícil me resulta no poder mirar tu sonrisa, el resplandor de tus ojos que iluminan mi alma. El tiempo se detuvo desde tu partida a Florencia, pero ten la seguridad de que, a pesar de que nuestros cuerpos no estén juntos, mi ser estará siempre contigo.

Sé perfectamente que tu padre se esforzó por alertar a todo el personal en mi contra y que ha dispuesto seguridad extrema. Pero alguna forma encontraremos para estar en comunicación.

Me es difícil decirlo porque no está en mis principios, pero te aseguro que burlaré sus absurdas medidas.

Haré hasta lo imposible para estar juntos nuevamente.

Te amo, amor mío.

Ainara acercó la carta a sus labios y, en un profundo suspiro, besó cada palabra ahí escrita.

«Yo también te amo, *amore mio*, y haré todo por estar contigo... Así me cueste renunciar a mi padre».

35

Desde el día en que Ainara llegó al instituto, empezó un mundo diferente para ella.

La prepotencia de su padre no tuvo límites. No solamente ordenó que su hija no recibiera correspondencia alguna, también dio la orden de que Ainara no saliera del instituto.

Él fue muy claro: no podía entrar ni salir nada sin antes llevar una rigurosa inspección, así fuese de o para la madre de Ainara, hasta una segunda orden.

Ainara conoció a dos compañeras en el instituto, Marcella y Nicola, con quienes compartía en los momentos libres; sin embargo, una de ellas no le inspiraba confianza.

La mayor parte de su tiempo lo dedicó a estudiar; al menos la pintura y la escultura eran su pasión, y en ello encontró la paz que tanto necesitaba. Así, sus días empezaron a teñirse de alegría.

Ainara tuvo más empatía con la persona que trabajaba en la cocina, Patrizia. Ella era una mujer joven, sencilla, casada y con dos hijos. Con Patrizia compartía más que con sus dos compañeras de aula.

Todos los días, después de clases, Ainara iba a la cocina y colaboraba con el personal; ellos, a su vez, disfrutaban de su compañía.

Fue ahí, en las cocinas del instituto, donde Ainara aprendió bases de gastronomía y, sobre todo, a hornear pasteles y galletas, como tanto le gustaba.

Llegó a tener tanta confianza con Patrizia que vio en ella la oportunidad para burlar el mandato de su padre, tal y como Saúl le sugirió en la carta.

—¡Señorita Ainara! —saludaron los cocineros cuando la vieron entrar en la cocina.

Ainara les devolvió una amplia sonrisa.

—Buenas tardes a todos. ¿Horneamos galletas hoy?

—Sí, señorita Ainara —respondió enseguida Patrizia—. Hoy le enseñaré también cómo hacer pan navideño. Se aproximan las fiestas y créame que es muy fácil. Lleva tiempo, pero es sencillo.

Ainara sonrió mientras se colocaba el delantal.

—Me encantaría aprender a hacerlo. En casa mi nana siempre lo prepara y créame que jamás se me cruzó por la cabeza pedirle que me enseñara.

El resto de los cocineros rieron entre sí.

—La señorita Ainara está muy afanada… ¿Será que quiere sorprender a alguien? —dijo uno de ellos.

—El arte de la cocina se ha vuelto divertido para mí —respondió Ainara, girándose hacia los cocineros.

—No se me distraiga, señorita, y preste atención —dijo Patrizia.

Ainara y Patrizia amasaron una bola grande de harina previamente emulsionada con los ingredientes necesarios para elaborar el panettone navideño.

—Patrizia —dijo Ainara mientras le echaba pedazos de naranja caramelizada, nueces trituradas y lascas de almendra a su mezcla—, ¿puedo contar con tu ayuda para algo muy importante que he venido pensando día tras día?

Patrizia continuó amasando.

—Si está en mis manos hacerlo, encantada, señorita Ainara.

Ainara se acercó más a Patrizia para que no pudieran escucharla.

—Mira, yo sé que esto te sonará delicado, pero solo cuento con tu apoyo. Por favor, ayúdame.

Patrizia dejó de amasar y se volvió enseguida hacia Ainara.

—Dígame, señorita Ainara, ¿qué es eso tan delicado que quiere pedirme que haga por usted?

—Necesito hacerle llegar por medio de ti una carta a mi amiga.

Patrizia hizo un gesto con los ojos.

—Señorita...

—Yo sé que mi padre les tiene atemorizados, pero te juro que no se dará cuenta.

Patrizia inhaló profundo.

—¿A una amiga de su pueblo, dice?

—Sí, pero te suplico que esto quede únicamente entre las dos. Confío en ti.

—¿Cómo haríamos para que nadie sospeche?

Ainara haló a Patrizia por el brazo hasta un extremo de la cocina.

—Mira, yo te entrego la carta y tú la envías a mi amiga con el remitente a tu nombre. De igual manera, desde mi pueblo llegará correspondencia a tu nombre. Seremos muy cautelosas para no levantar sospechas... ¿Lo harás?

—Déjeme pensarlo, señorita Ainara.

—Por favor. —Ainara la miró suplicante a los ojos—. Esto es muy importante para mí. No te tardes demasiado en darme una respuesta.

Patrizia respiró profundamente.

—Yo la entiendo. Déjeme pensarlo.

—Gracias, Patrizia. Y ahora continuemos con el pan, que acechan los curiosos.

Ainara hacía la fila del mediodía con una fuente en sus manos para recoger el almuerzo que Patrizia, junto con otros empleados de la cocina, servían a los estudiantes.

Había pasado más de una semana desde que habló con ella y aún no le daba una respuesta; le desesperaba porque no sabía nada de Saúl, ni él de ella.

Si Patrizia aceptara enviar y recibir correspondencia usando su nombre, todo cambiaría, pensó Ainara.

Era su consuelo.

Llegó el turno de que Patrizia le sirviera el almuerzo.

—Páseme la carta a la hora de la cena, señorita Ainara —dijo en voz baja, mientras colocaba su ración de espagueti con bolitas de carne en el plato.

Ainara sonrió. Fue la manera que encontró para hacerle saber que así lo haría, y se fue a sentar a una de las mesas frente a la vidriera que daba a uno de los patios internos.

Qué alegría y tranquilidad sintió al fin, cuando Patrizia accedió a hacerlo.

Nadie, ni siquiera la prepotencia de su padre, impediría que continuara en contacto con Saúl.

Comió apresurada para regresar a su habitación y escribirle.

Esa tarde podía tomarla para ella porque no tenía clases durante el horario vespertino.

Las fiestas navideñas estaban a un paso y en pocos días entrarían en tiempo de exámenes.

Dejó la fuente junto a otras que estaban sobre el carrito de desechos y se apresuró en llegar a su habitación.

Se sentó frente a su escritorio y plasmó sobre el papel, previamente perfumado con su aroma, lo que su tierno corazón imponía. Dobló la carta en tres partes y la guardó dentro de un pequeño sobre.

La ocultó debajo de la manga de su abrigo de lana y bajó al comedor a la hora de la cena para dársela a Patrizia.

Cenó como de costumbre, pero, antes de regresar a su habitación, deslizó la carta por su muñeca y la llevó escondida debajo del platillo del postre para pedirle a Patrizia otra ración del bizcochuelo de manzana y nuez.

—¿Desea más bizcocho, señorita Ainara? —preguntó ella al verla con el platillo en la mano.

—Sí, por favor. Está tan rico que me lo llevaré a la habitación. —Ainara le guiñó un ojo y le pasó el platillo. Patrizia enseguida cayó en la cuenta del bulto debajo de él y, con cuidado, deslizó el sobre dentro del bolsillo de su delantal. Tomó de la repostera un pedazo generoso de bizcocho y se lo dio.

Ainara sonrió.

—Gracias, Patrizia, que tengas una linda noche.

36

Después de varias semanas de angustia sin noticias de Ainara, Gabriella fue a la parroquia; traía la carta que Saúl tanto ansiaba.

Él, en ese momento, se encontraba sentado frente a su escritorio de madera: estudiaba su libro de medicina.

—Saúl, Saúl...

Saúl levantó la mirada de las páginas del libro cuando escuchó que Gabriella lo llamaba por su nombre. Ella, emocionada, entró en su habitación; la puerta estaba abierta.

Saúl se levantó de inmediato.

—Hola, Gabriella, ¿qué te trae por aquí tan exaltada?

Gabriella apenas pudo contener el aire.

—Traigo noticias de Ainara. —Sacó del bolsillo de su abrigo el sobre y se lo entregó.

Los ojos de Saúl resplandecieron.

—¡Qué gran sorpresa, Gabriella! ¿Cómo logró hacerlo?

—Léelo por ti mismo y me cuentas. Y yo me voy, porque salí de casa sin que nadie lo sepa.

—Gracias por hacérmela llegar, Gabriella. No imaginas la felicidad que siento.

—Lo sé, Saúl. Adiós, adiós, me voy de una buena vez. —Levantó su mano en ademán de despedida en cuanto cruzaba el umbral de la puerta.

Saúl se acomodó nuevamente en la silla de madera frente a su escritorio e, impaciente de emoción, abrió el pequeño sobre que tenía como remitente el nombre de Patrizia Baroni. Al desplegar el liso papel, afloró ante sus sentidos un dulce aroma floral y frutal.

Atrajo la carta hacia él y, en un profundo suspiro, rememoró el olor de su cuerpo.

Ainara le alentó con palabras de amor, le suplicó que fuera paciente, y le tranquilizó diciéndole que sus días en ese lugar recuperaban su alegría. Puso a su conocimiento que una amiga que trabajaba en la cocina se había ofrecido para ayudarlos a mantenerse comunicados. Asimismo, le hizo saber que él debería contestar a todas sus cartas bajo el nombre de Gabriella y enviárselas a Patrizia Baroni.

Terminó de leer la carta y, con una suave sonrisa dibujada en sus labios, cerró los ojos y besó sus letras.

De pronto, salió de su apacible paz al escuchar la voz ronca y autoritaria de Gaetano entrar vociferando en su habitación. Saúl abrió la gaveta e inmediatamente escondió la carta.

El padre Fortunato se apresuró detrás del alcalde.

—¡Vengo a advertirte, blasfemo, que no harás nada por tratar de buscar a mi hija! Supe que tomaste el tren y fuiste a Florencia.

—Gaetano, por favor, esta no es la manera...

Gaetano se giró, impulsivo, hacia el reverendo.

—Te pido que no interfieras, Fortunato.

Saúl enseguida se puso en pie.

—Con todo respeto, señor, usted no puede invadir mi privacidad y venir a advertirme nada.

La mirada del alcalde denotó ira y frialdad.

—¡Soy la autoridad en este pueblo! ¡Basta una orden mía y haré añicos de ti!

Fortunato tomó a Gaetano por el hombro, tratando de controlarlo.

—Por favor, Gaetano, ya es suficiente.

—¡Aléjate, Fortunato, que para ti también caerá la fuerza de la ley!

—Padre Fortunato —dijo Saúl—, le pido que nos deje solos, por favor. Usted no está en edad para agitarse de esta manera. Recuerde cuidar su salud. —Fortunato asintió con la cabeza, se dio media vuelta y salió de la habitación.

Entretanto, Saúl continuó:

—Desahogue su ira contra mí, don Gaetano, pero no le permito que involucre en esto al reverendo.

Gaetano sujetó la mirada de Saúl con desprecio.

—Ainara está muy lejos de aquí, y tú lo que deberías hacer es largarte, de ser posible, irte lejos de Italia. Donato y ella se casarán. ¡Olvídate de mi hija si no quieres que tome medidas en tu contra!

Saúl se humedeció los labios y negó con la cabeza.

—No, don Gaetano, jamás me olvidaré de Ainara porque yo la amo. Se lo dije una vez y se lo seguiré repitiendo.

El brillo en los ojos del alcalde cobró un matiz oscuro, al igual que su alma.

—¡Eres un insolente sacrílego!

Saúl no tomó interés en su ofensa.

—Pronto me deslindaré por completo de la iglesia. Y juro por la memoria de mis padres —advirtió, clavando su mirada en aquella mirada insensible—, que buscaré a Ainara, de donde quiera que esté, y me la llevaré conmigo para hacer una vida juntos fuera de su presencia. Ella no ama a Donato, me ama a mí. Usted no tiene el derecho ni la autoridad de acabar con su vida.

Gaetano estuvo a punto de abofetearlo, pero Saúl, descargando una avalancha de energía en su sombrío mirar, contuvo a tiempo su mano y lanzó contra él:

—¡No lo haga, don Gaetano, así como tampoco le vuelve a poner una mano encima a Ainara!

Los ojos de Gaetano lanzaron veneno.

—¡Mal nacido, no sabes con quién te has metido!

Saúl sujetó con mayor fuerza su mirada.

—No le tengo miedo, don Gaetano.

Gaetano sonrió con desprecio.

—A partir de hoy deberías tenerlo... ¡Te haré temblar! Suplicarás compasión ante mis pies. ¡Escúchame bien, jovencito altanero, esta es mi primera y única advertencia! Aléjate para siempre de mi hija y no vuelvas a entrometer tus narices en su vida si no quieres salir perjudicado.

—Salga de mi habitación, por favor, don Gaetano.

—Estás sobreaviso.

Saúl lo miró marcharse.

«¿Por qué tanto odio?», se preguntó a sí mismo.

Saúl jamás dejaría sola a Ainara en manos de esos dos hombres que únicamente buscaban su propia conveniencia. ¿Cómo un padre podía ser tan cruel?

37

Ainara paseaba con Marcella y Nicola por los jardines del instituto luego de que acabara su clase de pintura. Ambas eran dos amigas de la infancia que venían desde Nápoles; conocían muy poco del pequeño pueblo de Valserra.

—Cuéntanos más sobre tu pueblo —dijo Nicola.

Ainara se enrolló la bufanda alrededor del cuello y, mientras continuaban con la apacible caminata por los senderos que bordeaban el jardín, comentó:

—Nací allí. Es un lugar hogareño, tranquilo.

—Sé que hace bastante frío en invierno. ¿Acaso no es aburrido? —preguntó Nicola.

Ainara echó a reír.

—No, para nada. Hay tantas cosas por hacer que lo disfruto. Mi familia, junto con la de mi amiga, Gabriella, solíamos ir a esquiar en las montañas. Luego llega la primavera, es hermoso ver cómo todo renace y florece. En verano disfrutamos de los lagos, de los ríos, y hacemos largas caminatas. Y el otoño... ¡adoro el otoño! Se siente una completa paz.

—No sé si yo podría vivir en un lugar tan tranquilo —comentó Marcella—. Amo el bullicio de las ciudades grandes.

Nicola se colocó frente a Ainara y preguntó:

—Y en cuanto al amor, ¿te has enamorado alguna vez?

Ainara dio un hondo suspiro; sus labios esbozaron una sonrisa calma.

—Claro que sí, estoy profundamente enamorada.

—Cuéntanos sobre él —se apresuró a decir Nicola.

Ainara hizo un ligero movimiento con la cabeza, negando.

—No puedo hablar de él por ahora.

—¿Y eso por qué? —se adelantó a cuestionar Marcella.

Ainara no quiso entrar en mayores detalles.

—Dejémoslo así por ahora —les dijo.

De pronto, uno de los guardias que mantenía el orden en el instituto vino hacia ellas.

—Señorita Ainara, tiene visita.

—¿Visita? —Ainara negó con la cabeza. Sabía que no estaba autorizada para recibir visitas de nadie por orden de su padre—. No creo que sea para mí, seguramente se equivocó de persona.

—No, señorita, tengo aquí registrado que el señor Donato Carusso la espera en el salón de visitantes. Léalo por usted misma. —El hombre le acercó la cartilla y, en efecto, Ainara miró su rúbrica.

—Gracias, enseguida iré.

—¿Es tu novio? —preguntó Nicola.

Ainara no tuvo deseos de responder; la visita de Donato le sorprendió y fastidió a la vez.

—No, es solo un amigo de la infancia —contestó—. Iré a ver qué quiere.

Ambas se miraron entre sí y fueron detrás de Ainara.

—Nosotras nos mantendremos a una distancia considerable. Tan solo queremos conocerlo.

—Hagan lo que deseen. <<Obvio que a él si le permiten verme>>, renegó para sí mientras se dirigía al edificio.

Donato esperaba por ella en la sala de visitas, parado a un costado del ventanal que daba hacia los jardines internos del instituto. De seguro que la estuvo mirando desde ahí, pensó Ainara.

—¡Ainara! —exclamó Donato apenas ella entró y trató de abrazarla, pero Ainara lo cortó:

—¿A qué vienes?

—No seas tan esquiva —dijo, sonriendo con su típica forma irónica de hacerlo—. Estuve tan preocupado sin saber nada de ti... Te extrañé.

Ainara le clavó la mirada.

—¡Contesta mi pregunta!

Donato dio un paso adelante, colocándose más cerca de ella. Por un momento trató de tomarla de las manos, pero Ainara, devolviéndole una mirada repulsiva, se las apartó de inmediato.

Donato sostuvo con arrogancia su mirada.

—Soy el único a quien tu padre autoriza que te visite, deberías estar agradecida. ¿En qué te afecta?

Ainara sonrió con ironía.

—Me lo imaginé... Claro, entre mi padre y tú se han puesto de acuerdo en todo. ¡Ve y dile que no me interesa su compasión! Y tú no vuelvas por aquí, porque tampoco me interesa verte... ¡Eso también puedes decírselo! Que tengas una buena tarde, Donato. —Ainara se dio media vuelta y, en cuanto trató de marcharse, Donato la sujetó por el brazo y espetó contra ella:

—Deja de ser soberbia. Tu padre tan solo busca tu seguridad.

Ainara se giró hacia él, respirando profundamente para contenerse y no estamparle ahí mismo un par de cachetadas... Ganas no le faltaban.

—¿Encerrándome aquí? ¡Y no vuelvas a ponerme una mano encima!

—¿Qué te pasa, Ainara, yo qué te he hecho...? ¿Enamorarme de ti? ¿Por qué te pones en mi contra? Solo quise verte, saber cómo estás. Pero está bien, si no toleras mi compañía, entonces me iré. Quizá, para la próxima vez, estés más tranquila y podamos conversar. Pero, sobre todo, espero que te des cuenta de que yo no tengo nada que ver en las decisiones que toma tu padre.

Ainara lo miró impasible.

—Adiós, Donato. —Se dio media vuelta y salió del salón.

Marcella y Nicola le dieron el encuentro tan pronto como Ainara atravesó el umbral de la puerta.

—¡Vaya, Ainara, qué guapo es tu amigo! —comentó Marcella.

Ainara no le prestó atención y continuó por los corredores del instituto. Sus amigas siguieron detrás de ella.

—¿Pero por qué discutían? Lo notamos —preguntó Nicola.

—Es un arrogante. ¡Y no quiero hablar sobre él! —dijo, volviéndose hacia ellas—. Voy a mi habitación a descansar, y les recomiendo que ustedes hagan lo mismo. Nos veremos mañana en clases. Que tengan una buena noche.

Ainara abrió furiosa la puerta de su habitación. Ellas ocupaban la recámara contigua a la suya. Cuando entró, notó que había un sobre en el piso. Cerró la puerta y enseguida se inclinó a recogerlo. El sobre estaba en blanco; únicamente se leían las iniciales "PB" en la parte delantera del doblez.

Ainara sonrió, sabía que dentro de él había una carta de Saúl.

Se sentó en el borde de su cama y, emocionada, lo abrió impaciente y empezó a leer la carta:

Amor mío, no podía esperar un día más para decirte que al fin soy un hombre libre.

El padre Fortunato agilitó el proceso, y ahora estoy completamente deslindado de la iglesia.

Ainara dejó a un lado la carta por un momento. Su alegría al saber que Saúl no estaría nunca más subordinado a la iglesia estremeció su corazón, que danzaba de gozo.

—¡Gracias, Dios mío! —exclamó con la mirada fija en los renglones. Se limpió las lágrimas de los ojos y continuó leyendo:

No imaginas lo feliz que me sentí cuando Gabriella me entregó tu carta, y más aún al saber que Patrizia nos ayudará. Dile que le estaré eternamente agradecido.

Todas las noches, antes de dormir, la leo una y otra vez, dejando que tu dulce aroma invada mis sentidos. Ansío tanto estar a tu lado, besar tus labios, abrazarte fuerte y repetirte hasta el cansancio que mi mundo eres tú, que tu alma la tengo tatuada en mi pecho.

Pronto será una realidad porque me mudaré a Florencia.

No soporto un día más sin ti. Buscaremos la manera, amor mío, para estar juntos, y nadie podrá separarnos.

Te amo por siempre.

Saúl.

—Patrizia, necesito que nos ayudes, por favor.

—¿Qué le urge ahora, señorita Ainara?

—Ven conmigo —dijo, guiándola hasta los jardines del instituto—. Es la hora de descanso, no tienen por qué llamarte la atención.

—Dígame, señorita, ahora que estamos lejos de miradas indiscretas.

—Patrizia, Saúl se mudará a Florencia y necesito, más que nunca, verme a solas con él. ¿Nos ayudarías con eso?

Patrizia inhaló profundamente y luego asintió con la cabeza.

—Si ustedes verdaderamente se aman, por supuesto que los ayudaré. Buscaré la manera, confíe en mí.

Ainara se abalanzó a abrazarla.

—¡Gracias, Patrizia! ¡Te estaremos por siempre agradecidos!

—¡Ay, señorita Ainara! —exclamó Patrizia, apartándose de inmediato de su lado—. Le agradezco su afecto, pero le suplico que sea más cautelosa. Podrían desconfiar... Su padre fue muy claro.

—Tienes razón, tampoco quiero perjudicarte. Entonces, ¿cómo lo haremos?

—Pensaré en un lugar seguro. Tiene que ser en el instituto. Apenas tenga uno en mente, yo le haré saber para que se lo diga al joven Saúl.

Ainara quiso volver a abrazarla, pero se contuvo.

—Gracias nuevamente. ¡Cuánta felicidad invade mi alma!

—Lo imagino, señorita. Con su permiso —dijo Patrizia, levantándose—, debo retirarme a la cocina.

Ainara sonrió.

—Ve, Patrizia. Estaré pendiente.

Ainara decidió regresar a su habitación para escribirle de inmediato a Saúl y contarle que Patrizia los ayudaría, pero antes se detuvo en la cafetería para servirse un té de manzana y canela, como tanto le gustaba, acompañado por una generosa ración de bizcocho de nuez.

Patrizia llevó la bandeja hasta la mesa donde Ainara estaba sentada.

—Sírvase su té y el bizcocho, señorita —dijo, colocando la bandeja sobre la mesa—. Venga hoy en la tarde, después de clases, para enseñarle a preparar galletas de jengibre. —Patrizia miró discretamente a ambos lados y luego le susurró—: Sé de un lugar.

Ainara asintió con la cabeza.

—Iré a las cinco.

38

Ainara fue a encontrarse con Patrizia en la cocina a las cinco de la tarde, como habían quedado.

Enseñarle a preparar galletas de jengibre fue el pretexto para hacerle saber dónde podían encontrarse con Saúl.

Cuando Ainara llegó, Patrizia le comentó discretamente que ella disponía de las llaves del cuarto de planchado, donde guardaban la mantelería y ropa de cama del instituto, además de las llaves de la puerta trasera que daba a un bosque abandonado.

—Le pido que tenga muchísimo cuidado, señorita. Que nadie los vea, porque únicamente soy yo la responsable de estas llaves. El cuarto está detrás de la lavandería, y usualmente muy poco personal camina por ahí. Pasadas las siete de la noche, le aseguro que no habrá nadie.

—No te preocupes, Patrizia, te agradezco enormemente. El día en que Saúl llegue a Florencia, te haré saber para que me des las llaves. Ahora iré a decírselo. Gracias nuevamente.

—Hasta mañana, señorita.

Ainara fue a su habitación y le escribió a Saúl, contándole que todo estaba listo para verse y estar juntos para cuando él llegara a Florencia, y que lo esperaba a las ocho de la noche en la puerta trasera, que daba al callejón sin salida del instituto.

Gabriella fue nuevamente a la parroquia para entregarle a Saúl la carta de Ainara.

Saúl y el padre Fortunato conversaban sentados a la mesa en el comedor.

Y, por supuesto, al párroco no podía faltarle su copita de *limoncello,* con uno o dos cubitos de hielo.

Gabriella saludó, mirándolos indistintamente a ambos:

—Padre Fortunato, buenos días. Hola, Saúl.

—Buenos días, hija, ¿qué te trae hoy por aquí? —contestó el reverendo.

—Eh... vine buscando a Saúl, padre.

Saúl enseguida abrió sus ojazos verdes.

—¿Traes noticias de Ainara?

Gabriella se quedó paralizada, sin saber qué responder, por lo que enseguida el reverendo se adelantó, diciendo:

—No te preocupes, hija, porque estoy al tanto de todo. Saúl no guarda secretos para mí.

Gabriella no dejó pasar por alto su tranquilidad. Respiró profundamente, colocándose la mano sobre el pecho.

—Ay, padre, disculpe usted, pero pensé que no sabía nada. —Sacó la carta de su diminuta cartera, que traía cruzada por el pecho, y enseguida se la dio a Saúl—. Llegó esto para ti hace tan solo un momento.

Saúl tomó la carta entre sus manos. No pudo contener su alegría, por lo que sus labios dejaron escapar una amplia sonrisa.

—Gracias, Gabriella. Les pido me disculpen, voy al jardín un momento.

—Ve, hijo, ve, lee con tranquilidad que Gabriella y yo esperaremos aquí, mientras le ofrezco un jugo y un platillo con galletas. ¿Supongo que te quedarás un momento?

—Por supuesto, padre Fortunato.

Mientras tanto, Saúl salió al jardín de las higueras para leer en privado.

Tan pronto como terminó, fue a su habitación y respondió de inmediato a la carta de Ainara.

Luego regresó al comedor para dársela a Gabriella antes de que se fuera a su casa.

—Qué bueno que sigas aquí, Gabriella. ¿Podrías hacerle llegar esta carta a Ainara lo antes posible? —Saúl le entregó el sobre.

—Por supuesto, Saúl. Hoy mismo paso por la oficina de correos y se la envío. Gracias, padre Fortunato, por el jugo y las galletas. Estuvieron deliciosas. —Gabriella se puso en pie—. Que tenga un lindo día. Adiós, Saúl.

Saúl se despidió de ella con una sonrisa.

—Ve con Dios, hija —dijo Fortunato.

—Padre —dijo Saúl, volviéndose a sentar frente al párroco—, ahora que soy un hombre libre quiero decirle que en tres días me iré a Florencia. Buscaré un lugar pequeño en donde vivir mientras consigo empleo. Aún dispongo de los ahorros que dejaron mis padres.

—Te voy a echar de menos, muchacho.

—Y yo a usted.

—Bueno, quédate tranquilo, porque hoy mismo telefonearé a un viejo amigo que tengo en Florencia para que te alquile un cuarto en su casa. Así estarás sosegado y te será más fácil buscar empleo. Ellos son buenas personas, además te favorecerá porque la casa está cerca del instituto en donde Ainara estudia. Sé que estos amigos míos viven en el centro de la ciudad.

—Gracias, padre, usted siempre está tan preocupado.

—No voy a dejarte desamparado. Eres como un hijo para mí, Saúl. Pero debo decirte que si te vas en tres días, como dices, no estará listo un documento que debes firmar.

—No se preocupe, padre. Yo regresaré lo más pronto a firmarlo, pierda cuidado.

—Bien, si es así, no hay más que decir. Te deseo toda la suerte en tu nueva vida. Y ahora dispongámonos a almorzar, porque no tarda en aparecer Celestina.

Saúl sonrió. Fortunato siempre estaba muy bien dispuesto a la hora de comer.

39

SAÚL ESTUVO EN EL lugar que Ainara le indicó, y a la hora señalada.

Al fin estarían juntos, sin miedo a ser descubiertos.

Ainara abrió la puerta trasera del instituto pasados apenas tres minutos de las ocho de la noche.

—¡Saúl, *amore mio*! —Al fin, después de tanto tiempo, ambos se fundieron en un abrazo apasionado.

—¿Estás segura de que nadie te vio salir? —preguntó él.

—No, *amore*, tuve bastante cuidado en hacerlo. Seguí las indicaciones tal y como me indicó Patrizia. Ven —dijo, tomando su mano—, no es prudente que nos quedemos aquí. El cuarto de planchado está cerca, detrás de la lavandería.

Saúl deseó continuar abrazado a ella, pero en realidad no podían permanecer en ese lugar por más tiempo. Se dirigieron en silencio hacia la pequeña habitación.

Ainara la abrió sin dificultad y entraron. Encendió la luz de una lamparilla que había sobre un mueble, junto a las mantas de cama.

Así le indicó Patrizia, dijo a Saúl.

—¿Cómo están el padre Fortunato y Gabriella? —preguntó Ainara.

—Ellos están muy bien. El padre Fortunato me ayudó, pidiendo a un amigo suyo que me hospedara en su casa.

—¿De veras? —Los ojos azules de Ainara brillaron.

—Si, amor mío. —Saúl la tomó de las manos—. Hoy los conocí. Es una pareja mayor y parecen ser muy buenas personas.

—Cuánto me alegra que estés amparado en ese lugar. El padre Fortunato es tan servicial. ¿Has visto a mamá?

Saúl negó con la cabeza.

—No sé nada de ella. La extraño tanto, al igual que a Alfonsina. —Ainara lo miró con ternura y acarició su rostro—. Es bueno que estés aquí conmigo. No imaginas cuánto te he extrañado. Mi consuelo han sido tus cartas.

Saúl besó sus manos.

—Y el mío. Pero ahora estaré cerca de ti. No te abandonaré jamás.

Ainara sostuvo su mirada con una dulce sonrisa.

—Este encierro un día tiene que acabar. Mi padre no puede castigarme por más tiempo. ¡Se ensañó tanto conmigo!

Saúl respiró profundamente.

—Tu padre es un hombre de cuidado. Pero llegará el día en que se dé cuenta del mal que te está haciendo.

—Él jamás fue así con Romina.

Saúl la abrazó fuerte contra su pecho.

—No hablemos más de eso, amor mío. No quiero que te pongas triste.

—Contigo a mi lado no podría. ¿Vendrás mañana también?

—Quizá mañana no podré hacerlo porque debo volver en el primer tren a Valserra.

—¿Y eso por qué?

—Debo firmar un documento que quedó pendiente antes de venir. Quiero hacerlo de una vez, así quedaré desentendido de la iglesia.

Ainara se abrazó fuerte a su cintura, recostando su rostro sobre su pecho.

—Ve entonces, *amore mio*, yo te estaré esperando cada noche en este lugar.

Saúl la tomó por la quijada, haciendo que levantara el rostro. La miró tiernamente y fijó sus ojos en sus labios... los besó con delirio.

Sus manos hurgaron el uno al otro.

—¡Cuando me tocas no quiero que te detengas! —exclamó Ainara, inmersa en un profundo suspiro, permitiendo que sus manos largas y suaves recorrieran los confines de su delicado cuerpo.

Entre besos y caricias, se despojaron de sus prendas y, embriagados de infinita pasión —que otros llamaron pecado—, unieron sus cuerpos en un solo abrazo.

40

Ainara regresó al amanecer a su habitación, cerró la puerta y se quedó profundamente dormida.

—¡Ainara, despierta! ¡Date prisa, por favor! —De un sobresalto, abrió los ojos cuando escuchó la voz de Nicola, que insistía golpeando la puerta. Se levantó y fue a abrirla.

—¿Qué sucede?

Nicola aún tenía su pijama puesto.

—¡Ainara, ha pasado algo muy grave!

Ainara tembló por un momento.

—¿Qué sucedió? —preguntó con un hilo de voz.

Anoche no pude evitarlo. Traté de advertirte, pero ya te habías ido. Marcella te escuchó salir y fue detrás de ti.

La tez de Ainara empalideció.

—¿Cómo dices?

—Sí, Ainara, ella los vio, y en este preciso momento fue a decírselo al rector.

—¡No, no, no, no puede ser! Mi padre lo sabrá de inmediato. ¿Qué voy a hacer? —Ainara sintió que se desmayaba.

Nicola la miró mortificada.

—Quise decírtelo, pero no alcancé a llegar a tiempo.

Ainara se sentó al filo de su cama, angustiada.

—No te inquietes, Nicola. En todo caso, te agradezco por avisarme. Pero, ¿por qué Marcella hizo algo así? No la entiendo, se supone que somos amigas.

—Créeme que yo tampoco lo entiendo. Le pedí que no lo hiciera, pero no me hizo caso. Debes pensar en algo urgente.

Ainara, tomándose el rostro con ambas manos, echó a llorar.

—¡Saúl está en peligro, Dios mío! No importa lo que me suceda a mí... ¡Es él quien me preocupa!

—Vístete, porque no tardarán en venir a buscarte.

Ainara asintió con la cabeza.

—Lo haré enseguida. Gracias, Nicola.

Tan pronto como Nicola salió de la habitación, Ainara fue a tomar una ducha rápida. Se alistó en menos de veinte minutos y se presentó ante la dirección. Marcella ya no se encontraba en la oficina del director.

—Buenos días, señor Santoro.

—Señorita D'Alfonso, buenos días. Justamente la iba a hacer llamar.

—Estoy aquí, señor Santoro —dijo Ainara, mirándolo impasible.

—Por su actitud, me hace pensar que ya está al corriente del porqué requiero su presencia inmediata.

—Sí, señor rector, estoy al tanto de que Marcella vino a hablar con usted.

Lucca Santoro enseguida se puso en pie y se acercó a Ainara.

—Mire, Ainara, su padre y yo somos viejos amigos, y él me pidió expresamente que la vigilara. Nadie puede venir al instituto a buscarla, con excepción de Donato Carusso, claro.

Ainara estuvo a punto de refutar sus palabras, pero prefirió callar.

—Usted —continuó el director, paseándose a su alrededor—, no tengo la menor idea de cómo se las ingenió para hacer lo que hizo, pero desobedeció la estricta orden de su padre. Además, burló los reglamentos de esta honorable institución. Él ya está al tanto de esta falta. Gaetano vendrá a Florencia en los próximos días. Por ahora, me ha pedido que le asigne una escolta para que la acompañe las veinticuatro horas del día... ¿Comprende lo que le estoy diciendo?

Ainara se sorprendió, aunque ya sabía que podía esperarlo todo de su padre.

—¿Mi padre hizo eso? —preguntó de todas formas.

—Gaetano me lo acaba de exponer, señorita D'Alfonso. Desde este momento, usted no podrá salir ni moverse a ningún lugar sin la persona que su padre ha contratado. Está terminantemente prohibido que salga del edificio fuera del horario de clases. ¿Quién le dio las llaves para que abriera la puerta y dejara entrar a ese joven... a Saúl Márquez?

Ainara guardó silencio.

—Es preferible que me responda, señorita D'Alfonso, porque, de lo contrario, todo el personal será investigado.

Ainara lo miró desafiante.

—Haga la investigación que quiera. ¡No diré nada!

Lucca Santoro frunció el ceño.

—Regrese a su habitación. Le informaré cuando su padre venga. Señora Ludovica —llamó en voz alta desde su oficina. Ludovica entró enseguida—. Por favor, lleve a la señorita D'Alfonso a su habitación y permanezca con ella todo el tiempo, como ya se le ha indicado.

Ludovica asintió con la cabeza y acompañó a Ainara hasta su habitación.

No cruzaron palabra en todo el camino. Ainara comprendió que se avecinaban días difíciles.

Ludovica era una mujer de unos cincuenta y tantos años: alta, delgada, de mirada insondable y expresión seria.

41

Saúl tomó el primer tren de la mañana hacia Valserra. Su intención era llegar al pueblo lo más temprano posible, resolver lo que quedó pendiente con el reverendo en la parroquia y luego retornar en el primer tren de la tarde a Florencia.

Tan pronto como llegó al convento, se dirigió a la oficina del padre Fortunato para saludarlo y firmar de una vez el documento que desde días atrás se encontraba sobre su escritorio.

Pero lo que Saúl no sabía era que esa mañana se encontraría con el padre de Ainara esperándolo en la oficina del párroco.

Cuando Saúl entró, Gaetano se puso en pie y, acercándose con gesto nada amigable hacia donde él, lo afrontó:

—¡Estoy al tanto de que anoche te viste con mi hija!

Saúl se quedó paralizado; por un momento regresó a mirar al reverendo. Él, haciéndole un gesto con los ojos, asintió, respiró profundamente y bajó la cabeza.

—¿No tienes nada qué decir, insolente? —lanzó Gaetano contra Saúl.

—Por favor, Gaetano —intervino el párroco—, dejemos las ofensas de lado. Estamos en la casa del Señor.

—No te entrometas en esto, Fortunato —espetó Gaetano, girándose soberbio hacia el reverendo—. Este sinvergüenza no respetó mi orden y tuvo la osadía de encontrarse con mi hija en el instituto. ¡A saber qué más le hizo...! ¡Sacrílego bastardo!

Saúl dio un paso adelante.

—¡No vuelva a ofender mi nombre, don Gaetano! No soy ningún sacrílego ni lo he sido. Amo a Ainara y la seguiré amando, así usted se oponga. Por favor, padre Fortunato —dijo volviéndose hacia él—, disculpe por este mal encuentro. Jamás imaginé que don Gaetano estuviera aquí, ¡pero no voy a permitir una ofensa más! —Fortunato asintió con la cabeza, en silencio, mientras Saúl continuó de pie, erguido, a pocos pasos de la puerta del despacho.

—¡Eres un desvergonzado! ¡Aparte de hereje, eres un altanero! —gritó Gaetano.

El reverendo se acercó a Gaetano, inflexible, con actitud.

—¡No más, Gaetano, estás en la casa de Dios! No permito tu falta de respeto.

—Disculpa, Fortunato —dijo Gaetano, volviendo la mirada hacia él—, pero solo con tener frente a mí a este sinvergüenza, ¡me hierve la sangre!

—¿Por qué, don Gaetano? —cuestionó Saúl—. ¿Porque amo a su hija y ella me ama a mí?

Gaetano sostuvo con soberbia su mirada.

—¡Cállate de una buena vez! Mi hija no puede amarte. Eres un don nadie, un inútil, un hombre de la calle. ¡Tú la enredaste con los tentáculos del pecado! Ella era una niña casta... ¡Y mira en lo que se ha convertido! ¡Es una fornicadora, al igual que tú!

Ante tal ofensa, Fortunato intervino de inmediato:

—¡No puedes tratar así a tu propia hija, Gaetano! Ella sigue siendo tan pura como cuando la tuviste por primera vez entre tus brazos y miraste su primera sonrisa.

Gaetano no tomó en consideración las palabras del reverendo; continuó agrediendo verbalmente y amenazando a Saúl:

—¡Desaparecerás de una buena vez de nuestras vidas, Saúl! Ya no es una advertencia. Claramente te dije que no habrá una segunda vuelta. Esta vez voy muy en serio. ¡Haré que te expulsen de Italia y que te regresen al basurero de donde viniste, como el hombre indeseable que eres!

Saúl, atormentado, además de ultrajado, negó con la cabeza.

—Usted no puede hacer algo así. ¿Qué prueba válida tiene para llegar a esa determinación?

Gaetano rio con desprecio.

—¡Se te olvida que soy el alcalde de este pueblo, muchacho insolente, y un hombre de mucho poder! Botarte de Italia no será un problema.

Saúl lo miró impasible.

—¡¿Cómo puede dejar que su orgullo y autoritarismo lo dominen...?! ¿Y le hace tanto daño a su propia hija?

—¡Estás sobreaviso! Un buen día para ti, Fortunato. —Gaetano giró sobre sus talones y salió del despacho del párroco.

—¡Ay, hijo mío! —exclamó Fortunato, cerrando la puerta detrás de sí—. Todavía no conoces de lo que puede ser capaz este infiel.

—No me asusta, padre Fortunato. Que grite todo lo que quiera. No dejaré sola a Ainara. Muéstreme, por favor, el documento que debo firmar. Necesito regresar de inmediato a Florencia.

Fortunato rebuscó dentro de la gaveta y sacó un cúmulo de papeles; entre ellos estaba el que Saúl debía firmar.

—Es este. Antes, léelo y firma al final. Ten mucho cuidado cuando vayas a buscar a Ainara —anticipó mientras Saúl ponía su rúbrica—. Sé que él tomó medidas severas dentro del instituto.

—Iré de todas formas, padre.

Fortunato inhaló profundamente.

—No vayas a hacer algo que lo enfurezca más todavía. Solo eso te pido... Quizá ni yo mismo pueda hacer algo por ti, muchacho.

—No se preocupe, padre. Seré cauteloso. Ahora debo irme. Creo poder alcanzar el tren de mediodía.

—Ve con Dios, hijo mío.

42

Enseguida que Saúl llegó a Florencia, tomó un autobús y se dirigió al instituto.

Buscó a Ainara con la mirada, aunque fuera de lejos, y si la suerte estuviera de su lado, hasta podría conversar con ella.

Deambuló de una esquina a la otra con la capucha de la sudadera puesta, además de gafas oscuras, bordeando los patios del establecimiento.

Ainara no aparecía por ningún lugar, hasta que, de pronto, la vio salir a los jardines acompañada de una mujer mayor. Parecía como si esa mujer la escoltara.

Efectivamente, Saúl pudo darse cuenta de que la mujer no la desamparó ni por un momento, pero él permaneció junto a los barrotes mirándola, esperando que en algún momento Ainara desviara la mirada del libro que llevaba sobre su regazo y, tan solo, pudiera verlo.

Ainara se veía desganada, distinta a cómo estaba hace unas horas, cuando reía de felicidad entre sus brazos.

Saúl no podía permitirse verla revelar tal apatía. Ainara era alegre, traviesa, como cualquier chica de su edad.

Se quedó por largo tiempo contemplándola a través de los hierros, pero su dulce Ainara, en todo el tiempo que él estuvo ahí, no levantó en ningún momento la mirada del libro para al menos dirigirla hacia la acera.

De pronto, aquella mujer se le acercó y le dijo algo al oído. Ella, cerrando el libro, se levantó y, al poco tiempo, desaparecieron de su vista.

Saúl, entristecido porque no consiguió que al menos ella supiera que él se encontraba ahí, se alejó del instituto y tomó el autobús de regreso a la casa en donde los amigos del reverendo lo hospedaron. Decidió que volvería al anochecer.

Saúl regresó al instituto. Esperó por Ainara junto a la puerta trasera, igual que en la noche que se encontraron y fueron al cuarto de planchado.

Al menos deseaba verla y darle un poco de tranquilidad.

Había transcurrido algo más de una hora, y Ainara no apareció.

Dudó. Fortunato tuvo razón cuando le dijo que su padre tomaría medidas extremas. La mujer que la acompañaba en la mañana sería, sin lugar a dudas, alguien que él pagó para que la vigilara, y no sería nada extraño que lo hiciera de día y de noche.

Con un nudo en la garganta, se alejó del lugar y regresó a la casa de los viejos amigos de Fortunato.

Al día siguiente, Saúl tomó el primer tren de la mañana y volvió a Valserra.

No iba a dejar eso sin resolver. Iría a la casa de la familia D'Alfonso y, pese a las amenazas de Gaetano, haría hasto lo imposible para que su voz fuera escuchada.

43

Saúl cruzó por los jardines de la residencia de la familia D'Alfonso.

Tocó a la puerta.

Francesca salió a recibirlo.

—¡Saúl, muchacho, no debiste haber venido! —Su rostro mostró ansiedad.

—Señora Francesca, tengo que hablar con su esposo. Permítame hacerlo, por favor.

—Saúl, yo no tengo nada en contra tuyo, por el contrario, siempre serás bienvenido...

—¡¿Qué hace este mal nacido en mi casa?!

Saúl miró por encima del hombro de Francesca la sombría presencia de Gaetano y, a pesar de su altivez, fue respetuoso con él.

—Don Gaetano, vine hasta aquí porque necesito que me escuche.

—No tengo nada de qué hablar contigo... ¡Se dijo todo en la parroquia!

—Por favor —insistió Saúl.

—¡Fulgencio! —gritó Gaetano desde el recibidor. El chofer, quien también tenía licencia para portar armas, enseguida acudió al llamado de su patrón—. Saca inmediatamente a este indeseable de mi casa.

Fulgencio asintió, mientras que Francesca, sin decir una sola palabra, no hizo nada por detener a su esposo.

—Comete un grave error, don Gaetano —sostuvo Saúl, sin apartar ni por un momento su mirada de aquella expresión áspera; mientras Fulgencio, tomándolo enseguida por el brazo, le pidió que lo acompañara.

—¡No puede hacerle esto a su hija! —suplicó Saúl mientras el chofer insistía, sujetándolo por el brazo—. Le imploro que no la castigue más y la deje venir a estar con su familia. Si es preciso, me alejaré de ella, ¡pero no la castigue, por favor!

—¡Sácalo de aquí! —ordenó Gaetano al chofer sin un ápice de piedad—. Y en cuanto a ti —desafió contra Saúl—, te espera una orden en el convento para abandonar Italia de inmediato.

Fulgencio, haciendo caso omiso a la orden de su patrón, llevó a Saúl hasta la puerta de la residencia.

En cuanto Saúl llegó a la parroquia, Fortunato, con semblante apesadumbrado, aguardaba por él.

—¡Saúl, hijo mío, Gaetano cumplió con su ultimátum! —exclamó, entregándole la citatoria. Saúl, tomando la carta entre sus manos, la leyó. La citatoria decía que debía presentarse en el recinto de policía con carácter inmediato, y que en un plazo de veinticuatro horas tenía que abandonar el país escoltado por un agente... No había tregua.

—¡Esto no puede estar sucediendo! —Saúl tembló, levantando a mirar hacia el reverendo.

Fortunato dio un largo y profundo suspiro.

—Hijo, fue su disposición. Nada podemos hacer al respecto.

—¡No puedo abandonar a Ainara, no puedo alejarme de ella! ¿Qué haré ahora? —Con manos temblorosas, intentó meter la citatoria en el bolsillo de su abrigo, pero su desesperación lo venció; terminó sujetándose la cabeza con ambas manos, sintiendo cómo sus miedos lo consumían.

Fortunato posó su mano sobre su hombro y dijo:

—Debes hacerlo. De otra manera, empeorarías las cosas.

—¡Podría buscar ayuda ante un juez! —pensó de pronto Saúl, mirando con atención al reverendo.

—¿En veinticuatro horas? No, Saúl, Gaetano los tiene comprados a todos. Es mejor que vayas a la estación de policía y te presentes enseguida. Yo iré contigo.

Saúl sintió un frío helado recorrer todo su cuerpo; fue como si el mundo entero se derrumbara bajo sus pies.

—Déjeme antes escribir una carta para Ainara, por favor, padre. ¿Se la podría entregar lo antes posible a Gabriella?

—Sí, Saúl, ve y escríbele. Yo mismo se la enviaré a Ainara a Florencia. En el instituto no van a cuestionar que ella reciba una carta mía. Mientras tanto, aquí estaré esperándote.

Saúl fue hasta su habitación, tomó un pedazo de papel de la libreta que estaba dentro de la gaveta y empezó a redactar la carta.

Se la entregó al padre Fortunato, quien la guardó en el bolsillo de su sotana para luego ir a la oficina de correos y enviársela a Ainara al instituto.

Acompañó a Saúl hasta el recinto de policía, y desde allí lo vio embarcarse en un auto escoltado por dos guardias, y partir fuera de Valserra.

44

Pasaron algunos días y Ainara se mantuvo incomunicada de todos.

Su templanza y su carácter fuerte no la derrocaron, pero en su interior extrañaba con locura a Saúl. No volvió a saber más de él, ni tampoco pudo preguntar. Mucho menos se arriesgaría a escribir carta alguna y luego dársela a Patrizia para que se la hicieran llegar.

Jamás la pondría en riesgo; ella desinteresadamente le había ofrecido su ayuda.

Lucca Santoro fue muy claro en la nueva disposición que su padre ordenó, y él no tardó en hacerla cumplir.

Ainara evitó a toda costa tropezarse con Marcella; se conocía bien, y sabía que, si la veía, podía perder los estribos, y eso precisamente no jugaría a su favor. Ainara debía controlarse y mantener buena conducta; de otra manera, empeoraría su condición en el instituto.

Optó por obedecer a cabalidad el reglamento. Quizás así su padre se ablandaría y, al menos, le permitiría escribirse con su madre.

Ainara se apresuró a salir de su recámara porque Ludovica la esperaba al otro lado de la puerta para ir al comedor. Era la hora del almuerzo, y a pesar de no sentir deseos de probar bocado, prefirió no obstinarse con ella y salió a su encuentro.

—Buenas tardes, señora Ludovica. —Ambas no conversaban, únicamente se dirigían una que otra indicación que la mujer mayor le daba. Tal parecía como si la vida la hubiese golpeado; era fría, indiferente, inexpresiva. Ainara sintió temor de volverse así algún día.

Llegaron al comedor, Ainara enseguida tomó una de las bandejas que estaban apiñadas sobre el mostrador y se colocó en la fila para que Patrizia le sirviera su almuerzo.

Cuando llegó su turno, notó de inmediato que Patrizia trató de decirle algo: la expresión en su mirada habló por sí sola.

Ainara se detuvo por un momento frente a ella. Miró discretamente a sus costados y vio que podía hablar sin despertar sospechas. Entonces preguntó en voz baja:

—¿Te sucede algo?

Patrizia asintió con la cabeza.

—Señorita, descubrieron que fui yo quien le entregó las llaves. No podré ayudarla más. Lo lamento.

Ainara sintió compasión por ella; era una mujer necesitada y, por culpa suya, se encontraba envuelta en esa situación.

—Discúlpame, por favor. ¿Te echarán?

—No, señorita, únicamente fui alertada.

A Ainara le tranquilizó saber que Patrizia, al menos, no sería expulsada del instituto.

—Jamás me perdonaría si llegaras a perder tu trabajo por mi culpa. Si algún día está en mis manos, te buscaré y te recompensaré por todo. Ahora me voy, porque Ludovica puede desconfiar. Gracias por tu sincera amistad y por dar todo de ti con el único afán de ayudarnos, Patrizia.

Patrizia sonrió suavemente. Ainara levantó la fuente del mostrador y se encaminó hacia la mesa, donde Ludovica la esperaba sentada en un extremo.

—Demoraste demasiado —le dijo.

—Le pedí que me redujera el menú. No estoy con hambre.

—Mañana no me esperes, porque me informaron que tu padre vendrá a verte.

Ainara se quedó por un momento en silencio. Respiró profundamente y contestó:

—Gracias por decírmelo. —Escarbó con el tenedor, tomando uno que otro pedazo del pollo al jugo que había en el plato, probó con desgana y lo hizo a un lado—. Deseo volver a mi habitación.

—No has comido siquiera.

—No me apetece. Por favor, regresemos.

Ludovica se levantó y fueron de regreso a la habitación. Ainara le agradeció por su compañía y cerró la puerta.

¿Su padre iría al día siguiente? No sabía si alegrarse o enfurecerse aún más con él por todo el daño que les había ocasionado. Saúl, el hombre de su vida, estaba más que perjudicado en todo aquello. Sufrió como nunca desde que la traidora de Marcella informó que los había visto encerrarse en el cuarto de planchado; desde entonces, no volvió a saber nada de él.

45

Ainara esperaba la llegada de su padre esa mañana al instituto.

No hizo falta que bajara a desayunar, pues él llegó temprano y la llevó a una cafetería cercana. Fue una salida agradable para ella; a pesar de encontrarse frente al letargo de su padre, salir del encierro de esas cuatro paredes y respirar un aire diferente al del instituto la reconfortaba.

Su padre se veía relajado, y su aspecto ya no era el de hace unas semanas: arrogante, imperativo. Ainara no se sorprendería si algo se traía entre manos. Desde que ella y Saúl fueron desenmascarados, él no se quedaría tranquilo.

Vaciló si en tranquilizarse o tomar mayor cuidado, así que optó por mantenerse en silencio y dejarlo hablar.

—No has dicho una sola palabra desde que salimos del instituto, hija.
—No sabría qué decirte, papá. Espero a que tú lo hagas.

Gaetano aclaró la garganta.

—Si esperas a que te recrimine por lo que hiciste, no lo haré. Pienso que el castigo que ordené para ti fue suficiente.

Ainara dejó de lado el plato de crepas bañadas en salsa de chocolate y frutillas que su padre había ordenado para ella, sabiendo que le gustaban.

—¿No vas a comer? —preguntó él—. Son tus preferidas.

—Lo haré, pero antes quiero que de una vez me digas a qué viniste... Te escucho.

—Eres soberbia...

Ainara levantó una ceja y respondió:

—Digna hija tuya.

Su padre sonrió con ironía; sabía perfectamente que ella había heredado su temperamento.

—Seré breve. Tu noviecito conversó conmigo hace unos días. No hizo falta gastar mis energías exigiéndole que se alejara de ti. Le ofrecí una buena cantidad de dinero para que se marchara de Italia... Y el muy sinvergüenza aceptó sin resistencia.

Ainara se puso de pie de inmediato.

—¡No es cierto! —gritó, con lágrimas en los ojos—. ¡Él no sería capaz de venderse!

—¡Siéntate ahora mismo! —ordenó su padre—. ¡Date cuenta de cómo nos miran!

Ainara ignoró la orden y continuó, contradiciéndolo ante todas las personas que se encontraban ahí también:

—Dime que son inventos tuyos. ¿Lo son, cierto?

—¡Te dije que te sientes!

Ainara se sentó, mientras Gaetano continuaba:

—Es lo que ocurrió. No tengo por qué inventar algo así.

Ainara negó con la cabeza, desesperada.

—Dime que es mentira, ¡por favor!

—Ainara, hija —Su padre la tomó de las manos—, me duele verte sufrir así por alguien que no te merece. Es verdad, le pagué a Saúl para que se fuera lejos de Italia. Él comprendió que cometía un error si continuaba insistiendo en buscarte. Entendió que jamás lo aceptaría y prefirió marcharse. Me confesó que ahora más que nunca desea volver a la iglesia. Su intención es tomar los hábitos en Madrid. Me confió que tiene amistades que lo acogerán ahí. Y bueno, con el dinero que le di tiene más que suficiente para arreglarse la vida, y ahora mismo debe estar disfrutándolo. Ni siquiera piensa volver a su pueblo porque le traerá viejos recuerdos de sus padres. ¿Para qué mentirte? Esto deja claro que ese sinvergüenza se burló de todos.

—¡Basta, papá, cállate ya! —suplicó Ainara, llorando desconsolada—. ¡No digas una palabra más porque rompes mi corazón en mil pedazos!

—Todo el pueblo lo sabe, hija. Fue un duro golpe también para Fortunato.

—Quiero regresar al instituto, papá, por favor.

—Antes quiero ofrecerte una tregua —dijo su padre.

Ainara lo miró, incrédula.

—¿Una tregua?

—Sí, hija. Acepta comprometerte con Donato y regresarás a casa.

—¿Por qué insistes en eso, si sabes que no lo amo?

—El amor llegará luego, eso se irá dando con el tiempo, créeme. Donato es un buen hombre, digno de ti. Ustedes se conocen desde niños. Estoy seguro de que él conseguirá perdonarte por lo que hicieron con ese detestable sacrílego y te hará muy feliz, y hasta llegarás a quererlo tanto como él te ama a ti.

—¡Jamás, papá! Tú sabes perfectamente que lo detesto. Además, ni él ni nadie tiene que perdonarme nada. Es mi vida, y mi alma siempre estará con Saúl.

Gaetano lanzó la servilleta contra el plato de fruta y, dando un estrépito golpe contra el tablero de la mesa, replicó:

—¡Y aún insistes en decir que amarás por siempre a ese impío! Te estoy ofreciendo la oportunidad de salir de este lugar y volver a casa con tu familia, pero tú, jovencita inconsciente, prefieres el castigo. Entonces te quedarás en Florencia, incomunicada, hasta que te gradúes y no volverás a casa, salvo que te retractes y me implores perdón.

—Prefiero quedarme interna antes que condenarme a una vida junto a un hombre que no amo.

—Así será entonces. ¡Regresamos! —ordenó su padre levantándose.

Gaetano entró al instituto llevando a su hija del brazo y se dirigió a la oficina de su amigo, Lucca Santoro.

—¿Tienes un tiempo para mí, Lucca?

—Por supuesto, Gaetano. Veo que regresaron más temprano de lo que imaginaba.

—Así es. Ainara permanecerá en el instituto hasta que termine su carrera. Te pido que dispongas todo para que después de las fiestas continúe los estudios hasta su graduación.

Lucca asintió.

—En dos o tres días salen de vacaciones, y en enero retomaremos las clases.

—Perfecto. Ainara se quedará aquí. No irá a casa por las fiestas, y necesito que incrementes la vigilancia. Hasta una nueva orden mía, no podrá recibir comunicación ni correspondencia de nadie. Únicamente redímela de la señora Ludovica. Pienso que ya no será indispensable.

Lucca respiró profundamente.

—De acuerdo, lo que tú indiques, Gaetano.

Gaetano se inclinó sobre el escritorio de Lucca, sacó del maletín una chequera y dijo:

—Pienso que esto cubrirá sus gastos y cualquier ayuda extra que precises para el instituto.

Lucca tomó el cheque de manos de Gaetano con una amplia sonrisa.

—Gracias, Gaetano, ¡tú siempre tan generoso! Y pierde cuidado, se hará como tú digas.

—Que tengas un buen día, Lucca. Y tú —dijo Gaetano girándose hacia su hija—, regresa a tu habitación. Si cambias de parecer, ya sabes, comunícaselo al director.

—Adiós, papá. Que tengas unas felices fiestas. Permiso, señor Santoro. —Ainara se dio media vuelta y salió de su oficina.

En cuanto se encaminaba por el pasillo para ir a su habitación, se encontró con Marcella, quien iba sola. Ainara no la ignoró por más tiempo, se paró frente a ella y, haciendo que se detuviera, la enfrentó:

—Eres una bruja, Marcella. ¿Por qué fuiste con el chisme?

Marcella la miró, desafiante.

—Tenía que informar al director, Ainara. Son los reglamentos, y yo no podía pasar por alto algo así.

Ainara sonrió con desprecio.

—¿Quién te crees para decirme que no podías pasarlo por alto? ¿Me estuviste vigilando, cierto? Por eso supiste que esa noche salí y me seguiste. Dime, ¿quién te pagó?

—¡Estás loca! Es mi ética. Yo no me vendería a nadie. —negó Marcella con actitud.

Mas Ainara, sin dar crédito a su patética explicación, se abalanzó sobre ella.

—Dime, ¿quién fue? —exigió, asiéndola por los cabellos—. ¿Fue Donato, verdad?

—¡No te diré nada! ¡Suéltame o gritaré!

Ainara rezongó, y de un empujón la soltó.

—Sé que hablaste con él. Noté cómo lo miraste el día en que vino a buscarme. ¡Ustedes dos son tal para cual! —espetó enfurecida, y continuó de camino a su habitación.

Entró lanzando la puerta.

—¡Huiré de aquí! —Ainara no consiguió calmarse, de la noche a la mañana todo cambió, volcándose al revés. Desesperada, miró por el ventanal que daba a los patios internos—. Idearé la manera de escapar de este lugar y buscar a Saúl, aunque tenga que remover cielo y tierra. Él no se vendería a mi padre... ¡Claro que no! —De pronto, una hilera de lágrimas rodó por sus mejillas, y frustrada, se cuestionó—: ¿Cómo hago para lograrlo? Estoy sola, tengo miedo, no tengo ni un centavo.

Un grito ahogó su voz...

46

Habían pasado algunas semanas desde que Saúl regresó a España. Permaneció en el convento de Nuestra Señora de la Esperanza, el mismo que lo acogió desde muy joven. Encontró trabajo ayudando en una cerrajería, donde le pagaban el sueldo básico por laborar desde las primeras horas de la mañana hasta que empezaba a oscurecer.

Mantenía su cabeza ocupada y, además, había comenzado a ahorrar, aunque fuera poco, para sus estudios de medicina en la universidad.

Todas las tardes, después del trabajo, Saúl iba sin excepción a la que fue la casa de sus padres, esperando recibir noticias de Ainara. Habían transcurrido más de tres semanas, y era tiempo suficiente para, al menos, tener alguna comunicación de parte suya. Pero regresaba al convento con las manos vacías; únicamente llevaba consigo las cartas que, religiosamente, recibía cada lunes del padre Fortunato.

Fortunato le aseguró en su primera carta que el mismo día en que Saúl se marchó de Italia fue a la oficina de correos y envió su pedido para Ainara a Florencia.

Asimismo, le comentó que no tenía más información que la proporcionada por Gaetano y Francesca: que ella se encontraba tranquila y dedicada de lleno a sus estudios.

Aquello quedó en entredicho. Saúl no confiaba en la palabra de Gaetano; presentía que algo ocurría con Ainara. Lo atormentaba solo imaginar que su padre fuese a hacerle más daño del que ya le había hecho, y él lejos de Italia, sin poder hacer nada.

Ese jueves, después de su horario de trabajo, Saúl fue, como todas las tardes, a la casa que por largos años ocupaba la familia que la compró desde que murió su madre.

La dueña de casa, una señora mayor, enseguida salió y, gentilmente, le entregó a Saúl una carta que había recibido pasado el mediodía. Le invitó a cenar con ellos antes de que Saúl regresara al convento, pero él se disculpó con ella, agradeciéndole. Tenía que volver cuanto antes, porque empezaba a nevar y el camino de regreso le llevaba buen tiempo.

Enseguida que llegó al convento, fue a su habitación para leer la carta de Fortunato. Ciertamente, le llamó la atención recibir una cuando apenas unos días atrás había recibido la anterior.

La carta decía:

Mi querido Saúl,

Te escribo así, tan prontamente, porque es mi deber confiarte algo muy delicado que acabo de enterarme por boca de Francesca.

Ainara ha decidido, por cuenta propia, quedarse en Florencia y culminar sus estudios de pintura y escultura. Bueno, eso ya te lo había comentado en una carta anterior.

Seré directo porque mereces conocer la verdad.

Ainara se comprometerá en los próximos días con Donato, y sé, por la misma Francesca, que Gaetano estuvo hace unas semanas en el instituto y fue entonces cuando Ainara le pidió perdón y le expresó su deseo de casarse lo antes posible con él. Ellos se quedarán a vivir juntos en Florencia hasta que Ainara termine sus estudios. Como sabes, Donato está próximo a egresar de la universidad y a ejercer su título como abogado.

Te aseguro que esa es la razón por la cual Ainara no ha respondido a ninguna de tus cartas, como me has venido comentando.

Créeme, hijo mío, que antes de revelarte esta amarga verdad busqué las palabras apropiadas. Mas se me rompe el corazón solo con imaginar tu desconsuelo. No me queda más que pedirte que seas fuerte y que puedas superar lo más pronto esta triste realidad.

Quedo a la espera de noticias tuyas.

Que Dios te bendiga,

Fortunato.

Después de leer la carta, Saúl quedó paralizado, como si el dolor lo hubiera atravesado... Sintió cómo su mundo se derrumbaba.

«¿Qué pasó contigo, amor mío? No puede ser cierto nada de lo que dice la carta. No quiero creerlo, ¡no, no lo admito! Nuestro amor es tan fuerte que nada ni nadie podrá derrocarlo». Saúl, desesperado, no quería dar crédito a lo que Fortunato le reveló en ese pedazo de papel.

Él confiaba en el amor de Ainara, en sus promesas, en sus miedos...

Recordó cuando ella, recostada sobre su pecho, le rogó que, pase lo que pase, jamás la dejaría a la deriva.

¿Cómo pudo dejar de amarlo de la noche a la mañana?

Algo estaba sucediendo. Esas afirmaciones no venían de ella.

Saúl presintió que su padre tenía que estar detrás de todo. Ainara no lo abandonaría sin siquiera darle una explicación.

—¿Por qué ahora dices que te casarás con él? ¿Acaso estás presionada?

Arrancó un pedazo de papel del cuaderno que tenía delante suyo y respondió a su carta. Le pidió que fuera honesta con él, que si estaba presionada por algo o por alguien, no dudara ni por un instante en decírselo, pero que no cometiera el error de casarse con alguien a quien no amaba. Pero, si ella continuaba en silencio, entonces comprendería que todo cuanto Fortunato le confió era verdad, y que, con el corazón partido en mil pedazos, tendría que alejarse de su vida para siempre.

Saúl esperó con ansias la contestación a su carta, mas Ainara mantuvo un silencio absoluto.

Había transcurrido más de un mes desde que él envió la carta a Florencia, y no hubo respuesta.

De la misma manera, no tuvo noticias de Fortunato.

Le escribió en varias ocasiones; tal parecía que todos conspiraban para encubrir aquella devastadora verdad.

Saúl dejó su trabajo en la cerrajería. Contaba con suficiente dinero ahorrado, aparte del que disponía de la venta de la casa de sus padres. Con esos fondos, abandonó su pueblo y viajó a Madrid. Rentó un cuarto en una casa para estudiantes universitarios y se inscribió en la universidad; su deseo era dedicarse de lleno a estudiar medicina.

De esa manera, sus días se volverían más llevaderos, aunque la memoria de Ainara aún ardía en su corazón.

47

Habían pasado algo más de dos meses, y Ainara no volvió a tener noticias de Saúl. Ni su padre se comunicó con ella ni tampoco fue a visitarla por las fiestas navideñas.

Si al menos pudiera estar en contacto con su madre... pero él le tenía prohibida cualquier comunicación hasta que aceptara su tregua.

Ella jamás lo haría. Amaba a Saúl con el alma y nunca uniría su vida con nadie que no fuese él, menos aún con el inescrupuloso de Donato.

Las clases en el instituto corrían con normalidad.

Ainara mantuvo la amistad con Nicola, pero nunca llegó a saber si Marcella tuvo algo que ver con Donato; aquello quedó entre líneas.

El invierno en Florencia era más llevadero que en su pueblo, aunque esos meses eran quizá tan fríos y húmedos como en Valserra.

A diferencia que en su pueblo, Ainara no se mostraba feliz. Esperaba con ansias la primavera; al menos podría salir a pasear por los jardines y contemplar florecer los rosales, las azucenas, los crisantemos, los girasoles...

Al final de las tardes, después de terminar las clases, permanecía en su habitación, y a través de los largos cristales de la ventana, su mirada se perdía en la distancia recordando a Saúl.

No comprendía por qué se fue sin decirle adiós, por qué la dejó y prefirió volver a la iglesia. Él la amaba, sabía que la amaba. ¿Por qué, entonces, voló lejos?

Cerró sus ojos y lloró.

«*Amore mío*, se te olvidó que yo te estaba esperando».

El tiempo siguió su curso; Ainara continuó sus días en aquel apartado y frío lugar, sola.

Temprano en las mañanas salía a los jardines y, arrimada contra una de las columnas del gazebo que se encontraba al extremo, contemplaba cómo, frente a sus ojos, decenas de mariposas volaban libres, cobijadas por los primeros rayos de un sol primaveral...

El calor del verano fue abrasador...

Las hojas de otoño empezaron a teñirse de bellos y armoniosos matices dorados para luego caer...

El crudo atractivo del invierno y las nieblas dieron la bienvenida a otra estación, azotando sus mejillas y su corazón quebrantado...

Cada día, desde aquel mismo lugar, Ainara se preguntaba por qué Saúl la abandonó.

Había transcurrido un año, pero su corazón se resistía a olvidarlo.

Ella no deseaba hacerlo...

Sus besos y sus caricias vibraban a flor de piel.

El dulce fulgor de sus ojos verdes apaciguaba su dolor.

No dejó de amarlo ni por un instante...

Y ella desconfiaba de su padre.

En esa fría mañana de fines de enero, mientras Ainara paseaba por los gélidos jardines, recibió una visita. Quizás ese fue el día más feliz de su vida. A la distancia miró a su madre venir en su dirección.

Ainara corrió a darle el encuentro.

—¡Mamá! —exclamó, abrazándola. Sus ojos azules, nítidos como aquel cielo despejado, se cubrieron de lágrimas por tanta emoción; ambas lloraron de alegría.

—¡Ainara, mi pequeña, cuánto tiempo de no verte! ¿Cómo te has sentido en este lugar, hija mía? Tu padre me tranquilizaba diciendo que estás bien y muy a gusto aquí.

—Mamá, debí acostumbrarme a esta nueva vida. Pero eso no viene al caso ahora. Cuéntame, ¿cómo hiciste para estar aquí, conmigo?

—Ven, hija —dijo su madre. La tomó de la mano y la encaminó hacia una banqueta—. Tengo muchas cosas para contarte. Tu padre levantó la prohibición. ¡Al fin lo hizo, Dios mío! No hubiera podido soportar un día más sin saber de ti ni poder verte.

Los ojos de Ainara brillaron.

—¿Quiere decir que podré comunicarme seguido con todos ustedes y volver a casa en los feriados?

—Sí, hija. Podrás ir cuando lo desees y estar en casa con nosotros.

Ainara volvió a abrazar a su madre.

—¿Cómo está Alfonsina? ¿Y el padre Fortunato?

—Alfonsina te ha extrañado muchísimo, pero está feliz sabiendo que pronto volverá a verte. En cuanto a Fortunato, él estuvo muy grave de salud.

—¿Qué pasó con él, mamá? —preguntó Ainara, angustiada.

—Hija mía, justamente hace un año se puso gravísimo. Ya sabes que es un hombre mayor, y desde hace algún tiempo atrás que no ha venido cuidándose en cuanto a su alimentación. Parece que le subió en exceso el colesterol y tuvo un derrame cerebral. Gracias al cielo lo estabilizaron y desde ahí ha permanecido bajo observación constante. Estuvo internado por largo tiempo... Además, ha estado bajo mucho estrés. Ya sabes, la partida tan repentina de..., pues de Saúl, hija, lo puso muy deprimido. Ciertamente lo quería muchísimo.

Ainara bajó la mirada y se limpió sus ojos llorosos.

—Mamá, ¡qué pesar me da con el reverendo! Nunca imaginé que estuviera tan grave. ¿Entonces es cierto que Saúl desapareció sin decir nada a nadie?

Francesca asintió en un largo suspiro.

—Sí, hija. Te lo dijo tu padre, ¿cierto?

—Así es, mamá. Y no sabes cuánto daño me hizo conocer esa noticia. Pero sobre todo, escucharlo decir que aceptó dinero suyo... ¿Es verdad eso también?

Francesca cerró los ojos y asintió con la cabeza.

—Es lo que tu padre nos dijo. ¿Aún lo amas, hija?

Ainara echó a llorar y se abrazó de su madre.

—¿Cómo olvidarlo, mamá? Dime, ¿cómo hacerlo, si lo amo más que a mi vida? Él era el sol que iluminaba mis mañanas. No ha habido un solo día en que no haya dejado de pensar en él. ¡Cómo pudo abandonarme, dejándome sola en este lugar! Ahora que tú me lo confirmas, entonces empiezo a creer que en realidad aceptó el dinero de papá. Dudé todo este tiempo, pensando que fue un invento suyo, pero ahora mi corazón está inquieto.

—¡Ainara, mi niña! —exclamó su madre—. Tienes que olvidarte de él. Seguramente retomó la iglesia, como le hizo saber a tu padre, y en este momento es ya un sacerdote.

—¡Un clérigo...! —Ainara lloró desconsolada—. Lo amaré por siempre, así mi alma esté en pecado.

Francesca pasó con una caricia su mano por su cabello dorado.

—Ahora concéntrate en tus estudios, hija... y en Donato. Sé que te comprometerás con él.

Ainara, extrañada, alzó a ver a su madre.

—¡No, mamá, jamás me comprometería con él! No amaré a nadie más.

Francesca gesticuló con el rostro.

—Pensé que lo harías...

—No, mamá, eso nunca. Mi vida entera la dedicaré a la pintura y la escultura. Seré una artista y tendré mi galería de arte.

—Creo en ti, hija. Tienes talento para ello. Pero también sé que el tiempo cura heridas y sanará la llaga de tu corazón. ¿Vamos ahora al comedor? ¿Me invitas algo caliente para tomar?

Ainara esbozó en un gimoteo una suave sonrisa, apartándose las lágrimas de las mejillas.

—Por supuesto, mamá, vamos. ¿Cuándo podré ir a casa? Quiero ver al reverendo, a Alfonsina, a Gabriella. No imaginas cuánto los he extrañado... —comentó con su madre mientras avanzaban por los paseos del jardín.

48

Ainara tuvo paz en su corazón en el momento en que volvió a estar en comunicación con su familia.

La llegada de su madre al instituto le hizo mucho bien, pero asimismo se llevó la mayor desilusión cuando, de sus labios, confirmó que Saúl ciertamente había aceptado dinero de su padre y que se marchó lejos sin importarle qué fuera de ella; sin importarle que se quedó sola esperando por él.

Ainara no terminaba de concebir algo así.

Él le juró amor eterno; el brillo en sus ojos no podía expresar lo contrario.

De todas maneras, lo aceptó con resignación. Su vida daría un giro, y ella se dedicaría, como le expresó a su madre, a formarse como una persona profesional e independiente.

Durante los largos años de estudio que tenía por delante, encontraría la paz y el reconforto para su alma.

Días después, al poco tiempo de haber recibido la visita de su madre, fue su amiga Gabriella a verla en el instituto.

Ambas, después de más de un año de no haberse visto ni saber nada la una de la otra, se estrecharon en un abrazo de felicidad.

—¡Qué alegría que estés aquí! —exclamó Ainara.

—No sabes cuánto deseé poder venir a verte y al menos acompañarte por un momento —dijo Gabriella.

Ainara la encaminó hacia el interior de la habitación; ambas se sentaron sobre la cama.

—Cuéntame ¿cómo sigue el padre Fortunato? Mamá me contó que estuvo muy enfermo.

—Pobre del reverendo —respondió su amiga—, permaneció internado por algunos meses. Sigue delicado, pero al menos se levanta y, aunque despacio, da sus paseos por el convento. Llegó al pueblo otro párroco que ha ocupado su lugar desde entonces. Los médicos dicen que no puede tener emociones fuertes, pero que poco a poco irá recuperándose.

—Pronto iré al pueblo para acompañarlo. Qué tristeza me dio saber que enfermó. No tenía ni idea. ¿Y los niños, cómo están? ¿Sigues dando las clases?

—Claro que sí, soy auxiliar de la chica que regresó de Roma. Ellos te extrañan muchísimo.

—Y yo a ellos. Diles que muy pronto volveré a verlos.

—Se los diré, y créeme que van a estar pendientes de tu regreso y muy felices. Y ahora dime, ¿cómo te has sentido desde que Saúl se marchó? Me lo he preguntado un millar de veces, y yo sin poder comunicarme contigo.

Ainara bajó la mirada y la fijó en sus manos, que las tenía entrelazadas.

—Me resisto a creer que aceptó dinero de mi padre y se marchó sin importarle qué sería de mí. Dime que no fue verdad, Gabriella —imploró, levantándola a mirar—. Tengo la esperanza de escuchar de tus labios que fue un engaño de mi padre para separarnos.

Gabriella respiró profundo.

—Yo tampoco lo creí hasta que el padre Fortunato enfermó. Los médicos dijeron que se puso así de grave porque seguramente recibió una noticia muy fuerte. ¿Qué más podía ser? Don Gaetano le informó que le pagó para que se marchara lejos, y el reverendo, después de haberlo acogido y tratado como a un hijo, le dio la espalda de esa manera tan desleal y se marchó sin decir un adiós siquiera. Eso de seguro le rompió el corazón y lo afectó aún más de su problema de salud.

—¿Eso dijo el padre Fortunato?

—No, Ainara. A las pocas semanas que Saúl desapareció, el padre fue llevado de emergencia al hospital. No tuvimos contacto con él por mucho tiempo porque estuvo muy delicado, en cuidados intensivos. Luego que fue recuperándose, preferimos no tocar el tema, pero él mismo un día comentó que extrañaba a Saúl, que le dolía en el alma que se haya ido.

Ainara suspiró profundamente.

—Pobre padre Fortunato...

—Y tú —dijo Gabriella, tomando a su amiga de las manos—, prométeme que vas a estar bien.

—Lo estaré, Gabriella. Saúl se fue lejos... Tengo que superarlo y continuar con mi vida. Pero no comprometiéndome con Donato, como mi madre dijo. ¿Por qué diría eso si sabe perfectamente que no siento nada por él?

Gabriella se encogió de hombros.

—También lo escuché decir. Fue algo que quedó en entredicho.

Ainara la miró extrañada.

—Seguramente a mi padre se le ocurrió suponer algo así. Ya conoces cómo es él. —Gabriella asintió con la cabeza, mientras tanto Ainara continuó—: Este próximo semestre empiezo clases de idiomas. Me llevará dos o tres años. Con ambos títulos en la mano, aplicaré trabajo fuera de Italia porque quiero ir a Nueva York, como siempre lo he deseado, y situar mi galería de arte. ¿Recuerdas cuándo lo comentábamos?

Gabriella sonrió.

—¡Cómo olvidarlo! Soñábamos ir juntas.

Ambas rieron.

—Ven conmigo, ¿qué dices? —dijo de pronto Ainara.

Gabriella negó, esbozando una suave sonrisa.

—Me encantaría si no tuviera otros planes para mi vida. Vine también para contarte que en dos meses a más tardar me voy a Sicilia. Iré a vivir con mi hermano mayor en su casa porque empiezo a estudiar parvulario desde abril.

—¡Guau, Gabriella! —exclamó Ainara abrazándola—. ¡Qué gran noticia! Harás lo que te gusta.

—Así es, ¡estoy tan feliz! Pero supongo que esta no será la última vez que te vea. Irás al pueblo enseguida a visitarnos, ¿verdad?

—Iré, claro que sí, y muy pronto.

—Mamá estará feliz de verte.

—Yo también. Dale un abrazo de parte mía, y cuando veas al padre Fortunato, dile, por favor, que estoy bien. Que esté tranquilo sin estar preocupándose por mí. Y dile también que pronto iré a visitarlo.

—Así mismo se lo haré saber. Va a ponerse tan feliz sabiendo que volverás. Ahora debo regresar al pueblo, amiga. Pedí que me vengan a buscar. Seguramente estarán aquí de un momento a otro.

—Lo sé, gracias por alegrarme la tarde.

Ainara acompañó a su amiga hasta la puerta de salida del instituto y, luego, mientras se alejaba en el taxi, se despidió de ella haciendo una seña con la mano.

El tiempo continuó su curso, Ainara volvió a pasar unos cuantos días en su pequeño pueblo después de algo más de un año. Su hogar la llenó de alegría: volvió a abrazar a Alfonsina y pasó más tiempo con su madre. En cuanto a su padre, lo vio muy poco, ya que él permanecía la mayor parte del tiempo en su oficina de la alcaldía.

Visitó al padre Fortunato. Pobre padre Fortunato, había bajado considerablemente de peso; ya no era el sacerdote voluminoso que solía ser, ni tampoco podía continuar con sus excesos en cuanto a la comida. Lo tenían bien controlado.

Pero sí que lo consentían de vez en cuando con una u otra copita de su apetecido *limoncello*, como tanto le gustaba.

Durante el tiempo que permaneció en Valserra, Ainara prefirió no mencionar a Saúl por consideración a él. Sabía que el párroco no debía alterar su corazón delicado.

Ainara regresó a Florencia para empezar un nuevo semestre en el instituto, además del curso intensivo de inglés.

Se dedicó completamente a sus estudios y obtuvo las calificaciones más altas. De esa manera calmó, en parte, el sufrimiento que aún continuaba latente dentro de ella; ni por un momento dejó de pensar en Saúl, nunca dejó de amarlo. Las afirmaciones tanto de su madre como de Gabriella dieron vueltas en su cabeza: algo no concordaba. Ainara creía en él, lo conocía mejor que nadie y sabía que jamás aceptaría el chantaje de su padre... Saúl la amaba, estaba segura de que la amaba. ¿Por qué desapareció de su vida?

Fue la incógnita que atormentó sus días...

49

Saúl no tardó en ambientarse a la vida congestionada de Madrid.

La universidad se encontraba en la parte colonial de la ciudad, lo cual le resultó favorable, ya que le quedaba a un paso para tomar el metro y dirigirse a una fábrica de calzado donde encontró empleo de medio tiempo en las tardes.

Al menos durante el primer año, el horario de estudio se mantendría igual. Luego, para los próximos años, ya decidiría qué hacer.

Saúl estaba tranquilo porque disponía de un dinero reservado para cualquier inconveniente. La universidad era pública; por ese lado no debía preocuparse.

Durante los primeros meses en lo que sería su nuevo hogar, Saúl se mantuvo escribiendo a la familia que ocupó la casa que fue de sus padres, anhelando tener noticias de Ainara o del padre Fortunato, pero siempre recibía la misma negativa. De todas formas, les dejó su dirección en caso de que llegara correspondencia desde Valserra.

El tiempo transcurrió y Saúl no tuvo noticias de nadie.

Su corazón sangraba con cada día que pasaba. Su amor por Ainara continuaba latente dentro de él.

Le atormentaba solo pensar que quizá ya se habría casado con Donato, e incluso, si no lo hubiese hecho, le desgarraba imaginarla entre sus brazos.

¿Cómo se dejó convencer con sus artimañas?, fue la pregunta que no conseguía discernir.

Encapsuló su amor por ella en un lugar muy especial dentro de sí; la amaba con todas sus fuerzas y sabía que jamás podría amar a nadie como amaba a Ainara.

Llevaba siempre consigo, prendido de su pecho, el pendiente con las letras de su nombre, y dentro de las páginas de su viejo libro de medicina, la azucena blanca, reseca por los años, que ella dejó ante sus pies aquel día cuando la miró por primera vez; aquella primera vez, en esa mañana de verano, cuando supo de inmediato que la amaría más que a su vida.

El hermoso retrato de ambos que ella plasmó sobre el lienzo... oh, aquel recuerdo lo idolatraba. Dondequiera que él estuviera, lo mantenía enmarcado frente a sus ojos. Era la rememoración palpable que alegraba sus mañanas y acariciaba sus noches oscuras de desvelo.

Pese a su sufrimiento, Saúl no permitió que el dolor dominara sus sentidos y entregó su alma a los estudios.

Así apaciguó el vacío que ella dejó.

Saúl era un estudiante dedicado; su sueño era estudiar el cerebro humano.

La enfermedad degenerativa que padecía su madre fue la razón que lo impulsó a profundizar en ese tema y comprenderlo. Llevaba consigo una fuerza interna que lo motivaba a ayudar a quienes padecieran lo mismo o al menos mitigar en algo su tiempo de vida.

Jamás permitiría que alguien tuviera que pasar por lo mismo que pasó su madre; era demasiado cruel.

Transcurrieron algo más de cuatro años de intenso estudio en medicina general.

Saúl recibió una beca por mérito propio para culminar su carrera; siempre fue un estudiante distinguido. Desde entonces, empezó a aplicar a universidades extranjeras.

Fue aceptado en la Universidad de Columbia, en la ciudad de Nueva York, por lo que viajó de inmediato. De esa manera completaría los años requeridos para su especialización superior en neurocirugía y ejercer su profesión.

50

AINARA SE GRADUÓ EN Artes Plásticas con las mejores calificaciones.

En el día de su incorporación, la acompañaron Fortunato, quien había mejorado considerablemente de su salud; además de su madre, su padre, Alfonsina y, por supuesto, Donato.

Gabriella vivía en Sicilia, por lo que le fue imposible asistir, ya que trabajaba en una escuela de niños.

En cuanto a Donato, durante todos esos años rara vez se mantuvo visitando a Ainara en el instituto. Su vida lo tenía muy ocupado, pues era un abogado de prestigio en Florencia. Y, aunque Ainara nunca quiso nada serio con él, ambos mantenían una relación amistosa que llevaban desde niños.

En esa mañana de primavera, Ainara estaba feliz como nunca, celebrando la culminación de sus estudios con su familia reunida en el instituto. Además, viajaría fuera de Italia, ya que hacía apenas unos días, luego de recibir también su título en idiomas, recibió respuesta de uno de los lugares a los cuales había aplicado por trabajo. Los años que estudió inglés le favorecieron para hablarlo a la perfección. Había sido contratada para trabajar en una universidad jesuita en la ciudad de Nueva York como catedrática.

—¿Cuándo viajarás, hija? —preguntó Francesca.

—En cinco o seis días a más tardar, mamá.

—Eres digna de orgullo, hija mía —se adelantó a decir Fortunato—. Nos harás muchísima falta, de eso no cabe la menor duda. Más esta nueva experiencia para tu vida nos alegra a todos. Así que ve tranquila.

—Lo sé. Gracias, padre Fortunato. —Ainara regresó la mirada a su padre. Él continuaba con su misma actitud negativa. Ainara sabía perfectamente que no le hacía ninguna gracia que ella se fuera de Italia y, sobre todo, que se alejara de Donato. Aún protestaba por no comprometerse con él, y más aún porque Donato se había convertido en toda una eminencia como abogado.

—¿Y tú no vas a decir nada, Gaetano? —preguntó Fortunato, regresando a mirarlo.

Gaetano gesticuló con la garganta.

—Bien saben que no apruebo que se marche lejos —soltó con el ceño fruncido—. Vine hasta aquí para solemnizar su título como nueva universitaria, no para festejar que se vaya a trabajar en los Estados Unidos.

—No seas tan rudo con tu hija, Gaetano. Mira que todos nos alegramos por ella.

Ainara sonrió con ironía.

—Déjalo, mamá, estoy acostumbrada.

—Disculpen que los interrumpa —dijo Donato, dejando de lado el vaso con whisky que en ese momento bebía—, pero quédate tranquilo, Gaetano, porque en mis planes está ir a visitar a Ainara siempre que me sea posible. Imagino que te dará gusto recibirme, ¿no es así, Ainara? —preguntó, regresando a mirarla.

A lo que Ainara, clavándole la mirada, respondió:

—No voy a prohibirte que vayas a Nueva York.

Donato esbozó una sonrisa mordaz.

De pronto, Francesca se acercó a donde estaba su hija y comentó:

—Tenemos que regresar al pueblo, hija. Nuestro querido Fortunato no debe excederse. Todavía sigue delicado y debemos cuidarlo.

—En todo este tiempo que he estado aquí, al menos me hubieran invitado a una copa... —se apresuró el reverendo a protestar—. ¡Pero nada!

Francesca no esperó para contradecir al párroco:

—Bien sabes que no puedes, Fortunato.

—Ayer ya se sobrepasó con el *limoncello*, padre —dijo Alfonsina.

—¡Ay de ti, Alfonsina, no pudiste guardar el secreto!

—¿Alfonsina? —Francesca le clavó la mirada—. No debiste, luego se nos pone mal y no queremos pasar otro susto como el que ya tuvimos.

Ainara rio mirándolos discutir.

—Escuche a mi madre, padre Fortunato. Tiene que cuidarse porque todos deseamos tenerlo por muchos años más entre nosotros.

—Sí, hija, y yo quiero que viajes feliz y bien dispuesta a esa ciudad norteamericana... ¿cómo dijiste que se llama?

—Nueva York, padre.

—Eso mismo. ¡Ay de mí, se me olvida ese nombre complicado...! ¡Deben ser los años! Haz de tu vida una vida llena de satisfacción. Te lo mereces, hija mía, porque has sufrido mucho.

—Así será, padre Fortunato, empezaré una nueva vida allá. —Ainara lo abrazó, despidiéndose de él.

—Antes de tu viaje vendremos a despedirte, hija —dijo su madre.

—Estaré esperándolos, mamá.

Mientras tanto, Donato se acercó a Ainara.

—Yo no podré venir a despedirme de ti. Tengo un viaje de negocios en los próximos dos días. Deseo que tengas un buen viaje. Escribe para saber de ti. Y, como le ofrecí a tu padre, ten la seguridad de que estaré pendiente todo el tiempo.

Gaetano enseguida intervino, congraciándose con él:

—Te lo agradezco, Donato. Estaré tranquilo sabiendo que estarás pendiente de Ainara. Lastimosamente, no puedo hacer viajes largos. Así me lo advirtió el doctor.

—Tiene que cuidarse y seguir las indicaciones del médico —comentó Francesca—. Su corazón está un tanto delicado.

—Con más razón iré seguido a Nueva York a visitar a tu hija, Gaetano.

Gaetano y Francesca le dieron las gracias.

Ainara trató de ignorar el patético interés de Donato por llamar su atención y la del resto de la familia.

—Los acompaño a la salida —dijo, y fue con ellos hasta los jardines del instituto para despedirlos.

A partir del momento en que Ainara llegara a la ciudad de Nueva York, empezaría una nueva vida para ella.

51

ACAECIERON LOS DÍAS DE verano.

Ainara se miraba alegre y despreocupada en medio de la gran ciudad. Su sueño de cuando era apenas una jovencita de dieciocho años se había vuelto una realidad; una realidad que marcaría su destino para el resto de su vida, lejos de su país.

No fue difícil comenzar su trayectoria en ese lejano lugar; ella hablaba el idioma a la perfección, por lo que comunicarse fue, por demás, sencillo. Además, conoció a una comunidad de italianos. Cuando deseaba tener momentos de esparcimiento, se reunía con ellos y salían por ahí.

Tan pronto como Ainara llegó a Nueva York, alquiló por unos días, hasta organizarse, un cuarto de hotel cerca de Fordham, la universidad jesuita en donde se desempeñaría como catedrática. Una vez estando ahí, de seguro ellos le recomendarían un lugar en donde vivir.

Las clases como catedrática empezaron a los pocos días de su llegada.

Ainara fue contratada para enseñar un taller de escultura y pintura a los estudiantes de todos los niveles, además de dar clases de italiano de primer nivel, una vez por semana, a estudiantes que eligieron estudiar esa lengua.

Se fascinó con el ambiente tranquilo y respetuoso dentro del establecimiento. Para ella, fue apasionante trasladarse a otro país y convivir con una cultura diferente a la suya. Desde el día en que llegó, se sintió como estar en casa; Ainara no tardó en adaptarse a su nuevo estilo de vida.

Entre los tantos profesores con quienes hizo amistad, Ainara tuvo una fuerte conexión con Emily, profesora de literatura en la universidad. Emily la llevaba tres años; era de origen anglosajón. Sus padres habían emigrado a los Estados Unidos cuando eran unos niños y desde entonces se radicaron en ese estado. Emily estaba casada con Mike, un ingeniero civil que la llevaba doce años y quien desde hacía quince ejercía su profesión.

Ellos vivían en una casa que habían comprado hacía un año en un barrio residencial a las afueras de la ciudad. Para Mike no se le hacía difícil pagar la hipoteca porque un ingeniero percibe un buen salario promedio. Asimismo, su amiga tenía un buen sueldo; en aproximadamente cinco años, a más tardar, deseaban ser padres y ahorraban para ello.

Después de algunas semanas de trabajar en la universidad, Ainara consiguió dónde mudarse. Emily le ayudó a encontrar un apartamento por medio de una amistad que trabajaba en bienes raíces. El apartamento se encontraba a treinta minutos en auto de Fordham. Igualmente, Ainara compró un automóvil cómodo para poder transportarse; Nueva York no era como su pueblo o como Florencia, allí las distancias eran considerablemente largas, y a pesar de que el servicio público era excelente, los neoyorquinos necesitaban, sí o sí, tener su propio transporte.

El edificio de apartamentos de hasta cuatro plantas en donde Ainara arrendó estaba dentro de un conjunto residencial pequeño. El que ella rentó se encontraba en el tercer nivel.

Era relativamente chico; contaba con un dormitorio cómodo y un baño, la cocina totalmente amoblada, cuarto de máquinas y el área social perfectamente ambientada con una chimenea artificial para los días fríos, decorada con muebles modernos y sencillos: dos cómodas butacas de frente a las puertas corredizas que servían de ventanal y salían a un balcón angosto, desde donde se podía disfrutar de la impresionante vista a la ciudad, y una mesa redonda de cristal con cuatro sillas que se utilizaba de comedor. Una televisión lo suficientemente grande estaba posicionada sobre la chimenea, de frente a los muebles, sobre los cuales había cojines y una acogedora manta para cubrirse del frío del aire acondicionado, que era, por demás, necesario en aquellos días calurosos y húmedos de verano; además de una lámpara alta a cada lado.

Ainara se sintió confortable y contenta en su nuevo hogar.

En sus tiempos libres, luego de regresar de la universidad, ocupaba su descanso dedicándose a pintar y esculpir. Guardaba sus cuadros y esculturas dentro de un clóset amplio; otros los exhibía en su apartamento: cuadros de paisajes y retratos. Su sueño era, un día, tener su propia galería de arte.

Durante su primer año en Nueva York, Ainara no recibió la visita de Donato, como él dio a conocer a su familia. Fue mejor así. A pesar de que él se comportara más relajado que años atrás, Ainara no concebía tolerarlo.

Siempre recibía cartas suyas, pero nada más allá de ello.

Por supuesto que en cada carta no faltaba su declaración de amor, pero ella lo tomaba como sus patéticas confesiones de cuando eran dos jovenzuelos.

Con su madre y Alfonsina se comunicaban seguido; así como también con el padre Fortunato y con Gabriella. No se podía decir lo mismo de su padre; desde que Ainara llegó a Nueva York, no tuvo trato con él. Sabía por su madre que él continuaba con problemas de salud. El médico que lo atendía había dicho que debía darle mayor cuidado a su corazón enfermo.

Y en cuanto a Saúl, Ainara no dejó ni por un momento de pensar en él...

¡Cómo un amor podía ser tan intenso e insondable que, así el tiempo continuara diligente su camino, ella lo tenía implícito dentro suyo!

A pesar de su abandono, Ainara mantuvo la fortaleza con que ese sentimiento divino invadía su alma para continuar adelante.

Amaba a Saúl; nada ni nadie cambiaría eso en ella.

Transcurrieron largos y fríos inviernos...
Apacibles primaveras...
Calurosos veranos...
Y encantadores otoños...

Siete años después

Ainara continuó trabajando en la Universidad de Fordham.

Allí encontró su hogar fuera de casa, además de haberse convertido en una profesional exitosa.

No solamente mantuvo su cargo como profesora de Artes Plásticas; hacía apenas unos días la habían asignado como decano de su facultad, lo que le daba una gran responsabilidad. Su temple y su carácter decidido la llevaron a la superación.

Igualmente, mantuvo el mismo apartamento, que le resultaba cómodo y estaba bien ubicado.

Era sábado por la noche, y Ainara se preparaba para ir a encontrarse con su pareja de amigos, Emily y Mike, en un restaurante griego en el centro de *Manhattan*. Ainara ya había estado ahí una que otra vez y había quedado fascinada con su comida y el ambiente alegre y festivo de los griegos; y ni se diga el *baklava* que ahí servían.

Qué mejor lugar para celebrar en esa noche de mayo sus treinta aniversarios.

—¡Felicidades, Ainara! —brindaron sus amigos.

—Gracias, Emily, Mike. ¡Qué hubiera sido de mí en todos estos años sin ustedes! —Ainara sonrió y bebió de su copa de un exquisito vino espumoso.

—Además, hay que felicitarte por tu nuevo ascenso —dijo Mike—. Emily ya me comentó que te promovieron a decano de tu facultad.

—A Emily no se le escapa nada —dijo Ainara. Ella y su amiga echaron a reír—. No pude haber deseado una vida mejor. Además...

—¿Además, qué? —Emily la inquirió con la mirada—. ¿Qué tienes para contarnos, Ainara?

Ainara se acomodó contra el respaldo de la silla, mientras Mike rellenaba su copa.

—No se los había comentado antes hasta tener todo listo. ¡Encontré el lugar perfecto para ubicar mi galería de arte! —exclamó, esbozando una amplia sonrisa.

Emily y Mike se miraron entre sí, sorprendidos.

—Ainara, ¡qué notición! Al fin, después de dedicarte a tus cuadros y esculturas, podrás exhibirlas en tu propia galería. ¿Dónde es?

—Aquí mismo, en *Manhattan*. De hecho, cerca de aquí.

—Nuevamente, felicitaciones, Ainara —dijo Mike—. ¿Y la inauguración para cuándo está prevista?

—Espero poder hacerla a principios del próximo mes. No dispongo de mucho tiempo por el trabajo en la universidad, pero... hay que ponerse manos a la obra.

—¿Continuarás en la universidad o piensas renunciar? —preguntó Emily de pronto.

—No, claro que no. Conversé con el director y le pedí que me permitiera trabajar hasta las cuatro de la tarde. Después de eso, iré a la galería. Además, contraté a la hermana de Pamela para que me cubra durante las mañanas y parte de la tarde hasta que yo llegue... ¡Estoy tan feliz!

Emily se acercó un tanto más a Ainara y la abrazó.

—Cuenta conmigo también. ¿Para qué estamos los amigos, verdad, amor? —Mike respondió con un "sí", y enseguida volvieron la mirada cuando un grupo de bailarines y cantantes se acercaba recorriendo de mesa en mesa, llenando el salón con su música.

Ainara regresó a su apartamento pasada la medianoche, después de festejar su cumpleaños con una cena mediterránea, soplar las treinta velas que los meseros llevaron hasta su mesa incrustadas en un *baklava* lo suficientemente grande para los tres, no sin antes cantar y danzar ante ella. Lanzó su cartera sobre la mesita alargada del recibidor, se quitó los tacones y fue directamente a revisar la correspondencia que había recogido el día anterior del casillero y que siempre la dejaba en una esquina del mesón que dividía la cocina del comedor. Llevó el paquete con ella y fue a recostarse en el sofá.

—Cuentas y más cuentas... —renegó mientras pasaba un sobre tras otro, hasta que se encontró con uno de Gabriella. Se levantó para ir a la cocina y coger una copa y el vino que sobraba dentro de la despensa. Regresó y, luego de verterlo en la copa, abrió el sobre y empezó a leer su contenido.

Gabriella comentaba en la carta que le iba muy bien en Sicilia, que continuaba trabajando en la misma escuela enseñando a los niños, pero que pronto dejaría de hacerlo porque conoció a alguien y se habían comprometido. Pronto se casarían y se irían a vivir fuera de Italia, en Inglaterra. Le confió que estaba profundamente enamorada de él.

«¡Oh, Gabriella, cuánto me alegro por ti!», exclamó para sí, con lágrimas de felicidad en los ojos.

Dejó la carta abierta sobre la mesa de centro y, de un solo sorbo, terminó con el resto del vino. Con la mirada perdida en las luces parpadeantes que, a lo lejos, a través de la vidriera, se divisaban en la ciudad, imaginó cómo habría sido su vida si Saúl estuviese a su lado.

Se levantó y salió al balcón. La calidez de esa madrugada de primavera abrigó su alma mientras levantaba la mirada y, desde lo alto, contemplando el centelleo de cientos de estrellas que cubrían el cielo, se aferró a sí misma y, en un profundo suspiro, pronunció su nombre.

Empezó una nueva semana en la universidad. Ainara se encontraba en la hora de receso tomando un café en compañía de Emily en la cafetería. Le comentaba lo feliz que se sentía por su amiga de toda la vida, Gabriella, quien había conocido a un buen hombre, se había comprometido con él y pronto se casarían. Ainara apenas comenzaba a decirle cuánto le gustaría regresar en algún momento a su tierra, ver a su madre, al reverendo, a Alfonsina... cuando Emily la interrumpió, diciendo que alguien estaba parado detrás de ella.

Ainara se volteó y exclamó:

—¡Donato! ¿Qué haces tú aquí? ¿Cuándo llegaste?

—¿Te sorprende verme? Cumplo la promesa que le hice a Gaetano... Algo tarde, pero aquí me tienes —contestó Donato, inclinándose para darle dos besos, uno en cada mejilla—. Vine a hacerte una rápida pero placentera visita. ¿Me presentas a tu amiga? —dijo de pronto, dirigiendo la mirada a Emily.

—Por supuesto. Emily —dijo Ainara—, él es un viejo amigo de la infancia, Donato.

Emily enseguida alargó su mano para saludarlo.

—Un gusto conocerte, Donato.

Donato se acercó y le dio también dos besos en cada mejilla. Luego corrió una silla y se sentó con ellas a la mesa.

Mientras tanto, Ainara, por cortesía, llamó a la muchacha que atendía: una estudiante que, después de clases, trabajaba en la cafetería de la universidad.

—¿Deseas algo de beber? —preguntó a Donato.

—Únicamente un espresso doble, gracias. Entonces, es aquí donde trabajas... —Donato levantó su ceja izquierda—. Digamos que es un lugar agradable. ¿Estás satisfecha con lo que haces?

Ainara respiró profundamente. No le resultaba grata ni su presencia ni su comentario inoportuno. A pesar de los tantos años que no se veían, él continuaba con esa manera arrogante y sarcástica de ser; a lo que respondió:

—Estoy más que feliz haciendo lo que me gusta en este lugar tan apacible y entretenido, sobre todo rodeada de buenos amigos. Emily y su esposo, Mike, han llegado a ser como dos hermanos para mí.

Emily sonrió para sí y no hizo ningún comentario. Entretanto, Donato agradeció a la muchacha en cuanto le sirvió su espresso doble. No acostumbraba endulzarlo y, antes de continuar con la charla, acercó la taza a sus labios y le dio un sorbo.

—Me tranquiliza saberlo, mi querida Ainara. Y bueno, me encantaría que me hicieras un recorrido por la universidad, ¿qué dices? Quiero empaparme de todo lo que a ti concierne.

Ainara negó con la cabeza.

—Lamento defraudarte, pero hoy no podrá ser. Tengo que dar clases en aproximadamente diez minutos. Además, lo que resta de la tarde estaré sumamente ocupada.

Donato dio un profundo suspiro.

—¡Qué lástima! ¿Al menos la invitación para ir a cenar esta noche no vas a negármela? Estoy de paso en Nueva York. Mañana debo tomar un vuelo a primera hora hacia California.

Ainara se volvió hacia su amiga y le consultó:

—¿Qué te parece salir esta noche? Díselo a Mike. —Tal parecía que a Emily no le desagradó la idea. Ainara se giró entonces hacia Donato y le comentó—: Supongo que no habrá inconveniente en ir también con mis amigos, ¿verdad?

—Por supuesto que no... Iremos todos a divertirnos esta noche.

—Perfecto. Hasta la noche entonces. Ahora, si me disculpas, debo ir a dar clases —dijo Ainara, levantándose junto con Emily.

—Te pasaré a recoger a las siete. Tercer piso, ¿cierto? —preguntó Donato poniéndose en pie.

—No te molestes en subir, estaré pendiente de cuando llegues. Hasta pronto, Donato.

Donato se despidió de ambas con dos besos en cada mejilla.

—Nuevamente un gusto conocerte, Donato —dijo Emily.

Ainara y Emily se alejaron; vieron que él volvió a sentarse a la mesa y llamó a la muchacha de servicio. Abandonaron la cafetería y se dirigieron por los corredores.

—Así que él es el famoso Donato... —comentó Emily.

Ainara hizo un vívido gesto de desagrado con la boca.

—No entiendo qué vino a hacer aquí... pudo haberse ido directamente a California.

—Bueno, han pasado varios años desde la última vez que se vieron. Es razonable que quiera saber de ti. Al final ustedes se conocen desde niños.

—Claro que sí... Por lo menos será solo esta noche que tendré que soportarlo. —Ainara rio—. Te llamaré cuando llegue a casa para ponernos de acuerdo. *Ciao*, amiga, mis alumnos ya deben estar esperando por mí. —Ainara continuó por los corredores.

Donato pasó a recoger a Ainara a las siete de la noche y fueron a encontrarse con Emily y Mike en un elegante restaurante italiano: *Il Palazzo d'Oro*, en *Central Park*, que quedaba relativamente cerca de su apartamento.

Pasaron una velada agradable, aunque Donato, como era de imaginar, no dejó de alabar sus logros. Emily y Mike disfrutaron de la cena y, por supuesto, de la compañía de Ainara.

Por la expresión en los rostros de la pareja, se podría afirmar que no simpatizaron con Donato, aunque él tuviera interesantes temas de conversación.

Pasadas las diez, cada uno se despidió a las afueras del restaurante.

Donato llevó de regreso a Ainara a su departamento. Tan pronto como estacionó el auto al pie del edificio, y antes de que Ainara intentara bajar del coche, se volvió hacia ella y dijo:

—¿Me invitas una copa?

Ainara se giró hacia él.

—Discúlpame, Donato. Es tarde y debo descansar. Gracias por la cena, que tengas un buen viaje. —Se volvió para abrir la puerta, pero Donato bajó del auto y se apresuró a abrirla por ella.

—Insisto en que me encantaría tomar una copa contigo... Solo una. Así, de paso, conozco en dónde vives.

Ainara sonrió con ironía, negando con la cabeza.

—No, Donato, es tarde.

—Únicamente será una copa —insistió, tomándola de la mano.

Ainara, al momento, hizo a un lado su mano.

—¡Basta, Donato! Conozco tus intenciones. Que tengas un buen viaje. Adiós. —Se dio media vuelta y entró en el edificio. Antes de que el elevador cerrara sus puertas, lo vio abrir la portezuela delantera del Nissan negro que seguramente había rentado.

Una vez en su departamento, se acercó al balcón y miró que ya se había ido.

—¡Donato, Donato, hasta cuándo vas a insistir conmigo! —exclamó en un largo y tedioso suspiro.

52

Saúl llevaba ya algún tiempo trabajando en un renombrado hospital público de Nueva York. Luego de algunos años como residente, comenzó sus prácticas como médico cirujano bajo la supervisión de un facultativo especializado que, por sus años de experiencia, mantenía un elevado estatus dentro del hospital. Este, al darse cuenta de sus extraordinarias aptitudes, refirió a Saúl con el grupo de profesionales que conformaban la comitiva administrativa para que fuese tomado en cuenta y que también integrara el grupo de doctores de planta del hospital.

Ellos accedieron a su pedido y se reunieron en algunas ocasiones en la saleta sobre el quirófano para presenciar su desenvolvimiento cada vez que Saúl, junto con su maestro, realizaba una intervención quirúrgica.

Al observar la destreza con que Saúl se desenvolvía en cirugía, convocaron para votar a favor o en contra.

Las votaciones fueron unánimes, y no tardaron en proponerle que perteneciera al grupo de médicos de planta del hospital. Además, le ofrecieron un atractivo salario por un contrato de tiempo indeterminado, el cual podía ser revocado luego de ocho años si él lo deseaba. Saúl aceptó sin pensarlo dos veces. Sus prolongados años de arduo estudio en la Universidad de Madrid, así como el doctorado que cursó en la Universidad de Columbia, le otorgaron prestigio. Desde entonces, Saúl formó parte del grupo selecto de médicos neurocirujanos de ese renombrado hospital.

Con el pasar del tiempo, a sus casi treinta y cinco años, Saúl fue catalogado como una eminencia en su especialidad; tenía un don innato en él.

Su primera inversión fue comprarse una casa a las afueras de Nueva York. Con el sueldo que percibía pudo tranquilamente pagar su hipoteca.

Saúl amaba la naturaleza, por lo que buscó un lugar apartado de la urbe, lejos del embotellamiento que representaba vivir en una ciudad tan grande.

La casa le quedó perfecta, pues contaba con un bonito jardín y un amplio patio trasero cubierto de pinos y abetos.

A su manera, fue feliz en su residencia campestre; ese hogar le recordó siempre a Ainara. Ella también amaba la naturaleza, y juntos soñaban con vivir en el campo, rodeados de árboles y jardines de coloridas flores, ver un día correr a sus hijos por aquellas campiñas al aire libre...

Aquel bello sueño no se dio; la vida se empecinó con ellos. Cada cual tomó su camino y ahora vivían mundos diferentes.

Mas su recuerdo y su amor por ella prevalecían íntegros dentro de él.

Saúl compartía de vez en cuando con algunas de las amistades que formó dentro del hospital. Le gustaba el ambiente de las barbacoas; por lo que, algunas veces, se reunían en su casa con sus colegas de trabajo y, en otras ocasiones, en las de ellos, y juntos pasaban agradables tardes de primavera o de verano.

De sus compañeros universitarios no se podía decir lo mismo. Muy pocos permanecieron en Nueva York; la mayoría de ellos se dispersaron por otras ciudades o fuera del país. Además, durante todos esos años, Saúl no salió de los Estados Unidos; únicamente viajó por otras ciudades norteamericanas a seminarios o conferencias.

53

Ainara corría de un lado al otro por la galería de arte que esa noche abría sus puertas a la inauguración.

Cada cuadro suyo, en el cual plasmó bellísimos paisajes naturales donde los ríos, cascadas, manantiales y las flores del campo cobraban vida gracias a la destreza con la que su mano guiaba sobre el lienzo, y los retratos de hombres, mujeres y niños representados al óleo, engalanaban las paredes de la galería. Sus magníficas obras de arte de cuerpos desnudos, esculpidas delicadamente, lucían solemnes sobre decorativos pilares de piedra y mármol; indiscutiblemente, eran hermosos.

En cada pincelada que daba, en cada cincelada que trazaba, estaba puesta su alma. Era como si sus manos hubiesen sido delicadamente guiadas por los mismos ángeles.

Su sueño de tener su propia galería de arte era ya un hecho.

El lugar era espacioso y estaba ubicado en el primer nivel de un edificio de oficinas de arquitectos en el centro de *Manhattan*. Lo alquiló por una considerable suma de dinero, lo cual no le preocupaba, porque ella era una mujer emprendedora y sabía que, si algo se hacía con el corazón, no había espacio para la duda; ese sería su camino.

A la inauguración asistieron todas sus amistades de la universidad jesuita, así como también invitados particulares. La noche se desenvolvió entre charlas, risas y brindis.

Hubo quienes se aficionaron por algunas de sus obras, y no faltaron lucrativas propuestas.

A tempranas horas del amanecer terminó la celebración, y Ainara regresó a su apartamento. Como siempre lo hacía, dejó su abrigo y su cartera sobre la mesa alargada del recibidor y fue a revisar si había algún mensaje en la grabadora. La luz titilaba en rojo; pulsó el botón y escuchó. Era la voz de Alfonsina: decía que había insistido en llamarla en varias ocasiones y le pedía que se comunicara lo más pronto posible con su madre.

Ainara se extrañó. De seguro algo tuvo que haber sucedido para que insistiera de esa manera.

Nerviosa, pensó en el padre Fortunato; quizás algo malo había pasado con él.

—Hola, mamá...

—Ainara, hija. —La voz de su madre sonó apesadumbrada.

—¿Qué ha sucedido, mamá?

—Mi Ainara querida, tu padre ha muerto. Los médicos no pudieron hacer nada por él. Tienes que venir a Valserra, hija. El sepelio será en dos días.

Ainara, conmovida, se quedó sin saber qué decir.

—Claro que sí, madre, mañana mismo tomaré un vuelo. ¿Pero qué pasó con él? ¿Acaso su corazón empeoró?

—Sí, hija. Como sabes, ya venía presentando problemas. Anteriormente ya había tenido un ataque cardíaco. En casa le dimos todos los cuidados. Tuvo que dejar por un tiempo el ajetreo de su oficina y llevar el trabajo desde casa, pero esta vez no corrió con la misma suerte. Lo llevamos de emergencia, y no resistió la operación.

—Mamá... Necesito que estés tranquila, por favor. En este mismo momento haré la reserva y viajaré enseguida. Estaré lo más pronto posible con ustedes.

—Te esperamos, hija mía.

—Descansa tranquila, mamá.

Ainara colgó la llamada.

Le resultó insólito pensar que su padre ya no estaría más entre ellos.

A pesar de todo el sufrimiento por el cual tuvo que atravesar, se lamentó por él. Buscó enseguida vuelos a Italia y encontró uno para la tarde de ese mismo día. Asimismo, se comunicó con Emily, pidiéndole que el lunes hablara con el director en la universidad y le explicara el motivo de su ausencia. De todas formas, ella se comunicaría con él al llegar a Valserra.

Sus amigos le dieron las condolencias. Ainara estaba preocupada por la galería; apenas había sido inaugurada, y no se le hacía oportuno cerrarla por varios días.

Emily le tranquilizó, asegurándole que ella junto con Christine se harían cargo hasta su regreso.

De esa manera, Ainara viajó confiada a su pueblo.

Ainara regresó después de ocho años a su pequeño pueblo.

Qué diferente lo sintió luego de aquellos largos años de no haber estado allí; y más aún con aquel frígido ambiente de tristeza.

Gaetano fue su padre, y a pesar de todas las injusticias que cometió con ella, Ainara lo amaba. Le entristeció verlo allí, inerte, dentro de esa fría caja.

El hombre altivo, dominante, soberbio, a quien el pueblo respetaba y hasta, en cierto modo, lo apreciaban, ya no estaría más entre ellos.

Toda su familia, amistades, autoridades del pueblo, además de otras personas de Roma y lugares aledaños, se encontraban reunidos en la que fue su casa, dándole el último adiós a quien fuera años atrás el alcalde de Valserra.

Francesca siempre fue una mujer serena; ese día, así lo demostró.

No se podía decir lo mismo de Romina; ella no encontró consuelo junto al féretro de su padre.

Ainara avanzó despacio por entre los ahí reunidos y fue directamente junto a su madre, quien se encontraba acompañada del padre Fortunato y de su amiga de toda la vida, Gabriella. Alfonsina de seguro estaría en la cocina; sabía que pronto saldría trayendo algo para ofrecer a los invitados.

—Mamá, estoy aquí, contigo —saludó, besándola en la frente.

Francesca la estrechó entre sus brazos.

—Hija mía, gracias por venir.

Gabriella y Ainara intercambiaron miradas emocionadas. Ella estaba a un costado de Francesca y del reverendo.

—Padre Fortunato —dijo Ainara, dirigiéndose a él—. ¡Qué alegría volver a verlo después de tantos años!

Fortunato la abrazó emocionado.

—¡Ainara, hija mía! No imaginas la inmensa alegría que siento de tenerte de vuelta con nosotros. Me hubiese gustado que hubiera sido en otras circunstancias, pero así son los designios de nuestro Señor.

Ainara asintió, esbozando una suave sonrisa.

—¡Mi amiga! —exclamó, volviéndose luego a Gabriella, y la abrazó—. ¡Qué felicidad que estés a mi lado después de tanto tiempo! ¿Cómo estás? ¿Y tu esposo?

—Vine sola. A Renato le fue imposible acompañarme.

De pronto, Ainara escuchó una voz detrás de su hombro, ofreciéndole sus condolencias:

—Cuánto lo siento, mi querida Ainara. Tu padre fue un gran hombre y un buen amigo mío.

Ainara se volvió enseguida.

—Gracias, Donato, lo sé.

Enseguida, Nicoletta y Darío Carusso también se acercaron y le dieron las condolencias. Ainara las recibió agradecida.

—Me disculpo con ustedes —dijo, y llevándose a Gabriella del brazo, añadió—: Acompáñame a la cocina, necesito ver a Alfonsina.

Ainara entró en la cocina. Alfonsina preparaba bocadillos para los invitados. En cuanto la vio, corrió a abrazarla.

—¡Mi pequeña! ¡Cuánto tiempo, querida, sigues igual de hermosa!

—¿Cómo has estado, nana?

—Bien, mi querida Ainara, extrañándote muchísimo.

Ainara sonrió.

—Igualmente yo los he extrañado a todos, pero a ti en especial, no te imaginas cuánto.

Alfonsina posó su mano sobre su hombro.

—Eso lo sé. Gracias por llevarme en tu corazón. ¿Cómo viste a tu madre? Ella está devastada con la muerte de don Gaetano. Tu venida le hará mucho bien.

—También lo pienso así. Mamá es fuerte y sé que se recuperará pronto. No puedo decir lo mismo de Romina. La vi muy afectada. Aún no he ido con ella, pero enseguida lo haré.

—Pobre, mi Romina, adoraba a tu padre. Por cierto, Francesca tiene algo de él para darte.

—¿Algo de mi padre?

—Sí, hija, deja que ella hable contigo. Con seguridad lo hará enseguida.

—Ainara, hija mía —de pronto, Fortunato entró en la cocina—, te busqué por todos lados. Necesito conversar un momento a solas contigo, hija.

—Por supuesto, padre, vamos al jardín. Lo acompaño.

—Por favor. —Fortunato la encaminó por el brazo hacia la puerta que conducía a los exteriores de la casona—. No sé si sea el momento indicado, pero debo hacerte entrega de algo.

—¿Qué cosa, padre? —preguntó Ainara, una vez sentados sobre la banqueta de piedra.

Fortunato sacó un sobre alargado del bolsillo de su sotana.

—Esta carta acabé de recibir hace unos días, hija. Es de Saúl.

Ainara, por un momento, tembló.

—¿De Saúl? —Extrañada, tomó entre sus manos el sobre que Fortunato le entregó.

—Sí, hija mía. Llegó, como te dije, hace unos días a la parroquia. Si deseas, me retiro para que la leas con tranquilidad.

Ainara asintió con la cabeza. Se levantó, llevando consigo la carta de Saúl, y fue hasta el jardín de los rosales.

Se sentó sobre la vieja banqueta y, temblorosa, con lágrimas en los ojos, abrió el sobre y empezó a leer la carta:

Valserra, 11 de diciembre de 1983

Ainara, amor mío:

Lo que voy a decirte te sonará fuerte, pero necesito que tú lo seas más y sepas cuidarte de tu padre y de Donato. Ambos me chantajearon, obligándome a alejarme de ti, e incluso fui agredido por Donato.

Hoy, al llegar a Valserra para hablar con tu padre y suplicarle que no te hiciera más daño, me encontré con una orden impuesta por él para abandonar Italia de inmediato. Por eso te escribo así de rápido.

No puedo hacer nada más que obedecer e irme. Te prometo que, al llegar a mi pueblo, buscaré la manera de seguir en contacto contigo. Trabajaré en lo que sea hasta hallar una forma de regresar y construir una vida juntos. El profundo amor que nos tenemos es la fuerza que poseo para sobrellevar esta dura realidad que tu padre me ha impuesto.

Por favor, amor mío, quiero que siempre tengas presente que jamás me olvidaré de ti, menos aún te dejaré sola.

Al pie de esta carta, te dejo la dirección donde podrás escribirme sin problema alguno. Es la dirección de la que fue la casa de mis padres. Conozco bien a las personas que ahora viven allí.

Esperaré con ansias tu pronta respuesta.

Cuídate, amor mío. Siempre llevaré sobre mi pecho el pendiente con las letras de tu nombre, porque es ahí donde tú perteneces.

Te amo con toda mi alma.

Saúl.

Ainara lloró desconsolada. Nada pudo contener su lamento.

Sintió una confusión de sentimientos que lograron dominarla.

Volver después de tantos años a su amado pueblo, la muerte de su padre y, con la inesperada carta de Saúl, descubrir una verdad tan desconcertante.

Ella siempre dudó que Saúl la hubiera abandonado sin dar explicación alguna.

Algo dentro de sí, en todos aquellos años, le decía que él la amaba, que jamás la dejaría sola.

Pobre de ella... ¡Cuánto engaño, cuánta maledicencia!

Sus sueños junto al amor de su vida lograron que cayeran a pedazos...

—¿Por qué, padre? ¿Por qué fuiste tan cruel conmigo? —Sus lágrimas se derramaron una a una sobre el pedazo de papel que sujetaba entre sus manos.

Su amor por Saúl perduraba de la misma manera en que él le confesó en la carta... Era eterno.

Dobló el papel y lo guardó dentro del bolsillo de su gabán antes de volver junto a la familia.

Romina estaba junto a su madre; Ainara la abrazó. Giordano también se encontraba con ellas, y compartieron un gesto cariñoso.

—Mamá, acompáñame a mi habitación. Necesito conversar a solas contigo.

Francesca besó la frente de Romina, y juntas subieron los escalones que conducían a la habitación que fue de Ainara.

—Mamá, dime que tú no sabías nada de esto —dijo, entregándole la carta que Saúl escribió para ella.

Francesca, asombrada, tomó la carta entre sus manos.

—¿De qué se trata, hija?

—Léela, por favor.

Francesca desplegó la carta y la leyó. Su expresión mostraba cada vez mayor asombro con cada línea de lo que ahí estaba escrito.

—¿Qué es esto, hija? ¿De dónde la sacaste?

—Padre Fortunato acabó de dármela. ¿No tenías conocimiento de ella?

—No, hija. Tu padre nunca me habló nada al respecto. Al contrario, siempre nos dijo que Saúl aceptó el dinero que él mismo le ofreció y que luego se marchó a Madrid para hacerse sacerdote.

—¡Nos engañó a todos, mamá! ¡Él y Donato tuvieron que ver en su desaparición! ¡Nunca se los perdonaré, ni a él ni al desgraciado de Donato!

—Hija, algo no está bien...

—¿Qué más pruebas necesitas, mamá? Papá hizo que lo expulsaran de Italia. Nos mintió a todos. —Ainara volvió a llorar desconsolada.

Francesca la abrazó y trató de consolarla acariciando los rizos de su cabello.

—¡Cálmate, hija! Sabremos qué mismo fue lo que sucedió... Te lo aseguro. Tu padre me entregó, antes de morir, una carta que escribió para ti.

Ainara se apartó de los brazos de su madre, negándose.

—No la quiero...

—Hija, él me la entregó cuando ni siquiera sabía lo que le ocurriría. Debo dártela porque fue su última voluntad.

Ainara, con lágrimas en los ojos, negó con la cabeza.

—De todas maneras, no la leeré. Él nos hizo mucho daño.

—Hija mía, no guardes rencor en tu corazón.

—¿Y todavía me pides eso? ¡Amé a Saúl, mamá, lo sigo y lo seguiré amando por el resto de mi vida!

—Respetemos la memoria de tu padre, hija.

—Él no respetó mi vida, madre. No se dolió de mis súplicas y me envió lejos de casa. ¡Tan solo era una niña de apenas dieciocho años! No pensó que mis sueños se quebrantaban a mis pies, que destrozaba mi vida en mil pedazos apartándome con sucios engaños de quien yo tanto amaba. Me tuvo encerrada en ese lugar por años. ¿Y todavía dices que respete su memoria? Por supuesto que respetaré su memoria, pero jamás se lo perdonaré. Lo siento, madre, pero él endureció mi alma. No me pidas que derrame una lágrima por él, porque no lo haré.

—Hija mía... —Francesca lloró abrazada a su hija—. Ya no eres una niña. Yo respeto tu decisión.

—Te lo agradezco, mamá. Regresemos a la sala, por favor.

—Sí, hija. Límpiate esas lágrimas y bajemos.

Ainara y su madre regresaron junto con los invitados.

Al día siguiente fue el sepelio de Gaetano.

En los días posteriores, se calmaron los ánimos en la casa.

Francesca y Romina demostraron fuerza y resignación.

Ainara, sin embargo, aún tenía una conversación pendiente con Donato. El día que estuvieron reunidos en su casa, no tuvo la oportunidad de hacerlo, pues él ya se había marchado antes de que Ainara pudiera enfrentarlo.

Esa mañana, Gabriella fue a visitarla a su casa.

—Mi amiga, gracias por venir. Tenía tantos deseos de conversar contigo.

—Yo también, Ainara.

—¿Hasta cuándo te quedarás en Valserra?

—Mañana regreso a Londres.

Ainara sonrió.

—Noto que eres muy feliz. Te lo mereces, Gabriella.

Gabriella asintió con otra sonrisa.

—Lo soy, Ainara. ¿Y tú? ¿Estás feliz con tu galería de arte? Hiciste realidad tu sueño.

Ainara suspiró profundamente.

—Es lo que me mantiene viva... la satisfacción de transmitir paz y amor en cada una de mis obras.

—Lo sé...

—Gabriella... —Ainara sacó la carta de Saúl del cajón de su mesita de noche—. Quiero que leas esto y luego me digas qué piensas.

Gabriella tomó la carta y la leyó de principio a fin.

—¡Dios mío! ¿Cómo llegó esto a tus manos, Ainara?

—El padre Fortunato me la dio. La recibió hace unos días. ¿Te das cuenta? Entre mi padre y Donato chantajearon y amenazaron a Saúl hasta enviarlo, valiéndose de sucias mentiras, fuera de Italia.

—Nunca pude contártelo, pero, a raíz de que tu padre te internó, vi un día a Saúl malherido. —Gabriella se quedó por un momento pensativa—. ¡Fue entonces que Donato lo agredió! Claro, ¿quién más pudo haberlo hecho? Y él me aseguró que había sido asaltado por unos hombres que quisieron robarle cuando regresaba al convento.

A Ainara le sorprendió su confesión.

—¿Por qué no me lo dijiste? ¿Cómo lo encontraste?

—Quise hacerlo, pero para entonces ya don Gaetano dio la orden de que nadie pudiera comunicarse contigo... ¿Qué más podía hacer? Sé que el padre Fortunato fue quien lo atendió. Pero déjame decirte que Saúl estaba muy mal.

—Pobre de mi Saúl —exclamó Ainara con lágrimas en los ojos—. Todavía no he hablado con Donato... Él tendrá que darme una explicación a todo esto.

Y así fue: al día siguiente, luego de despedir a Gabriella en la estación del tren, Ainara telefoneó a Donato para encontrarse con él en una cafetería del pueblo.

Cuando Ainara llegó, él ya la esperaba, sentado a la mesa.

Dejó su cartera en el respaldo de la silla y se sentó frente a él.

—¡Qué grata sorpresa encontrarnos al fin solos tú y yo, Ainara!

Ainara respiró profundamente.

—Pues no creo que te resulte tan grata luego de escuchar lo que te vengo a decir, Donato.

—Tú siempre tan hiriente conmigo. Pero te comprendo. Quizás es por la muerte de tu padre... no han pasado sino cuatro días de ello.

Ainara sonrió con ironía.

—Continúas siendo el mismo arrogante de siempre. Pensé que en estos años habrías cambiado. Pero no, no me refiero a ti de esta manera por esa razón. La muerte de mi padre me ha afectado, sí, pero no tanto como enterarme de lo que ustedes hicieron. De lo que tú también hiciste, Donato.

Donato la miró con gesto de asombro y soltó una risa sarcástica.

—No te entiendo. ¿Qué tratas de decirme?

—Fuiste tú, junto a mi padre, quienes chantajearon a Saúl y lo enviaron lejos de Italia. Además, lo agrediste... ¿Cierto, Donato? ¿Qué puedes decirme sobre eso?

Donato echó a reír.

—¿De dónde sacas semejante historia? Realmente estás muy afectada por los sucesos de estos días.

—¡Maldita sea! Tengo una carta de él en la que me dice que tú lo agrediste, en la que me advierte que me cuide de ti y de mi padre. ¿Por qué lo hiciste? ¿Qué te ofreció mi padre para que me hicieras ese daño?

Donato enseguida le tomó las manos.

—¡Ainara, cariño! ¿Cómo puedes siquiera imaginarlo?

—¡Suelta mis manos! Ustedes dos lo tramaron todo. Entre ustedes hicieron que lo expulsaran de Italia, y de seguro fuiste tú quien le pidió a Marcella que nos vigilara en el instituto. Ahora lo veo todo tan claro.

—No, Ainara, no es así. Estás equivocada. Lo que haya hecho tu padre no me involucra a mí. ¡Entiéndelo de una vez!

—¿Y por qué agrediste a Saúl? ¿Eso también vas a negarlo?

—No, no voy a negarlo. Sí, lo agredí... ¿pero qué? Dos golpes, tres a lo mucho, cuando una noche regresaba de sabrá Dios dónde? ¡Soy un hombre, Ainara, sentía celos de él!

—Eso no te dio el derecho de hacerlo. Aún no he hablado sobre esto con el padre Fortunato, pero Gabriella lo vio y me dijo lo malherido que lo dejaste. No creo que fueran solo dos golpes. Te conozco y sé lo bruto que eres.

—No me hables así...

Ainara lo miró enérgicamente.

—Tú no vas a intimidarme. La niña recia que conociste es aún más fuerte. Ten por seguro que llegaré a la verdad de todo, y entonces seré yo quien se cobrará, una a una, cada fechoría que hicieron. Mi padre ya no está, ¡pero todavía quedas tú!

—Ainara, mi querida Ainara, te juro que nada tengo que ver. Es verdad que tu padre habló conmigo, pidiéndome que no te abandonara. Yo jamás lo hice, ni tampoco en ningún momento me hubiese siquiera pasado por la mente hacerlo. ¡Te amé, y demasiado!

Tras sus palabras, que no tuvieron sentido alguno para ella, Ainara se humedeció los labios y, negando con la cabeza, desvió la mirada hacia la ventana.

—Debo irme —dijo, volviendo a mirarlo mientras se levantaba—. Adiós, Donato.

—¡Espera, Ainara! ¿Cuándo regresas a Nueva York?

Ainara lo miró con frialdad.

—¿Para qué te interesa saberlo?

Donato se levantó también.

—Nos conocemos desde niños, yo jamás te haría daño. Necesito que eso lo tengas bien claro, por favor.

—Regreso mañana.

—Créeme que deseo que continuemos viéndonos. Como amigos, por supuesto, amigos que no pueden romper sus lazos de amistad. Me gustaría volver a visitarte en Nueva York.

—Adiós, Donato. —Ainara se dio media vuelta y salió de la cafetería.

Ainara no le creyó ni una sola palabra a Donato.

Antes de regresar a casa fue al convento; necesitaba hablar con el padre Fortunato.

—Padre, vine a despedirme de usted. Mañana regreso a Nueva York.

—Ven, hija mía, siéntate. ¿Cómo has estado?

—No voy a negarlo, padre, estoy muy confundida por todo cuanto Saúl me dejó saber en su carta.

Fortunato respiró hondo.

—Mi pobre muchacho sufrió mucho por ti. Te amaba con el alma. Aún no comprendo por qué hizo lo que hizo.

—¿Usted cree eso, padre? ¿Por qué nunca me dijo que mi padre lo expulsó de Italia? Él me dice en la carta que ustedes estuvieron juntos. ¿Qué fue lo que pasó? Dígamelo, por favor.

—Ainara, querida, es verdad que aquí, al convento, llegó la orden encauzada por Gaetano en donde se estipulaba que Saúl tenía veinticuatro horas para abandonar Italia. Yo mismo lo acompañé a la estación de policía. Fue ahí que él me pidió que te hiciera llegar una carta que escribió para ti a Florencia. Hice todo como él me pidió. Luego recibí una que otra carta suya desde su pueblo, hasta que después no volví a saber más de él. Únicamente lo que Gaetano dijo a todos. Al poco tiempo, enfermé. Y aquí me tienes, hija, sin saber todavía qué mismo pasó con Saúl. Ni conmigo volvió a comunicarse más.

—Lo que mi padre les hizo creer a todos, más bien dicho, padre. No creo una sola palabra de eso. No después de leer la carta que usted me dio. Léala, dese cuenta de toda la verdad por sí mismo. Además, fíjese en la fecha en que él la escribió.

Fortunato cogió la carta y la leyó.

—¡Madre Santísima del cielo! Esta es la carta que seguramente te escribió el día que lo llevaron. La que yo envié a Florencia. ¿Y hasta ahora la regresaron? No entiendo...

—Así como también desaparecieron todas las que yo le escribía. Y, de seguro, las que él me enviaba a mí.

—Es lo más probable, hija.

—Algo muy fuerte tuvieron que haberle dicho, padre. Lo presiento.

Fortunato dio un hondo suspiro.

—Ten fe, hija. Algún día sabrás qué mismo sucedió.

—Dios va a querer que así sea, padre. ¿Usted lo atendió el día en que lo golpearon, cierto? ¿Supo quién lo hizo?

—Eso fue un misterio, Ainara. No creí una sola palabra de lo que Saúl me dijo. Pero déjalo así, no te atormentes más pensando en ello.

—Solo dígame si Saúl estuvo muy malherido ese día, por favor, padre.

Fortunato asintió en un suave suspiro con la cabeza.

—Gracias, padre. Solo eso necesitaba saber. ¡Pobre de mi Saúl, cuánto se ensañaron con él!

—¿Piensas que fue Donato?

—Sí, padre, me lo confesó hace tan solo un momento, cuando estuve con él.

—Donato, Donato... siempre tuve mis dudas sobre él...

—Tengo que irme, padre Fortunato. Lo llamaré cada vez que pueda. Cuídese mucho y cuide de mi madre, se lo pido.

—Adiós, hija mía. Ve tranquila que así lo haré.

Cuando Ainara llegó a casa, compartió unos momentos en familia y luego subió a su habitación.

Se paró frente a la ventana y, con el alma abatida, exclamó dentro de sí: «Saúl, *amore mio*, ¿qué ha sido de ti?». Permaneció ahí, con la mirada perdida en las hermosas hortensias que embellecían el jardín de su madre. Tras un largo suspiro, regresó a mirar su maleta, que había dejado junto a la cama; tenía que empacar porque temprano en la mañana tomaría el tren que la llevaría a Roma, desde donde abordaría el avión de regreso a Nueva York.

A la mañana siguiente, antes de que Ainara fuera sola a la estación porque así lo prefirió, su madre se acercó para despedirse de ella:

—Hija mía, que los ángeles te protejan. Guarda esto —dijo, colocando en sus manos la carta que su padre escribió para ella—. Llévala contigo. Tu padre me confió que te la entregara, y es mi deber cumplir con su voluntad. Es tu decisión si la lees o no.

Ainara tomó la carta y enseguida la guardó dentro de su cartera.

—Gracias, mamá. Te prometo que vendré cada vez que pueda. Despídeme de Romina y de Giordano, por favor. —Ambas se dieron un cálido abrazo—. Hasta pronto, Alfonsina. —Ella se encontraba también en el jardín para despedir a Ainara, y ambas se dieron asimismo un cálido abrazo de despedida.

—Que la Virgen te acompañe, mi niña. Esperaré ansiosa tu regreso.

—Cuídense, las amo.

Ainara se embarcó en el auto en donde Fulgencio, el chofer que aún trabajaba para la familia, aguardaba por ella para llevarla hasta la estación del tren.

54

Ainara retomó su vida normal, no tuvo problema cuando regresó a dar las clases en la universidad, ya que el reemplazo que la cubrió durante los días en que estuvo ausente supo sobrellevar el trabajo.

En cuanto a la galería, de la misma manera, Emily y Christine estuvieron al frente. Ainara contó con la ayuda de sus dos amigas, por lo que se mantuvo bien respaldada durante esos días.

Al encontrarse nuevamente de regreso en su entorno, se sintió en casa.

Aquel era el hogar de Ainara. Allí forjó sus sueños.

Fue grato para ella volver a su pueblo después de tantos años y compartir con su madre, con Romina y Giordano, con Alfonsina, el padre Fortunato, su amiga de toda la vida, Gabriella. No se podía decir lo mismo de Donato, a pesar de haber sido buenos amigos durante la niñez, con cada oportunidad que se presentaba él demostraba ser una persona sin escrúpulos.

Durante el vuelo de regreso, Ainara miró con insistencia dentro de su cartera la carta que su madre le entregó. No sabía si deshacerse de ella o llevarla a casa consigo.

En todo el tiempo que estuvo en Valserra, no consiguió detenerse a pensar en las atrocidades que su padre había cometido. Todo pasó tan de prisa que no se dio el tiempo de reflexionar en ello. Sin embargo, en esos días, encontrándose en el silencio de su hogar, resonó en su mente cada palabra, cada frase que Saúl expresó en su carta.

¿Cómo podía un padre hacer tanto daño, valiéndose de mentiras para conseguir su objetivo y marcando cruelmente el destino de una jovencita que apenas empezaba a florecer en la vida?

De todas maneras, Ainara ya era una mujer adulta, y así como pudo afrontar su dolorosa realidad por las acciones de su padre, igualmente podría superar la verdad que días atrás le fue revelada...

¿Había algo más que ella desconocía?

Con la carta de su padre sobre el mueble esquinero de su habitación, Ainara no se deshizo de ella; la dejó durante días en ese lugar. Pero cada vez que la tenía frente a sus ojos, sentía una fuerza incontrolable de repudio. Se negó a saber qué era lo que estaba ahí escrito y, con indignación, la cogió y la refundió en el lugar más recóndito de un pequeño baúl donde guardaba cosas sin uso.

Tomó las llaves de su auto y fue a la galería. Era el lugar donde desahogaba su desconsuelo; encontrarse allí, en medio de su creación, le transmitía paz y amor.

—Buenas tardes, Christine, ¿alguna novedad mientras estuve fuera? —preguntó al llegar.

—Buenas tardes, Ainara. Qué bueno que hoy llegaste más temprano. Llamó un señor llamado Tiziano Marino. Vive en Nueva York y dijo que deseaba conocerte. Estuvo aquí hace unos días.

—¿De veras? Por su nombre, no cabe duda de que es italiano.

—Así es, Ainara. Francamente, yo no lo vi, fue Emily quien lo atendió. Pero lo que sí puedo asegurarte es que quedó fascinado con tus obras. Fue lo que comentó Emily.

El comentario le vino de maravilla a Ainara.

—Si dejó su número, llámalo, por favor, y haz una cita con él, para esta misma tarde de ser posible —dijo mientras se encaminaba hacia el interior de la galería. Ciertamente, sus cuadros y esculturas lucían espectaculares.

Al poco tiempo, ya entrando la noche, Tiziano Marino fue a la galería.

—Buenas noches... ¿Señorita Ainara? —En ese momento, Ainara se encontraba de espaldas al mostrador, acomodando unas esculturas dentro del estante iluminado que, antes de su viaje a Valserra, había mandado a instalar. Tan pronto como colocó la silueta de una pareja unida en un abrazo, se volteó hacia él.

—¿Señor Marino? —Ainara quedó impactada. El hombre quizá tenía treinta y cinco años, la misma edad que tendría Saúl. Era alto, elegante, de cabellos oscuros y ojos almendrados en un delicado color miel. Por su apariencia refinada, saltaba a la vista que era un hombre adinerado.

—Es un gusto al fin conocerla en persona, señorita D'Alfonso —dijo, extendiendo su mano. Su dedo anular exhibía un costoso anillo incrustado de diamantes—. Estuve la semana pasada visitando su galería y créame que estoy complacido con sus obras. Son realmente bellísimas.

Ainara le devolvió una gentil sonrisa.

—Le agradezco, señor Marino. Dígame, ¿el motivo de su visita es...?

—Es porque quiero hacerle una invitación, Ainara. Puedo tratarla así, ¿verdad? —Ainara asintió con una suave sonrisa—. Tengo una mansión por estrenar en los suburbios de la ciudad y me gustaría que usted nos honre con su presencia en la inauguración. Además, me interesa que algunas de sus piezas decoren las paredes de mi nueva casa. ¿Me acompaña para decidir cuáles?

Ainara, muy dentro suyo, saltó de júbilo.

—Por supuesto, será un placer. Venga conmigo, por favor.

Ainara encaminó a aquel hombre al interior de la galería, mostrándole y describiendo cada pieza. Tiziano se interesó en tres de ellas, las más costosas. Regresaron al mostrador, él escribió el cheque con la cantidad indicada por Ainara. Era un buen dinero; el suficiente para pagar al menos medio año de arriendo del local.

—La fiesta tendrá lugar este sábado por la noche. Será un placer contar con su presencia. Le dejo mi tarjeta por cualquier motivo. —Tiziano estiró la mano, entregándosela—. Gracias y que tenga una buena noche.

Ainara esbozó una suave sonrisa.

—Gracias a usted, señor Marino. Mañana a primera hora le haré llegar los cuadros.

Ainara tomó entre sus dedos la tarjeta de aquel misterioso hombre y la leyó. Tiziano Marino era el dueño de una empresa de medios de comunicación en todo el país.

¿Iría a la fiesta de inauguración? Por supuesto que sí. Estaba tan emocionada por la fabulosa venta que acababa de hacer que no podía esperar para comentarlo con Emily.

—Ni imaginas lo que acaba de suceder —dijo cuando ella llegó a la galería.

—Si no me cuentas, ¿cómo quieres que lo sepa?

Ainara rio.

—¿Tienes tiempo para ir a cenar?

—No veo ningún problema. Mike llegará tarde a casa hoy. Deja que lo llame.

Ainara y Emily fueron a un restaurante de comida italiana que había por ahí cerca.

—Entonces, cuéntame, ¿qué es lo que te tiene tan contenta?

—Acabo de vender tres de mis mejores y más costosos cuadros.

—¿Lo dices en serio?

—Así es. Además... Este hombre, Tiziano Marino, me invitó a la inauguración de su mansión a las afueras de Nueva York. ¿Cómo lo ves? ¡Estoy tan feliz!

—Tiziano Marino... —repitió Emily—. Ese nombre me suena. ¡Oh, ahora lo recuerdo! Aquel italiano tan bien puesto. Él preguntó por ti el pasado martes o miércoles, si bien lo recuerdo. ¡Ainara, date cuenta, tu mundo está dando un giro! ¡Felicidades, amiga! De seguro se fijó en ti. Le gustas. Definitivamente tienes que ir a esa fiesta.

Ainara gesticuló con la boca.

—Por supuesto que iré. ¿Cómo voy a perderme algo así? Pero no seas exagerada, apenas lo conocí hoy. Es un empresario muy importante, ¿sabes? El dueño de toda una cadena de medios de comunicación en todo el país. Creo que merezco conocer gente así de importante.

Emily tomó la botella de vino que el camarero había dejado sobre la mesa y, atrayéndola hacia ella, dijo:

—Pues sí, tu mundo ciertamente empieza a dar un giro, ¡un extraordinario giro! —Vació en la copa el delicioso vino Chianti que ordenaron—. *Salute!* A lo italiano, *mia cara amica*.

Ainara rio de contento.

—*Salute!* Por un futuro próspero y cargado de cosas buenas.

Ainara no terminaba de cerrar la puerta de su apartamento cuando sonó el teléfono, por lo que corrió a alcanzar la llamada.

—Hola...

—Ainara, mi queridísima amiga. —Era la voz de Donato.

—¿Cómo estás, Donato?

—Bien, de hecho, de lo más entusiasmado. Estoy en Nueva York. Vine por asuntos de trabajo y, de paso, a visitarte.

Ainara frunció el entrecejo.

—No necesitabas hacerlo. Pero ya que estás aquí, bienvenido.

—¿Podríamos vernos esta noche? ¿Tienes algo que hacer? Te invito a cenar, ¿qué dices?

—Acabo de regresar de cenar con mi amiga. En tal caso, cualquier día antes de que regreses a Italia. ¿Cuántos días te quedarás?

—Qué lástima. Estaré únicamente por cuatro días y, durante ese tiempo, voy a estar sumamente ocupado. ¿Qué dices el sábado?

Ainara enseguida recordó que el sábado era la fiesta de su cliente.

—Tengo una invitación el sábado por la noche. Si deseas, podrías acompañarme...

—Por supuesto. Dime a qué hora y yo te pasaré a recoger. Dame tu número móvil. —Para entonces ya se utilizaban los teléfonos celulares.

—¿Tienes con qué anotar?

Ainara pensó que no habría inconveniente en ir acompañada de Donato a la fiesta de su cliente. Así se desentendería de él porque al día siguiente tomaría su vuelo de regreso a Florencia.

El sábado por la noche, Donato pasó a recogerla. Estuvo puntual; a las nueve menos diez llamó a la puerta de su apartamento.

Ainara se encontraba lista. Vestía un entallado y elegante vestido en color negro. Aparte del duelo que llevaba por la muerte de su padre, era un color sobrio y refinado.

—Buenas noches, Ainara. ¡Qué hermosa luces hoy! —exclamó mirándola de pies a cabeza.

—Hola, Donato, deja los halagos, por favor. Vamos —dijo, guardando las llaves del apartamento dentro de su cartera de noche. Bajaron a la acera para embarcarse en el auto que Donato había alquilado y se dirigieron a las afueras de Nueva York.

La mansión era impresionante. Un largo camino de pinos resguardaba la entrada.

Bajaron del auto y se encaminaron hacia la entrada.

El mismo Tiziano salió a darles el encuentro.

—Bienvenida —dijo, haciendo la cortesía a Ainara, y enseguida dirigió su mirada a Donato.

—¡Qué pequeño es el mundo! —comentó de inmediato Donato.

Ainara los miró a ambos, alternando la vista entre ellos.

—¿Ustedes acaso se conocen?

Tiziano le brindó una suave sonrisa a Ainara.

—Por supuesto —se adelantó a responder Donato—. Nos conocemos desde hace muchos años atrás, en Florencia. Tiziano Santoro...

—Marino —corrigió él.

A Ainara le extrañó.

—¿Eres acaso pariente de Lucca Santoro?

—Es mi padre.

—¡¿Tu padre?! ¿Y cómo no me dijiste nada de eso el día que fuiste a la galería?

—No lo creí necesario. Sigan adelante, por favor.

—Claro, gracias. —Ainara entró al salón principal en silencio, extrañada. Le acompañaba Donato, y detrás de ella le seguía Tiziano.

—En un momento estaré con ustedes —dijo Tiziano—. Discúlpenme, por favor, Ainara. Pónganse cómodos y sírvanse lo que deseen.

Ainara lo observó perderse entre los invitados que llenaban la sala.

—¿Tú lo conocías? —preguntó a Donato.

—Por supuesto, conozco a gente importante de Florencia. Recuerda que soy un abogado de importancia.

Ainara gesticuló con los labios.

—Claro, es lógico. Avancemos al interior, me gustaría ver en dónde colocó los cuadros que compró.

—¿Tiziano compró cuadros de tu galería? —Donato elevó su ceja izquierda.

—Fue ahí donde lo conocí. Mientras estuve en Valserra, fue a la galería y se interesó en algunas obras. —Ainara indagó con la mirada por todos los rincones del salón, esperando encontrar sus pinturas—. ¡Mira, ahí está una de ellas! ¡Qué hermosa luce! —exclamó, acercándose al paredón iluminado con delicadas luces indirectas que hacían resaltar su óleo de paisajes medievales.

Donato se aproximó también al cuadro y, fijándose en él, comentó:

—Realmente es una magnífica pintura. Tienes talento, Ainara. Iré por otra copa de champaña. ¿Quieres que te traiga una?

Ainara negó con la cabeza mientras continuaba deleitándose con su obra.

—No, gracias, estoy bien así.

De pronto, escuchó la voz de Tiziano detrás de su hombro:

—Sabía que te encontraría aquí.

Ainara se volteó.

—Contemplaba mi pintura.

—Eres muy talentosa. Siempre lo supe.

—Me conociste cuando estudié en el instituto, ¿cierto?

—Por supuesto —respondió Tiziano—. Quizá tú no me hayas visto, pero yo sí a ti. Y, mira, qué pequeño es el mundo, tal como dijo tu amigo... vine a encontrarte aquí.

Ainara le regaló una suave sonrisa.

—¿Me enseñas dónde exhibes los otros cuadros?

—Ven conmigo, los tengo dispersos por diferentes ambientes de la casa.

Tiziano condujo a Ainara a una sala privada. Sus cuadros decoraban las paredes de ese ambiente acogedor.

—Son únicos —comentó él.

Ainara los contempló en silencio.

—¿Quieres que te sirva una copa?

—Gracias, eres muy amable.

Tiziano le acercó la copa en la que previamente vertió champaña.

—Sírvete, por favor. Ahora pongámonos cómodos.

Por alguna razón que ella desconocía, Ainara sintió confianza en su presencia.

—Me gustaría, y no quiero ser inoportuna, que me hables sobre ti. ¿Cómo me conociste, y por qué llevas otro apellido que no sea el de tu padre?

—Es una larga historia. Rompí relaciones con él hace mucho tiempo. Nunca estuve de acuerdo con su proceder deshonesto. Llevo el apellido de mi madre.

Ainara lo miró inquieta.

—¿Por qué me buscaste?

Tiziano respiró profundamente y respondió:

—Durante todos estos años, siempre me pregunté qué había sido de tu vida después de los años que permaneciste interna en el instituto. Y créeme, no indagué qué fue de ti. Me sorprendió cuando fui a tu galería y tu amiga me dijo que estabas en Italia. Supe de inmediato que se trataba de la misma jovencita que cada tarde miraba en el instituto... Fue una coincidencia haberte encontrado.

—Mi padre murió. Imagino que lo sabías.

—Sí, lo supe. Mis sinceras condolencias, Ainara. Perdona que no te las haya dado antes.

—No te preocupes. ¿Y a Donato? ¿Cómo fue que lo conociste?

Tiziano estuvo a punto de responder cuando, de repente, Donato abrió la puerta y entró en la sala íntima donde Ainara y Tiziano conversaban.

—¿Ainara? Quedé esperándote, querida.

—Tiziano me trajo hasta aquí para enseñarme los cuadros que compró. Pienso que se me hizo tarde —dijo, poniéndose en pie—. Ha sido un gusto compartir contigo y con tus invitados, Tiziano, pero debemos regresar.

—Gracias a ti por haber venido, Ainara. Vamos, los acompaño hasta la salida.

Tiziano los encaminó hasta los portones. Ainara y Donato se embarcaron en el auto y regresaron a la ciudad.

—¿De qué tanto hablaban? —preguntó Donato mientras conducía.

—Nada en particular. Me contaba que me conoció cuando estudié en el instituto. —Ainara recostó su nuca en el reposacabezas, cerró los ojos y permaneció en silencio.

—Mañana tomaré el vuelo de la tarde —dijo Donato—. Si quieres, paso por ti para ir a desayunar.

—No te molestes. Pasaré el día en casa de mis amigos. —El auto se detuvo y Ainara se dio cuenta de que habían llegado—. Gracias por acompañarme. Que tengas un buen viaje, Donato.

Abrió la portezuela y, antes de poner un pie en la acera, Donato la tomó por el brazo y comentó:

—¿Vas a irte así? ¿No me invitas a subir a tu apartamento?

Ainara sonrió con ironía.

—Suéltame, Donato. Bien sabes que entre tú y yo nada va a ocurrir. Que tengas una buena noche.

Ainara bajó del coche y se apresuró a subir a su apartamento.

Se acercó al balcón y vio que Donato permaneció por algunos minutos estacionado al pie del edificio. Él alzó la mirada hacia su apartamento, que se lograba divisar desde la acera. Ainara dio un paso atrás. Luego Donato encendió las luces y se marchó.

Ainara se quedó pensativa, le inquietaba que Tiziano y él se conocieran.

La mañana de ese domingo amaneció cálida y despejada. Ainara se preparó para ir a la casa de Emily, puesto que pasaría el día en compañía de sus buenos amigos.

La casa era espaciosa. Esa mañana desayunaron en el jardín trasero; la tibieza de esos días veraniegos invitaba a disfrutar de los exteriores. Aunque húmedos, los espacios al aire libre eran agradables. Luego, disfrutarían del sol y de la refrescante piscina que tenía la propiedad.

Ainara estaba impaciente por contarle a su amiga todo lo ocurrido la noche anterior en la fiesta.

Después del desayuno, se quedaron conversando sentadas a la mesa, mientras Mike recogía la vajilla.

—Cuando supe que Donato y Tiziano se conocían de tiempo atrás, quedé intrigada —le contó Ainara a su amiga.

Emily levantó una ceja.

—¿Por qué Tiziano no te comentaría nada al respecto?

Ainara se encogió de hombros.

—Seguramente no lo vio necesario. ¡Cómo iba a saber él que Donato y yo manteníamos comunicación! De todas maneras, estaba a punto de contarme cómo se conocieron, cuando en ese momento Donato entró en la sala buscándome.

—Claro, es lo más lógico. ¿Y su casa? Bellísima, me imagino.

—Hermosa. Tiziano es un hombre de bastante dinero.

—De seguro a Donato no le agradó mucho que tú y Tiziano se conocieran. Con todo lo que me has contado sobre él...

Ainara hizo un gesto con la boca.

—Más bien quién se quedó de una sola pieza al verme llegar con Donato a la fiesta fue Tiziano. No sé, Emily, pero algo no me cuadra en todo esto. Tiziano me parece una persona buena, honesta. Hay algo en su expresión que me dice que necesita decirme algo. Por el hecho de haberme conocido en el instituto, y también conocer a Donato, algo me hace desconfiar. Donato hizo cosas nada decorosas.

—Debes tener cuidado con él, Ainara —dijo Emily. En ese momento, Mike se unió a la conversación.

—¿De quién hablan?

—Ainara me contaba su sorpresa al enterarse de que Tiziano y Donato ya se conocían desde hace doce años, quizás más, en el instituto.

Mike levantó ambas cejas.

—Medio raro, ¿no?

—Le decía a Ainara que debería tener cuidado con Donato... Él no me inspira confianza.

Mike asintió.

—Es verdad, Ainara, Opino lo mismo.

—Lo sé, ¡quién mejor que yo para conocerlo! Todo lo que hizo años atrás no lo apruebo. Aunque se disculpó diciendo que fue por celos, eso no le daba derecho. ¿Saben? Me gustaría volver a ver a Tiziano. Tenemos una conversación pendiente. Siento que hay muchas cosas por esclarecer.

—Así es. Ya tendrán la oportunidad de conversar —dijo Mike—. ¿Pero ahora qué les parece si disfrutamos de este sol maravilloso y vamos a la piscina?

—No has propuesto una mejor idea... —Ainara se quitó el blusón largo que llevaba esa mañana, dejando a la vista su bañador y, juntos, los tres, se lanzaron al agua.

55

—Buenas tardes... —Ainara levantó la mirada del computador tan pronto como escuchó la voz de Tiziano. Él se encontraba parado frente a ella mientras revisaba el estado de ventas.

—¡Tiziano, qué gusto! ¿Cómo has estado?

—No tan bien como tú. —Sonrió—. Me tomé el atrevimiento de venir a verte para invitarte un café. ¿Te gustaría acompañarme?

Ainara accedió encantada. Era lo que quería, volver a verlo para reanudar la conversación que quedó pendiente, a lo que respondió esbozando una amplia sonrisa:

—Por supuesto, Tiziano. Realmente quise que nos volviésemos a ver.

—Me hubieras llamado. En mi tarjeta está mi número.

—No lo creí oportuno. Bueno, dame cinco minutos y podremos irnos.

Ainara fue a la bodega para constatar si todo estaba en orden, pidió a Christine que cerrara la galería y se dirigió al mostrador para reunirse con Tiziano.

—Vamos entonces —le dijo.

Fueron en el Range Rover último modelo de Tiziano hasta una cafetería fuera de *Manhattan*.

Entraron y se sentaron a una mesa junto a un ventanal grande, desde donde se apreciaba la espaciosa acera, cubierta con elegantes macetas de madera alargadas, de las que se desbordaba una diversidad de flores coloridas que embellecían el lugar.

—Quise verte —dijo él—, porque siento que tenemos una conversación pendiente. No pude terminarla aquel día en mi casa.

—Sí, Tiziano, lo mismo digo yo. Por esa razón te comenté que deseaba que nos volviéramos a ver. Ahora que nadie podrá interrumpirnos, te pido, por favor, que me aclares muchas cosas que han venido dando vueltas en mi cabeza.

Tiziano sonrió, y antes de empezar con su charla, preguntó a Ainara qué deseaba servirse cuando el camarero se acercó a ellos. Ella se antojó de un café americano con un chorrito de brandy y un tiramisú. Tiziano ordenó un espresso doble; él no era de postres.

—Cuando esa noche Donato entró buscándote —continuó Tiziano—, en ese momento me disponía a responder a tu pregunta.

—Sí, recuerdo que te pedí que me dijeras cómo fue que ustedes se conocieron.

—Así es. Tuve la oportunidad de conocer a Donato en una de las tantas veces que fue al instituto. Él y mi padre eran buenos amigos. Ese día él nos presentó, y desde ese momento tan solo cruzamos palabra una que otra vez. Puedo decirte que ellos mantenían una estrecha amistad.

—¿Qué extraño? Yo jamás vi a Donato por el instituto, a excepción de una única vez que fue a visitarme. Y créeme que se me hizo tan extraño, porque mi padre claramente prohibió cualquier visita que fuera para mí.

Tiziano sonrió burlonamente.

—Lamentablemente, eso fue lo que a ti te hicieron creer, Ainara.

—¿Qué me quieres decir?

—Entre tu padre y el mío se puede decir que confabularon contra Saúl y, claro, Donato de por medio.

Ainara abrió los ojos.

—¿Qué prueba tienes para decir algo así?

—Las necesarias, mi querida Ainara. Varias veces escuché sus conversaciones sin que ellos se dieran cuenta. Donato nunca fue de mi agrado, porque además de ingeniar la manera de cómo alejarte de Saúl, cierto día lo escuché hablando con Marcella. Ambos estaban reunidos en el despacho de mi padre. Él no se encontraba ahí en ese momento. Presencié cómo Donato le pasó un sobre... Seguramente era dinero, y le pidió que te vigilara. Le exigió que lo hiciera de día y de noche, y que si veía algo fuera de lo normal, no dudara en comunicárselo de inmediato. Desconozco si ella habló con Donato, pero yo estuve presente el día en que Marcella fue y le comunicó a mi padre que los vio a ti y a Saúl encerrarse en el cuarto de lavandería.

Ainara se mantuvo en silencio, asombrada, mientras Tiziano continuaba:

—Mi padre telefoneó al tuyo y se dio la orden de aislarte de todos, custodiándote con Ludovica. Te aseguro que esa mujer tan solo fue una marioneta de ellos. No tengo nada en su contra. Con todo aquello puedo asegurarte de que se valieron de la ingenuidad de ambos para separarlos de una vez por todas. Al poco tiempo que tú dejaste el instituto, yo rompí relaciones con mi padre. Fui testigo de cuando tu padre le pagó una fuerte cantidad de dinero una vez que no se supo más de Saúl. De seguro, cuando consiguió expulsarlo de Italia... con la ayuda de Donato, y de mi honorable padre, por supuesto —espetó Tiziano con ironía—. Nunca estuve de acuerdo con él. Esa situación debía ser tratada entre ustedes, únicamente le competía a tu familia. Pero, como siempre, mi padre buscando la manera de beneficiarse. Nunca más supe de tu padre ni de Donato, hasta el día en que los vi llegar a la fiesta.

—Es tan repugnante todo lo que me cuentas. Gracias, Tiziano, por abrirme los ojos. Siempre desconfié de Donato, pero nunca me hubiera imaginado que él estaría en medio de toda esa horrenda injusticia que cometieron con Saúl y conmigo. ¡De qué mentiras se habrán valido para alejarlo de mí! —Ainara tuvo que limpiarse las lágrimas de sus ojos—. Y mi padre, ¿cómo fue capaz?

Tiziano la tomó de las manos.

—No dudes un solo día que estoy de tu parte, Ainara. Considérame tu amigo.

Ainara levantó la mirada hacia él.

—Lo sé, y te lo agradezco.

—Además, necesito que tengas cuidado con Donato. No sé con qué intenciones venga ahora, pero, de todas maneras, mantente al límite con él.

Ainara dio un largo suspiro.

—Lo que no consigo comprender hasta el día de hoy es por qué mi padre se obsesionó tanto en que me comprometiera con Donato y que me casara con él, sabiendo la clase de hombre deshonesto que era. Además, sabía perfectamente que no lo amaba. ¡Cuántas veces le grité que amaba con toda mi alma a Saúl y le supliqué que me dejara ser feliz con él!

—Un día lo sabrás... Tenlo por seguro. Si te parece, podríamos regresar a la galería.

Ainara esbozó una suave sonrisa.

—Por supuesto, Tiziano. Te lo agradecería.

56

Con cada día que pasaba, Ainara sentía más decepción hacia su padre. Conocer por boca de Tiziano las atrocidades que cometieron él y Donato la dejó sin un ápice de compasión por ellos.

A su padre ya no podía reclamarle nada; tan solo respetó su memoria. Pero con Donato sí que tenía que conversar, y seriamente. No iba a rebajarse buscándolo; esperaría a que él se comunicara con ella o que regresara a Nueva York para poner las cartas sobre la mesa...

Y en esa ocasión sí que la iba a escuchar.

Cuando Ainara les comentó a Emily y a Mike todo cuanto Tiziano le reveló esa tarde, ellos confirmaron el rechazo que sentían hacia él. Ainara encontró en Tiziano un buen amigo, otro buen amigo como lo era el matrimonio que conoció y que la acompañó durante todos esos años en Nueva York.

No hubo un solo día en que dejara de pensar y recordar a Saúl.

¿Por qué se ensañaron de semejante manera contra ellos? Era la incógnita que no lograba descifrar.

Mientras debatía consigo misma en el silencio de su apartamento, sentada a la mesa con una taza de café extrafuerte entre las manos —que a propósito lo había preparado así—, sonó de pronto el teléfono. Dio la vuelta al celular que tenía de lado y miró en la pantalla un número extraño. Imposible que fuera llamada de sus familiares; los tenía registrados.

De seguro es Donato, pensó.

En efecto, tan pronto contestó, escuchó su odiosa voz:

—Hola, mi querida Ainara. ¿Acaso te desperté?

—No, Donato, al contrario, ¡cómo funciona el poder de la mente! Pensaba en ti.

—¡Oh, no imaginas lo feliz que me hace escuchar eso!

Ainara sonrió para sí con desdén.

—No te confundas, Donato, no de la manera que estás imaginando. Pensaba en ti como el cobarde que eres.

—¿Qué sucede contigo, Ainara? —reclamó Donato de pronto—. ¿Por qué me tratas de esa manera?

—Eres un ser despreciable, Donato... un psicópata narcisista. No te molestes en darme explicaciones porque Tiziano me contó todo. ¿Entiendes? ¡Todo!

—¡No sé a qué te refieres con que ese desconocido te contó todo! Entiende que soy tu amigo, siempre lo he sido. ¿No ha sido suficiente que por años haya estado a tu lado, defendiéndote hasta de tu mismo padre? ¿Qué ocurre contigo? ¿Vas a creer a una persona que acabas de conocer? No sé con qué mentiras habrá enredado tu cabecita ese impostor, pero desde ya te advierto que...

—¡A mí no me vengas a advertir nada! Soy yo quien te pone en sobreaviso de que tengas cuidado conmigo.

Al otro lado de la línea se escuchó la risotada de Donato.

—No, Ainara, no voy a discutir contigo por teléfono. Te llamé para saber cómo estás, pero veo que has tenido un mal día. Además, quería decirte que tengo un viaje previsto a Nueva York. Prefiero conversar tranquilamente contigo cuando esté allá, cuando estés calmada.

—No me interesa verte —replicó Ainara—. Pero si es para gritarte todo cuanto te mereces, espero entonces tu venida. No te molestes en llamarme. Que tengas un pésimo día. Adiós, Donato.

Ainara cortó la llamada. Su cinismo hizo que desconfiara aún más de él. De pronto, nuevamente timbró su móvil. «No, otra vez no», dijo para sí, molesta de no querer escucharlo. Desvió con fastidio la mirada hacia el teléfono, pero en esa ocasión era Tiziano, por lo que contestó de inmediato:

—Hola, Tiziano, qué gusto escucharte. ¿Cómo estás?

—Ainara, ¿estás en casa? ¿Podría pasar un momento a verte? Estoy cerca de tu apartamento.

—Sí, estoy en casa en este momento. ¿Qué sucedió?

—Tengo que entregarte algo que te pertenece. No puedo ni debo mantener esto por más tiempo conmigo.

Ainara se inquietó al escuchar sus palabras.

—Está bien, Tiziano, te espero entonces.

¿Tiziano tenía algo de ella que le pertenecía y debía entregárselo con urgencia?

Ainara no salía de su asombro. Cada vez algo tomaba un giro misterioso e inesperado.

Esperó impaciente hasta que vio el Rover negro de Tiziano estacionarse al pie del edificio. Enseguida escuchó el elevador abrir sus puertas y, antes de que él tocara el timbre, Ainara se adelantó en abrir la puerta.

—Pasa adelante, por favor —dijo. Tiziano traía un sobre de manila en sus manos. Entró y fue directamente a sentarse en el sofá.

—Gracias por recibirme, Ainara. Disculpa que haya venido a estas horas de la noche, pero como te dije, necesitaba entregarte lo que por derecho te pertenece. Con esto sé que aclararás muchas dudas que hayas tenido y tengas todavía. Además, hay algo que aún no te he dicho. —Ainara lo miró extrañada—. Esto es tuyo —dijo, entregándole el sobre de manila—. Antes de que lo abras y descubras lo que hay en su interior, tienes que saber que Donato vulneró tu privacidad y la de Saúl. Todo cuanto está ahí dentro se lo entregó a mi padre. Te preguntarás cómo es que todo aquello está ahora conmigo. Un día lo tomé de su escritorio. Cuando quise dártelo, ya te habías ido y nunca más supe de ti.

Ainara lo miró desconcertada.

—Me asustas, Tiziano.

Tiziano negó con la cabeza y sonrió.

—No te asustes. Ten la certeza de que con lo que te encontrarás te traerá dulces recuerdos. Y ahora, antes de marcharme para que puedas descubrir por ti misma el enigma que seguramente ha perturbado tu mente y tu corazón durante todos estos años, voy a responder a la pregunta que tú misma te hiciste hace unos días. Tu padre trató por todos los medios de desposarte con Donato porque era inminente una crisis económica. Debía mantener su posición y a flote a su familia. Desconozco cómo hizo en todos estos años para no verse afectado.

Las afirmaciones de Tiziano sorprendieron aún más a Ainara.

—Tiziano, ¿cómo sabes todo eso?

Tiziano respiró profundamente.

—Mi padre fue el paño de lágrimas de tu padre. Asqueado por tanta basura, me alejé de él para siempre.

—En otras palabras —dijo Ainara, horrorizada—, mi padre me vendía a Donato. ¡Dios mío, de qué monstruosidades me estoy enterando!

—Por esa razón, te pido que tengas cuidado de Donato y de su familia. Ahora te dejo para que revises con calma lo que hay dentro de ese sobre.

Ainara asintió, devolviéndole a Tiziano una suave e intranquila sonrisa.

—Gracias por venir, Tiziano. Que tengas una buena noche. Te acompaño hasta la puerta.

Ainara llevó consigo el sobre hasta el sofá y se acomodó para ver su contenido. En cuanto lo abrió y miró su interior, saltó a la vista una cantidad de cartas, todas con sus debidas estampillas.

Una a una, las fue sacando.

Ainara se quedó helada.

Dentro del sobre estaban las últimas cartas que ella envió a Saúl, con dirección de la casa de Gabriella y usando el nombre de Patrizia Baroni como destinatario. Claramente, por los sobres rasgados, notó que todas habían sido abiertas y leídas.

Sus manos temblorosas continuaron vaciando el contenido del sobre.

Una tras otra cayó ante sus ojos las que Saúl le había escrito.

Con lágrimas en los ojos, abrió una de ellas.

—¡Oh, *amore mio!* —exclamó mientras leía su interior.

En ningún momento Saúl mencionaba que volvería a la iglesia, como su padre le aseguró. Al contrario, le suplicaba que lo escribiese porque hacía tiempo que no sabía nada de ella. Que la extrañaba con el alma. No hubo una sola carta en la que no le diera a conocer la dirección a donde ella podría escribirle.

Ainara continuó abriéndolas, una a una.

En todas le repetía que, cada tarde, luego del trabajo en la cerrajería, iba a la que fuera su casa con la ilusión de tener noticias suyas.

En cada carta afirmaba que la amaba más que a su vida, que jamás la dejaría sola y que encontraría la manera de ir a buscarla.

Finalmente, en la última carta que leyó, le decía que iría a Madrid a estudiar medicina. Que desde allí continuaría escribiéndole, pero jamás le dijo que se haría sacerdote.

Ainara buscó desesperada por otra, esperando saber qué fue de él durante los siguientes años, pero dentro del sobre no había más que las que ya había leído.

Con indignación, Ainara observó cómo el borde de todas había sido rasgado.

«¡Cómo pudieron violar nuestra privacidad!»

Tras un ahogado suspiro, cerró los ojos y, con lágrimas en los ojos, coreó en su interior:

«Algo dentro de mí siempre se rebeló, gritando que estabas ahí, *amore mio*, amándome como yo te amo a ti. Perdóname, por favor, por no poner mi pecho frente a los infundios de mi padre. Nunca me perdonaré no haberte buscado más de lo que te busqué. Donde quiera que te encuentres, mi alma estará a tu lado. ¡Te amo y te amaré por siempre, Saúl!».

57

La temporada de exámenes dio comienzo en la universidad. Los estudiantes se preparaban para salir de vacaciones de verano. Ese día, luego de que Ainara evaluara a sus alumnos de tercer año, terminó más temprano de lo previsto. Fue hasta el pabellón donde Emily dictaba sus clases, pero ya no quedaba nadie allí; además, su móvil estaba apagado.

Le llamó la atención no verla por los pasillos; habían quedado en encontrarse para, antes de ir a la galería, tomar un café. Se embarcó en su auto y fue directamente hasta allí.

—¿Alguna novedad? —preguntó a Christine al llegar.

—Sí, Ainara. En la mañana fue enviado el pedido de la tarde anterior. Me telefoneó la señora Harrison desde su casa en Nueva Jersey diciendo que todo llegó en perfectas condiciones.

—Cuánto me alegra que haya llegado bien. Gracias, Christine, tuviste cuidado al empacar la pieza de arte.

Ainara recorrió el interior de la galería, observando que todo estuviera en orden. Enseguida cayó en la cuenta de que debía dedicar más tiempo a sus obras; había uno que otro espacio vacío que debía ser reemplazado. Con los acontecimientos de las últimas semanas, había descuidado su trabajo.

De pronto, Christine corrió hacia ella, trayendo consigo el celular que Ainara dejó sobre el mostrador.

—Ainara, tienes una llamada de Emily.

Ainara tomó el celular y contestó:

—Emily, ¿qué es de ti? Te esperé un buen rato en la universidad.

—Tuve que venir de urgencia al hospital, Ainara.

—¿Qué ocurrió?

—A Mike lo están interviniendo en este momento. Tuvo un derrame cerebral. Estoy muy asustada, amiga.

—No, no te angusties... Tranquila, está en manos de buenos médicos. ¿En cuál hospital está?

—En el *New York-Presbyterian Columbia and Cornell*.

Ainara enseguida arrancó un pedazo de papel de una libreta del mostrador y anotó la dirección del hospital.

—Salgo en este preciso momento. Ten la convicción de que el médico que lo está interviniendo es el más capacitado. Mike estará bien pronto, con la ayuda del Señor.

Ainara le pidió a Christine que atendiera sola el negocio y que no se olvidara de poner la alarma al cerrar la galería. Agarró su cartera y su chaqueta de detrás del mostrador y salió en carreras al estacionamiento.

Cuando llegó al hospital, vio que Emily caminaba de un lado a otro por la sala de espera.

—Aquí estoy, amiga —la saludó, abrazándola—. Vamos, tranquilízate. Mientras tanto, te traeré un café.

Emily estaba más que abatida.

—Gracias por venir, Ainara. No imaginas el susto que me llevé. Me telefonearon del trabajo de Mike diciendo que lo trajeron de emergencia. No quiero ni pensar...

Ainara volvió a estrechar a su amiga entre sus brazos.

—No pienses lo peor. Mike es un hombre fuerte. Él estará bien, créeme.

—¡Qué el cielo te escuche, Ainara!

—Así será. Vamos, siéntate. Ahora necesito que te tranquilices. Mientras tanto, te traeré algo de beber.

—Prefiero un té, por favor.

—Vuelvo enseguida.

Ainara regresó trayendo un té de hierbas para que Emily se calmara, además de un café para ella. Por lo menos, Emily se sentía más tranquila en su compañía.

Habían pasado dos horas y todavía no tenían noticias de Mike.

—¿Por qué nadie aparece para al menos informarme cómo va la operación? —se inquietó Emily.

—Lleva tiempo, Emily —dijo Ainara, atrayéndola hacia su hombro—. Debemos tener paciencia.

Emily, tras respirar profundo, recostó su cabeza sobre el hombro de Ainara mientras aguardaban por alguna noticia de su esposo. De pronto, Ainara escuchó vagamente por el altavoz que solicitaban la presencia de uno de los médicos:

—"Doctor Márquez, por favor, lo necesitan en la sala número dos de recuperación".

Ainara cerró los ojos y, sin prestar mayor atención a los altavoces, dio un profundo suspiro.

—Ya ha pasado mucho tiempo —insistió Emily.

—Confía en que pronto tendremos noticias. Todo estará bien, te lo aseguro.

Ainara nunca había visto tan angustiada a su amiga. Le entristeció verla malograda.

Mike era su mundo, su vida. Trató por todos los medios de tranquilizarla, pero Emily no dejó de sollozar mientras Ainara acariciaba su mediana cabellera castaña.

De pronto, Emily se incorporó.

—¡De seguro trae noticias de Mike! —exclamó, poniéndose de pie al instante y apresurándose en dirección al pasillo enfrente de ambas.

Ainara la siguió con la mirada. Emily se acercó a un médico joven que venía caminando hacia ella e, inquieta, se detuvo a hablarle.

Ainara se quedó lívida.

Se levantó de la banca y, a paso lento, con el corazón pendiendo de un hilo, fue acercándose, temblorosa, hacia donde estaban su amiga y aquel joven doctor.

—¿Saúl...?

Saúl giró la mirada de inmediato y exclamó:

—¡Ainara!

Campanadas celestiales entonaron en sus oídos.

Emily, dando un paso atrás, también exclamó:

—¡Dios mío...! ¿Estamos hablando del mismo Saúl?

Sus miradas convergieron, sorprendidas. Ainara, por un instante, deseó lanzarse a sus brazos, pero sabía que no debía hacerlo. Saúl estaba en su lugar de trabajo y, aunque él también pareciera desearlo, su ética profesional no se lo permitía.

—¡No puedo creer que te encuentre aquí! —exclamó Ainara, prendada del candor de sus ojos—. Dime que no estoy soñando.

Saúl, sumido en la brillantez de los suyos, la aprisionó brevemente, en un abrazo aturdido.

—Discúlpame, no es oportuno —dijo, apartándose enseguida de sus brazos. Con lágrimas en los ojos, rodeó su rostro con sus manos y exclamó, mirándola incrédulo—: ¡Cuánto tiempo! ¿Qué ha sido de ti? Te busqué hasta el cansancio.

Ainara sostuvo su mirada en silencio; pudo notar que no había cambiado en nada, continuaba siendo la misma dulce, intensa y apasionada mirada del joven que conoció años atrás. Su corazón palpitó con fuerza.

—Son tantas cosas que tenemos que decirnos —dijo entonces Saúl.

De pronto, se escuchó por el altavoz:

—"Doctor Márquez, se lo necesita en cirugía".

Ainara, con lágrimas también en los ojos, sonrió al ver a Saúl convertido en el médico que siempre deseó ser.

—Ve, que te están llamando —le dijo.

Saúl asintió, devolviéndole una sonrisa.

—Te veré tan pronto como termine mi turno. ¿Cómo hago para encontrarte?

Ainara buscó en su cartera, sacó una tarjeta y se la entregó.

—Llámame a ese número.

Saúl tomó la tarjeta entre sus dedos y, al verla, esbozó aquella dulce sonrisa que ella siempre había llevado consigo.

Levantó a mirarla y exclamó:

—¡Ainara, tienes tu propia galería de arte! —El resplandor de sus apasionantes ojos verdes cobijó su alma.

Ainara asintió, devolviéndole el gesto. Deseaba, desde lo más profundo de su ser, abrazarlo y llamarlo como solía hacerlo, pero la contenía la incertidumbre de no saber qué había sido de él en todos esos años... Quizá se había casado.

Solo se limitó a decir:

—Y tú, llevas en alto tu merecido título.

Tras unos breves, pero intensos segundos de mirarla con ternura, Saúl se disculpó y dijo:

—Debo irme. —Luego se volvió hacia Emily—: Señora Everdeen, no se preocupe, su esposo está fuera de peligro. Deberá permanecer unos días en el hospital.

—Gracias, doctor Márquez. Si no hubiera sido por usted, mi esposo no estaría aquí con nosotros.

Saúl le devolvió el agradecimiento, esbozando una suave sonrisa.

—No se preocupe, Emily, estaré pendiente de él.

Desvió la mirada hacia Ainara y, por instantes, permanecieron mirándose el uno al otro en silencio, comunicando sin palabras lo que sus corazones sentían.

—Te veré en la noche —le dijo a Ainara antes de darse media vuelta y caminar hacia el ala opuesta del pasillo.

Ainara se quedó contemplándolo mientras Saúl avanzaba por los corredores. No salía de su asombro. Se veía tan maduro, tan seguro de sí mismo, tan guapo. Suspiró profundamente, hasta que lo vio entrar por una puerta y desaparecer de su vista.

De inmediato supo que la vida los había vuelto a reencontrar.

Emily la movió por el brazo y soltó una sonrisa cómplice mientras la hacía reaccionar:

—Vuelve en ti, amiga...

Ainara no podía contener su alegría.

—Es increíble, Emily. ¡Volvimos a encontrarnos! Saúl es el mismo. ¿Te fijaste en él? —preguntó con los ojos destellando felicidad, regresando a mirar a su amiga.

—¡Cómo no fijarme en la dicha de ambos, Ainara! Él continúa amándote.

Ainara se estremeció.

—¡Y yo a él! Es como si el tiempo se hubiera detenido, como si no hubiese pasado un solo día... Y han transcurrido doce años. —Ainara quedó alucinada, mirando a Saúl después de todo ese tiempo. Su apariencia había cambiado; diferenciaba su rostro por la mermada barba que usaba y, además, había subido unos cuantos kilos. Lucía más fornido. Ya no era el muchacho de veintidós años; se había convertido en todo un galán de treinta y cinco. Se fascinó aún más viéndolo usar su traje de médico. Y no era cualquier médico: Saúl era catalogado como uno de los mejores neurocirujanos del hospital—. Sigue siendo tan apuesto, tan elegante... —Ainara esbozó una sonrisa delatadora—. ¡Los años le han venido tan bien!

Emily abrazó a su amiga.

—¡Me hace tan feliz verte así, dichosa, Ainara!

—Lo soy. —Ainara apartó las lágrimas que, inquietas, rodaron por sus mejillas—. Pero aún me queda la incertidumbre de saber qué fue de él. Quizás ahora sea un hombre casado.

—Esa incógnita la esclarecerás esta misma noche. ¡Volverán a verse a solas, Ainara! —exclamó Emily—. Sin el miedo acechándolos.

Ainara suspiró profundamente.

—Únicamente él y yo... ¡Estoy tan feliz! —Miró angustiada a su amiga—. Y a la vez tan nerviosa...

—No te atormentes. Las cosas se dieron por algo, amiga mía.

Ainara rio, una mezcla entre contento e inquietud.

—¡Qué egoísta soy! —dijo de pronto—. Por hablar de nosotros no te he preguntado siquiera por Mike. ¿Qué te dijo Saúl? —Ainara volvió a reír—. Se me hace tan irreal referirme a él como su médico.

—El doctor Saúl Márquez —enfatizó Emily—, me informó que Mike está fuera de peligro. Ahora se encuentra en recuperación, pero en unas horas me permitirán ir a verlo.

La mirada de Ainara se iluminó.

—¡Gracias al cielo!

—Y a Saúl...

—Y a Saúl... ¡Claro que sí! Estaré aquí contigo, Emily. Ni creas que voy a irme y dejarte sola.

—Lo sé. Gracias por ser mi amiga, Ainara. Ven —dijo tomándola por el brazo—, vamos a tomar un café. Además... ¿quién niega que vuelvas a ver al doctorcito?

Ainara rio.

—Me encantaría... Mira mi brazo —comentó con ella—, tengo la piel de gallina.

Emily y Ainara se fueron riendo por los pasillos mientras se dirigían a la cafetería del hospital.

58

Saúl entró en cirugía. Durante el camino hasta el quirófano, recordó emocionado el emotivo e inesperado encuentro entre él y Ainara. Nunca imaginó volver a verla así, de repente. Todo pasó tan deprisa que ni él mismo terminaba de asimilar aquel emocionante reencuentro. Cuánta dicha invadió su alma. Ainara se veía tan bella, tan mujer...

Sus hermosos ojos azules centelleaban igual que hace doce años. Y su cabello... Oh, Saúl se deleitó observando cómo sus delicados rizos dorados resplandecían, desbordándose libres sobre su pecho; así, de la misma manera como él tanto amaba.

Su piel continuaba joven y tersa, como cuando Ainara tenía dieciocho años; quizás con una que otra marca imperceptible. Deseó tanto permanecer abrazado a ella y sentir el calor de sus labios; pero era imposible, estaba en horas de trabajo. Además, sabía que ella se había casado con Donato; fue lo último que le aseguró su padre...

Mas algo no concordaba. Saúl se tomó el tiempo suficiente para fijarse en que Ainara no llevaba puesta su sortija de matrimonio.

¿Qué fue de ella durante todos estos años? ¿Era feliz con él? ¿Continuaban juntos? Fueron las interrogantes que inquietaron a Saúl mientras la enfermera le colocaba la bata para entrar al quirófano.

Dejó de pensar en ello y se concentró en la cirugía. Debía intervenir a una mujer mayor que llevaba algunos días hospitalizada; presentaba un caso similar al de su madre.

Tan pronto como le ajustaron la mascarilla, empezó la cirugía.

—Enfermera, bisturí, por favor.

Saúl terminó con éxito la intervención. Aquella mujer presentaba un tumor, el cual fue extraído favorablemente; a pesar de ello, debía ser monitoreada durante los próximos días.

Una vez finalizada la cirugía, Saúl abandonó el quirófano y se encaminó hacia su consultorio para telefonear a Ainara. Quizás ella estaría aún acompañando a su amiga en el hospital, pensó. Aunque tenía que decirle que no podría encontrarse con ella como habían acordado, ya que surgió un imprevisto de último momento y debía atender una reunión con la junta directiva del hospital.

Sacó de la billetera la tarjeta que ella le dio y marcó su número.

Ainara contestó enseguida.

—Saúl, ¿terminaste la cirugía?

—Ainara... Así es. ¿Continúas en el hospital?

—Sí, Saúl, estoy esperando a Emily. Ella fue a ver a su esposo.

—Las horas de visita terminarán en treinta minutos —dijo él.

—Puedo esperar aquí por ti —se adelantó en responder Ainara.

—Para eso te llamé, para disculparme contigo, en vista de que tengo una reunión con los directivos en este preciso momento. Quizá me lleve entre una y dos horas. Ve a casa. Ya has pasado toda la tarde en el hospital y debes estar cansada. Tan pronto como termine la reunión, te llamo... Deseo inmensamente, de corazón, verte.

—Gracias por avisarme, Saúl. Me sentará de maravilla descansar un momento y tomar un baño. Espero tu llamada entonces.

—Hasta después de un momento. —Saúl colgó la llamada. Cerró los ojos y, en un profundo suspiro, murmuró para sí: <<Hasta pronto, amor mío>>.

En cuanto finalizó la reunión, Saúl sacó el móvil del bolsillo de su chaqueta y, mientras se encaminaba por el parqueadero hacia su auto, tecleó el número de Ainara. Habían transcurrido algo más de tres horas desde la última vez que se comunicaron.

Ainara contestó la llamada de inmediato.

—Hola, Saúl, qué bueno escucharte. Pensé que hoy no llamarías.

—Por supuesto que estaba pendiente de telefonearte. Discúlpame, por favor, por hacerlo tan tarde, pero acabo de salir de la reunión.

—Oh, no lo sabía, pero no te preocupes. De todas formas, estaba pendiente de tu llamada.

Escucharla decir aquello lo tranquilizó. Saúl no quería por nada tener que aplazar la cita para otro día. Deseaba con ansias verla esa misma noche.

—Pasaré en un momento a recogerte —dijo—. ¿Me das tu dirección?

—Mi apartamento se encuentra un tanto lejos del hospital —respondió Ainara—. Reunámonos en algún lugar. ¿Qué te parece el *Ristorante Fiore di Luna* que está en *Manhattan*? ¿Lo conoces?

Saúl enseguida hizo memoria. Ciertamente le parecía familiar haber pasado alguna vez por ahí.

—Está en la Quinta Avenida, si bien recuerdo, ¿verdad?

—El mismo. ¿Te parece bien encontrarnos en una hora?

Saúl dio un breve respiro y respondió:

—Te pido que al menos me des una hora y media. Vivo a las afueras de Nueva York.

—¡Por supuesto, Saúl, no sabía que estabas lejos! —respondió Ainara rápidamente—. Si necesitas más tiempo, no hay problema. De todas formas, estaré esperándote en el restaurante.

Saúl soltó una risa ligera.

—Hora y media es suficiente. Hasta entonces, Ainara. Te veré pronto.

Saúl colgó la llamada y se apresuró a salir del hospital para llegar cuanto antes a casa, tomar un baño rápido y luego encontrarse con Ainara en el *Ristorante Fiore di Luna*.

Ainara, feliz luego de que el tiempo se le hizo eterno para encontrarse con Saúl, fue al tocador para terminar de arreglarse. Se colocó un abrigo liviano sobre la falda negra, ceñida sobre la rodilla, y la blusa blanca y holgada que llevaba puesta. Tomó su cartera de la mesita del recibidor y bajó al estacionamiento para embarcarse en su auto e ir al restaurante. Estaba impaciente por encontrarse con Saúl.

Cuando llegó al *Fiore di Luna*, escogió una mesa del fondo.

Había llegado temprano. Pidió una copa de vino y aguardó por él.

No habían pasado ni quince minutos cuando lo vio entrar.

Sus ojos quedaron fijos en su persona. Saúl se veía tan elegante, tan varonil, tan apuesto. Vestía un traje casual de lino de dos piezas en color gris, camisa blanca, y sobre él una gabardina en color negro. Definitivamente, los años le habían venido estupendamente; su aspecto expresaba seguridad y madurez.

De inmediato levantó la mano, haciéndole saber que ella se encontraba sentada en la mesa del fondo, por lo que, tan pronto como Saúl la miró, fue a su encuentro, mientras Ainara se puso en pie.

—Hola, Ainara. —Saúl la saludó acercándose a darle un beso. Por un instante, sus suaves labios persistieron sobre su mejilla. Ainara cerró los ojos. Sentir nuevamente, después de tanto tiempo, su calor, la hizo estremecer—. ¿Tuviste que esperar mucho por mí? —preguntó Saúl.

Ainara se mostró inquieta, una mezcla entre emoción y nerviosismo.

—Apenas unos minutos... ¿Cómo estás?

—Bien... Feliz de estar aquí contigo. —Saúl corrió la silla para que ella se sentara, luego movió la que estaba frente a ella y se sentó.

Su angelical y, a la vez, diabólica intensidad de su mirar no tardó en descomponerla.

Todas esas horas mientras ella aguardaba ansiosa por su cita se preguntó una y otra vez qué fue de él. ¿Se casó?, ¿había alguien más en su vida? Pero el resplandor con que hablaron sus ojos fue el mismo; aquel con el cual él siempre la miró, respondió a todas sus dudas.

—¿Ordenamos la cena? —consultó emocionada.

—¿Otra copa de vino? —propuso Saúl. Sus sensuales labios rojos esbozaron una suave sonrisa.

—Pienso que sí —sonriendo también, contestó Ainara.

Saúl levantó la mano e indicó para que el camarero se acercara a la mesa.

De pronto, Ainara le hizo esa pregunta que por años habitó en su interior:

—¿Qué pasó contigo, Saúl?

Saúl, en un profundo suspiro, guardó silencio. Su mirada reposó por largos segundos en el azul de sus ojos, hasta que por fin respondió:

—Me resigné a vivir sin ti...

Mas Ainara, en un arrebato, deseó tomarlo por las manos. Su corazón clamó, deseando confesarle cuánto lo amaba, que no hubo un solo día en todos esos años que no dejara de hacerlo...

Y así lo hizo.

La tibieza de sus manos acarició las de él.

—Saúl... No ha pasado un solo día que no haya dejado de amarte. A fuerza tuve que resignarme cuando supe que volviste a la iglesia y tomarías los hábitos. No imaginas cuánto sufrí en el momento en que mi padre me aseguró que aceptaste su dinero... No pude, tampoco quise creerle. —Los ojos de Ainara inquirieron suplicantes por una respuesta; a lo que Saúl, extrañado, negó de inmediato:

—¿Pudiste pensar que yo hiciera algo así? Jamás tomaría un centavo de tu padre... Aunque él me lo hubiera propuesto.

Ainara, angustiada, fijó sus ojos en los suyos.

—Nunca desconfié de ti... ¡Jamás podría hacerlo! ¿Por qué nunca más supe de ti, Saúl? ¿Qué fue lo que te dijo mi padre para que te alejaras de mí? Dímelo, por favor.

—Que te comprometiste con Donato y que pronto se casarían... Esas fueron sus últimas palabras.

Ainara, al momento, apartó sus manos de las suyas.

—¿Eso te dijo mi padre? —sostuvo con un hilo de voz.

—Desde ese momento mi vida cambió. Antes de saber esa dura verdad que destrozó mi alma, te escribí decenas de cartas. No respondiste a ninguna de ellas. Comprendí que en realidad lo hiciste... y me alejé.

—¡No, eso no es verdad! —Ainara echó a llorar—. ¡Jamás me casaría ni con él ni con nadie que no fueras tú! Mi padre te mintió, Saúl... ¡Nos engañó a todos!

—¡Ainara, amor mío! —Saúl se inclinó hacia ella y con sus manos ciñó su rostro—. ¿Qué me estás diciendo?

—¡¿Cómo pudiste siquiera imaginar algo así?! —discutió con lágrimas en los ojos.

—Tu padre lo aseguró de tal manera que yo terminé creyéndolo... Él es capaz de muchas cosas...

—Fue capaz de destruirnos la vida. Él murió, Saúl.

Saúl, con gesto de asombro, le apartó al momento sus manos; tal parecía que no estaba al tanto de ello.

—No lo sabía. Mis condolencias. ¿Qué le ocurrió?

—Tuvo un infarto, los médicos no pudieron hacer nada.

—¿Y tu madre, cómo está?

—Mamá está bien. Estuve hace poco en Italia. Fui a su entierro. Ahí volví a ver después de tantos años a mi familia, a Gabriella, al padre Fortunato.

Saúl la miró enternecido.

—El padre Fortunato... —comentó. Su tono fue por demás afectuoso—, tampoco supe más de él.

—Pobre padre Fortunato, él estuvo muy enfermo. De igual manera, como tú, tampoco supe nada de ellos por largo tiempo. Mi padre prohibió contacto alguno conmigo por años. Me enteré de su enfermedad en Valserra. El padre Fortunato te extraña muchísimo, Saúl, y al igual que tú se lamenta de no haber sabido nada de ti.

—Perdí comunicación con todos. Perdóname, por favor, por creer tal mentira —se lamentó, aprisionando sus manos entre las suyas—. No imaginas el dolor tan grande que sentí. Desde entonces me refugié en el estudio... Y aquí estás, frente a mí, después de doce largos y desolados años, revelándome que todo fue una calumnia.

Ainara, aún con lágrimas en los ojos, preguntó aquello que martilló dentro de su cabeza durante las horas que aguardó hasta por fin reunirse con él y enfrentar esa verdad, sea cual fuere su respuesta:

—Hay tantas otras cosas que debes saber. Pero antes necesito que me digas si hay alguien más en tu vida... ¡Por favor, sé sincero conmigo, necesito saberlo!

Saúl la miró con suavidad. En una tierna caricia envolvió su níveo rostro, abrigándolo con la tibieza de sus manos largas, mientras las comisuras de sus labios se elevaron, dibujando una dulce sonrisa.

—¡No, amor mío, no ha habido un solo día que no haya dejado de amarte! Mi corazón te pertenece solo a ti.

Ainara cerró en un profundo suspiro sus ojos y sonrió, confiada.

—¡Y el mío será tuyo por siempre! —Una a una, sus lágrimas continuaron resbalando por sus mejillas.

Ainara y Saúl revelaron las interrogantes que por años torturaron sus vidas.

La cena había sido servida. Ambos degustaron con agrado, felices. Saúl ordenó el mejor vino de la casa. Bebieron hasta acabárselo, haciendo de su reencuentro una veneración; el acontecimiento más feliz de su existencia.

Finalmente, Saúl acompañó a Ainara hasta su apartamento.

Entre desesperados besos, cerraron detrás de ellos la puerta.

Sus prendas cayeron una a una al piso, mientras sus cuerpos, ígneos por el fuego de la pasión, se desvanecieron sobre la cama. Ainara pudo ver el pendiente con las letras de su nombre que colgaba del pecho de Saúl; el mismo que ella, en los jardines del instituto, se había quitado del cuello para entregárselo.

—Lo llevas contigo... —Emocionada, acarició y besó sus vigorosos pectorales.

—Tu esencia siempre me ha acompañado —murmuró Saúl.

Sus caricias y besos embriagaron sus sentidos.

Pinceladas de amor enlazaron sus cuerpos.

La fuerza del deseo clamó por más.

Se amaron con intensa pasión, teniendo como único testigo la solidez de su amor, que por años nadie había podido derrocar.

59

A partir de aquella noche de profundo delirio, la vida cobró sentido para ambos.

Saúl preparó una cena en su casa; tenía vagos conocimientos de cocina.

Se esmeró preparando pasta en salsa de calamares y mejillones al vino blanco.

Esa noche iba a darle una sorpresa a Ainara. Ya tenía comprada la sortija de compromiso y deseaba colocársela cuanto antes en su dedo y verla lucir en su larga y delicada mano.

—*Amore mio*, ¡cómo te has esmerado! —comentó Ainara al pasar de camino a la cocina y ver la mesa del comedor debidamente arreglada con rosas blancas y rojas, copas y velas; en tanto que Saúl, luciendo un delantal sobre los pantalones entubados de un bonito color marrón que llevaba esa noche, y con las mangas de su camisa de seda azul cobalto remangadas, ajetreado, terminaba de dar los últimos detalles a sus platos.

—Te mereces más que todo esto. Ven, amor mío —dijo Saúl, encaminándola hacia la mesa y llevando uno de los platos de pasta, mientras

Ainara llevaba el otro. Asentó el plato de Ainara en su puesto y, mirándola con atención, comentó—: Tengo una sorpresa para ti.

—¿Una sorpresa? —preguntó Ainara.

Saúl sonrió.

—Sí, cariño mío, y no voy a esperar a terminar de cenar para dártela.

Saúl fue a su lado e hincándose ante ella, abrió el estuche frente a sus ojos, donde resplandeció al instante el hermoso anillo de compromiso y, mirándola con profunda ilusión, propuso:

—Mi amada, mi adorada Ainara, ¿te casarías con este hombre que te ama más que a su propia vida y que ha pasado doce años esperando este momento?

Los bellos labios de Ainara, pintados esa noche en un seductor color carmesí, al igual que su vestido, esbozaron una amplia sonrisa de gusto, a lo que respondió, tras un profundo suspiro:

—Si tuviera que esperar otros doce años, lo haría sin lugar a dudas... ¡Pero no, no lo haré! Lo que ahora más deseo es compartir mi vida a tu lado, ser tu esposa.

Saúl sonrió y besó tiernamente el dorso de su mano. Sacó el anillo y se lo colocó en su dedo anular.

Ainara, emocionada, miró cómo lucía magnífico en su mano.

Ambos se abrazaron, riendo de dicha.

—Seremos muy felices, te lo prometo —dijo Saúl.

—Así será, *amore mio*. Tenlo por seguro, juntos nos encargaremos de ello. Y ahora te propongo que cenemos, porque indiscutiblemente esto se ve delicioso y muero de hambre.

Saúl descorchó la champaña, la vertió en cada copa y brindaron, celebrando su reencuentro, celebrando al fin formalizar el indestructible amor que los unía.

—¿Dónde aprendiste a cocinar tan bien? —comentó Ainara mientras deleitaba sus sentidos.

Saúl echó a reír.

—Durante el tiempo que estuve en Madrid tuve que aprender a la fuerza.

Realmente, la pasta estuvo espectacular. Además de que Saúl poseía una mano sagaz para desenvolverse con el bisturí, su mano para la cocina era fina y delicada.

Luego de la cena, continuaron el brindis en la sala.

—¿Salimos a algún lugar esta noche? —propuso Saúl, en placentera quietud, ensortijando entre sus dedos los rizos dorados del cabello de Ainara. Ella, recostada sobre su regazo, contempló apaciblemente el reflejo de ambos a través de los cristales del ventanal y comentó:

—¿Qué te parece ir a mirar una película?

—¿Cuál te gustaría ver?

—La que esté en cartelera. Únicamente deseo que esta noche hagamos algo sencillo, algo que nos haga reír... comer palomitas, beber soda... —Ainara rio.

—Me parece una buena opción.

—Pero antes de irnos —dijo Ainara—, necesito contarte algo que aún no te he dicho.

—¿De qué se trata?

—De Donato.

Saúl inclinó la cabeza y, en un profundo respiro, besó su coronilla.

—Si necesitas hacerlo, te escucho, pero créeme que nada que venga de él me interesa.

—Es necesario que lo sepas.

Saúl la aprisionó contra su pecho.

—Entonces dímelo, amor mío.

—Conocí a un hombre hace poco. Tiziano es su nombre. Él ya me conocía desde hace mucho tiempo, cuando estuve interna en el instituto. Es el hijo de Lucca Santoro, quien fue el director. Tiziano y yo hemos llegado a ser buenos amigos durante todo este tiempo, *amore mio*. Lo cierto es que me reveló algo tan nefasto, tramado entre mi padre y Donato... y, claro, su padre, Lucca, quien también estuvo de por medio. Prácticamente, mi padre me vendió a Donato por problemas económicos. Aún desconozco qué mismo fue lo que sucedió ni tampoco he hablado con mamá, porque me acabo de enterar. Temo que la casa está embargada a su familia. Sé que Darío Carusso le dio dinero a mi padre a cambio de que yo me casara con su hijo. —Saúl le escuchó en silencio, mientras tanto Ainara continuó—: Mi padre se valió de su poder, junto con el de esa familia, para echarte de Italia, sabrá Dios valiéndose de qué mentiras. La verdad es que Donato pagó en el instituto para que me vigilaran. De seguro se dio modos para que las cartas que nos escribíamos llegasen a sus manos. Tiziano me las entregó todas, Saúl. Ellos se las leyeron... una a una.

Saúl volvió a besar su coronilla.

—¿Las tienes contigo? —preguntó.

—Por supuesto que las tengo conmigo. Leí cada una de las que tú me enviaste a Florencia. Fue ahí cuando comprendí todo. Sufrí por años sin saber nada de ti, pensando que me habías abandonado, como mi padre me repitió un millar de veces. —Ainara se giró hacia Saúl y, mirándolo a los ojos, exclamó—: ¡Perdóname por desconfiar de ti!

—No quiero que vuelvas a disculparte conmigo —dijo Saúl, envolviendo su rostro inquieto entre sus manos—. Yo también creí en sus mentiras y me alejé de ti... y de todos. Lo que haremos es quemarlas una a una, amor mío. Es un pasado que no vale la pena revivir. Cuando estemos en tu apartamento lo quemaremos todo... ¿Estás de acuerdo? Solo te pido que te alejes de Donato. No confíes más en él. No permitiré que vuelva a hacerte daño. —Con ello, Saúl confirmó que fue Donato quien pagó a Filippo para que los vigilara en el convento.

—¡Lo detesto! No deseo volver a verlo jamás en mi vida.

—No quiero que te atormentes pensando más en ellos. Todo aquello pertenece al pasado.

—Mi padre dejó una carta que escribió para mí... No puedo ni deseo leerla.

Saúl la miró con suavidad.

—Quizás en algún momento desees hacerlo, es tu decisión, cariño mío. Ven aquí —dijo, acercándola a su pecho—, no te pongas triste ahora. Estamos juntos y es lo que importa. De hoy en adelante, nada ni nadie volverá a separarnos. Y ahora, ¿qué te parece si vamos a ver la película?

Ainara sonrió y, aproximándose más hacia él, besó sus labios.

—Vamos de una vez.

Ainara y Saúl planearon una celebración sencilla para el día de su boda.

Ainara no podía esperar para comunicarle a su madre, a Alfonsina, al padre Fortunato, a su hermana, a Gabriella y, de ser posible, a toda Valserra su compromiso con el bello hombre que amaba y que había amado toda su vida. La felicidad de ambos no tenía límites.

Pero antes, irían con Saúl a visitar a Emily y a su esposo, que ya había sido dado de alta.

Emily los recibió encantada, y más aún viéndolos llegar tomados de la mano.

—¡Ainara, doctor Márquez, qué gusto tenerlos en mi casa!

Ainara echó a reír. ¡Cuánta solemnidad de parte de su amiga al referirse a Saúl!

—Gracias, Emily —contestó él—. Únicamente te pido que, de hoy en adelante, me llames por mi nombre.

Emily sonrió.

—Es que se me hace difícil acostumbrarme... Pero está bien, Saúl, así lo haré. Y ahora, por favor, pasen adelante. —Emily miró a Ainara por detrás del hombro de Saúl y, mientras avanzaban al interior de la casa, comentó con ella—: Te veo muy contenta...

—Ya te cuento...

—¿Cómo está Mike? —de pronto preguntó Saúl.

—Muy bien, de hecho, recuperándose satisfactoriamente de la cirugía, gracias a ti.

Saúl negó al momento, gesticulando con la mano.

—Nada de eso, tu esposo es un hombre joven y fuerte. ¿Puedo ir a verlo?

—Por supuesto. Te acompaño hasta la habitación.

Mientras tanto, Ainara aguardó en la sala esperando por Emily. Estaba ansiosa por contarle que Saúl y ella pronto se casarían.

Emily regresó al salón y, sentándose junto a su amiga, le pidió que la pusiera al corriente de todo, de absolutamente todo.

Ainara mostró una sonrisa tan amplia, que casi se le salía del rostro. No hubo dudas de que el brillo que irradiaban sus ojos invadía el salón completo; a lo que exclamó:

—¡Saúl nunca se casó! ¿Puedes imaginarlo? Ninguno de los dos hemos dejado de amarnos ni un solo día durante todos estos años.

Ante la felicidad de su amiga, Emily también se alegró y, fijándose en el anillo de compromiso que Ainara lucía en su dedo anular, preguntó, abriendo los ojos:

—¿Y eso? No me digas que...

Luego de mirar su sortija, Ainara, feliz, exclamó acercándola ante los ojos de su amiga:

—¡Pues sí, pronto nos casaremos!

Emily la abrazó... Ambas se ciñeron en un abrazo.

—¡Ainara, te lo mereces, amiga mía! Ustedes se merecen ser muy felices.

—Somos tan dichosos... ¡No imaginas cuánto!

Emily levantó una ceja y, frunciendo los labios, comentó:

—¿Qué no? Olvidas que soy tu amiga... y desde hace varios años. Pero cuéntame, ¿para cuándo está prevista la boda? Mientras tanto, traeré vino para celebrar —dijo poniéndose en pie.

Ainara se levantó también y fue detrás de Emily.

—Será enseguida. En menos de un mes ya estaremos casados. Hoy hablaré con mamá. Tengo tanta ilusión de contarle... Más bien dicho, de que toda Valserra y el resto del país, de ser posible, sepan que estamos nuevamente juntos, amándonos con más fuerza que antes. —Ainara rio de contento mientras su amiga servía el vino en ambas copas.

Emily le acercó la copa y brindó con ella:

—¡*Salute*, amiga! Por toda una vida llena de amor y felicidad junto al hombre que amas.

Ainara rio con más gusto.

—*Salute!, mia cara amica.*

En ese momento, Saúl entró en la cocina.

—¿Celebran algo sin mí?

Emily, enseguida, se volteó.

—¡Saúl, discúlpame! Pensé que seguías con Mike. —Rápidamente sacó otra copa de la alacena, la rellenó con el exquisito vino californiano que bebían y, alargando la mano, se la entregó—. Sírvete, por favor. Y dime, ¿cómo lo encuentras?

—Gracias. Mike está recuperándose maravillosamente. Pronto estará como si nada le hubiera pasado.

—¡Qué tranquilidad y alegría escucharlo de labios de su doctor! —Los tres sonrieron—. Ainara me acaba de contar que pronto se casarán. Felicitaciones, es la mejor noticia que pudieron haberme dado. ¡Quién mejor que yo para saber cuánto te ha extrañado esta bella mujer que tienes delante durante todos estos años!

Saúl esbozó una amplia sonrisa, tomando a Ainara por la cintura.

—¡Dios es testigo de cuánto yo también la extrañé! Nos honrarán con su presencia si aceptan ser nuestros testigos.

—¡Por supuesto, Saúl, será un placer! ¡Qué feliz va a ponerse Mike cuando le cuente! —levantando su copa, Emily brindó por ellos—: ¡Salud, por ustedes!

Saúl y Ainara brindaron con Emily; luego, entre los dos:

—*Salute, amore mio!* Por toda una vida plena juntos.

—¡Por nuestro futuro, en donde únicamente reinará el amor! —añadió Saúl.

Emily dejó escapar una lágrima.

Luego de largos y divertidos minutos de charla, brindis y risas, Ainara dejó su copa sobre el mostrador y se disculpó con su amiga:

—Debemos irnos porque es tarde y aún debo pasar por la galería. Con los acontecimientos de los últimos días, no he tenido ni cabeza ni tiempo para ir por ahí. Dale mis saludos a Mike, por favor.

—¿Puedes imaginar que aún no me ha invitado a conocer su galería de arte? —no tardó en protestar Saúl.

Emily rio.

—Ahora es cuando entonces.

—Hasta pronto, amiga —dijo Ainara—. Dale un abrazo de mi parte a Mike.

—Que tu esposo continúe con la misma dieta y termine los medicamentos que le receté. Una linda tarde.

Emily asintió con una sonrisa.

—Seguiré al pie de la letra todas tus indicaciones, Saúl. Hasta pronto, cuídense.

Ainara y Saúl salieron de casa de Emily y se embarcaron en el Lexus Coupé azul marino deportivo de Saúl.

—¿Así que quejándote con mi amiga de que no te he llevado aún a la galería?

—¡Tenía que hacerlo con alguien, de otra manera no llegaría el día! —Saúl echó a reír.

—Te va a encantar —dijo Ainara, riendo también mientras acariciaba su sedoso cabello negro.

—Lo sé. Vamos allá entonces, amor mío.

Definitivamente, Saúl quedó maravillado con la galería de arte de Ainara. En cada cuadro, en cada escultura, estaba puesta su alma, su vida.

—Llamaré ahora mismo a casa —dijo Ainara.

—Antes de que lo hagas —dijo Saúl, rodeando su fina cintura con sus brazos—, quiero pedirte algo. Múdate hoy mismo a vivir conmigo, ¿qué me dices?

—Por supuesto que quiero compartir todo el tiempo contigo, pero me has quitado las palabras de la boca, *amore*. —Ainara, entusiasmada, se giró hacia él—. Precisamente yo te iba a hacer la misma propuesta. ¿Vienes conmigo a mi apartamento? Tu casa es hermosa, me fascina, pero a ambos nos resulta distante de nuestros trabajos. Por ahora, quedémonos en el mío, ¿qué dices?

El brillo que irradiaron sus ojos verdes enseguida le dio el sí.

—Lo que tú digas, cariño mío.

Ainara, en un arrebato de emoción, besó sus carnosos labios rojos.

—Llamemos ahora a mamá.

El teléfono timbró algunas veces.

—*Pronto...*

—Alfonsina, soy yo, Ainara, ¿cómo estás?

—¡Ainara, querida, qué alegría escucharte! ¿Está todo bien contigo?

—Sí, Alfonsina, de maravilla. Mamá, ¿está por ahí?

—Claro que ella está en casa, además del padre Fortunato.

—Qué bien, pásamela al teléfono, por favor.

—Les dará mucho gusto escucharte. Adiós, querida.

—Hija mía, ¿cómo estás?

—Hola, mamá, feliz de oírte. ¿Te has sentido bien?

—Sí, hija, el dolor por la partida repentina de tu padre ha ido aminorando.

—Tiene que ser así, mamá, no hay de otra manera. ¿Sabes?, te llamé porque les tengo una noticia... la noticia más feliz de mi vida.

De pronto, se escuchó a Francesca decirle al reverendo:

—Acércate, Fortunato, Ainara está al teléfono y dice que nos tiene una noticia.

—Qué bueno que el padre Fortunato esté ahí contigo, mamá. Para él también tenemos una sorpresa.

—¡Ainara, hija mía, escuché lo que dijiste! —exclamó Fortunato al teléfono—. Dime de qué se trata esa sorpresa porque buena falta me hace escucharla.

—Padre Fortunato, qué alegría escucharlo. Permítame, por favor, terminar por ahora de hablar con mamá. Le prometo que luego hablaremos con usted.

—¿Hablaremos, quiénes?

—Sea paciente, padre... a su debido tiempo lo sabrá. —Ainara rio. Mientras tanto, Saúl, estando junto a ella, no podía esperar para al fin darle la sorpresa al reverendo; su emoción lo delató.

—Te paso entonces con tu madre —dijo Fortunato, y enseguida llamó a Francesca para que se acercara—. Hija, ya conoces cómo es Fortunato... no esperó para saludarte.

Ainara esbozó una sonrisa entusiasmada.

—Lo sé, mamá.

—Entonces, ¿cuál es esa sorpresa que te tiene tan feliz? Puedo sentir tu alegría.

—Mamá, pronto me casaré.

—¿Qué te casarás, dices? ¡Que Ainara se nos casa! —comunicó Francesca a todos en voz alta, por lo que, cubriendo la bocina con la mano, Ainara se giró hacia Saúl y comentó con él:

—¿Puedes imaginar que mamá tiene a todos rodeándola?

Saúl echó a reír.

—Me los puedo imaginar... termina, amor mío, de una vez de decírselo. Te aseguro que estarán impacientes por saber con quién se casará su preciosa hija.

Ainara colocó de vuelta la bocina con el auricular en su oído:

—Mamá, ¿sigues ahí?

—¿Con quién hablabas, hija? Pude escucharlo.

—Con Saúl, mamá.

—¡¿Con Saúl?! ¿Te refieres al mismo Saúl?

—Sí, madre, el mismo, mi Saúl... ¡Volvimos a encontrarnos! Saúl está viviendo también aquí, en Nueva York.

—¡Ainara, hija mía, no sé qué decirte! Me toma de sorpresa lo que acabas de decir... ¿No se supone que tomó los hábitos?

—No, mamá, esa fue otra de las mentiras de papá. Saúl es ahora un prestigioso médico neurocirujano. Trabaja en un hospital de la ciudad.

—¡Madre del cielo bendito! Hija, qué noticia hermosa me has dado. Supongo que ustedes tuvieron todo el tiempo para conversar.

—Todo el tiempo, mamá. Somos inmensamente felices, fuera de engaños y malentendidos.

—Puedo imaginarlo, hija. ¿Y para cuándo tienen planeada la boda?

—Enseguida. Queremos que tú, Romina, sus niños, el padre Fortunato, Alfonsina... mejor dicho, que todos vengan a la boda. La celebración será en cuatro semanas y, por cierto, queremos que sea una ceremonia sencilla, privada.

—Ahí estaremos, hija mía, tenlo por seguro. ¿Has hablado con Gabriella?

—Sí, lo hice, y está feliz por nosotros. Ella también vendrá a la boda con su esposo.

—Cuánto me alegro, hija. Dale mis saludos a tu novio. No quiero pronunciar su nombre en voz alta porque Fortunato anda por aquí cerca. Deja que él mismo le dé la sorpresa. No va a creer cuando escuche su voz... Lo quiere tanto como a un hijo.

—Lo sé, mamá. A más tardar en una semana te confirmaré la fecha exacta de la boda. En estos días iremos a hablar con el sacerdote en la iglesia. Ahora ponle al teléfono al padre Fortunato. No puedo esperar hasta oírlos hablar. Hasta pronto, mamá, te mando un beso.

—Otro para ti, hija. ¡Fortunato, acércate al teléfono que quieren saludarte! Ahí viene... — dijo a su hija en voz baja. Ainara le pasó el teléfono a Saúl, pero ella pegó el oído también—. Ainara, hija mía...

—Padre Fortunato, soy yo, Saúl.

—¡Madre de Dios, Virgen Santísima del cielo bendito! ¡¿Saúl, hijo mío, en dónde te habías metido?!

Los ojos de Saúl se le humedecieron por la emoción.

—Nada, padre, he estado viviendo en Nueva York.

—¡Saúl, mi querido Saúl, cuánto tiempo de no saber nada de ti! ¡Qué alegría me acabas de dar, hijo! ¿Entonces tú y Ainara se casarán? Escuché decirlo.

—Y queremos que usted sea quien nos dé la bendición, padre.

Fortunato se quedó por largos segundos en silencio, hasta que por fin dijo:

—Perdona que no te conteste enseguida... Es la emoción de este viejo.

—Créame que me encuentro igual de emocionado como usted, padre. Han pasado tantos años... siempre lo tuve presente en mi corazón. Entonces, ¿viene con doña Francesca? —de pronto, Ainara tomó el auricular con ella—: ¡Por favor, padre Fortunato, solo usted puede darnos su bendición!

—¡Por supuesto que iré, hasta la pregunta es necia! ¿Piensan que van a contraer el sagrado sacramento del matrimonio en mi ausencia? Ahí me tendrán, hijos míos, bendiciendo su amor, que tanto sufrimiento les ha costado.

—Gracias, padre —dijo Saúl—. Desde ya estamos felices de tenerlo en poco tiempo con nosotros. Hasta muy pronto. Y se me cuida, por favor. Supe lo que le pasó.

—Hasta pronto, Saúl. No te preocupes, que así lo hago. Y si algo me llegara a suceder estando allá, sé que estaría en las mejores manos. Ya me informó Francesca que te has convertido en todo un médico. Felicitaciones, hijo mío. Te mereces todo lo mejor de ahora en adelante. Tú y Ainara se lo merecen.

—Gracias, padre. —Saúl colgó la llamada.

—No hay tiempo que perder —dijo Ainara—. Desde mañana debemos ir organizando los preparativos de nuestra boda.

—Así es, amor mío. Por ahora vamos a casa para recoger algunas de mis cosas. Quiero pasar esta y todas las noches de mi vida únicamente a tu lado.

Ainara sonrió.

—Vamos de una vez para que no se nos haga tarde. —Pidió a Christine que se acercara para decirle que podía ir a su casa. Esa tarde cerraría la galería más temprano.

60

La boda entre Ainara y Saúl cada vez estaba más cerca. No podían ser más felices, todo se iba dando como ellos lo habían planificado. Su mayor logro fue que el sacerdote de la iglesia de la comunidad italiana aprobara que el padre Fortunato fuese quien celebrara la ceremonia.

La sorpresa se la darían a conocer cuando la familia llegase a Nueva York.

En cuanto a la recepción, decidieron que el festejo se llevaría a cabo en casa de Saúl.

Era una celebración íntima, y el jardín trasero se prestaba para reunir a todos sus invitados; además que el clima de los primeros días de octubre era el ideal. Las olas de calor y humedad habían terminado y se daba inicio al otoño.

Tan solo esperaban la llegada de la familia de Ainara a Nueva York, y una vez estando ahí los acomodarían en casa de Saúl. Él se mudó con Ainara a su apartamento en *Manhattan*, de esa manera ellos tendrían todo el espacio que necesitarían para sentirse cómodos.

El vuelo llegó en horas de la mañana. Ainara y Saúl esperaban a la familia en el aeropuerto.

El encuentro fue emotivo, sobre todo entre el padre Fortunato y Saúl. Hacía más de doce años que no se veían. Ainara se mantuvo a un costado. Con lágrimas en los ojos presenció su reencuentro.

A Fortunato se lo veía muy bien, a pesar de sus ochenta y dos años y luego de haber permanecido hospitalizado por algunos meses. Los cuidados de todos quienes lo querían, sobre todo de Francesca, lo mantuvieron fuerte, saludable, pero más que todo estable emocionalmente.

Los dos pequeños de Romina y Giordano habían crecido rápido en menos de un año. Ainara tuvo la dicha de conocer a sus sobrinos cuando estuvo en Valserra.

Eran dos mellizos preciosos de tres años: Lía y Mattia. Ellos llevarían los aros y las flores el día de la boda.

En cuanto a Alfonsina, a ella no le pasaban los años.

Referente a su madre, a Francesca se la veía lo bastante mejorada desde la última vez en que Ainara estuvo en el pueblo. Ciertamente se notaba que había superado la falta de su marido.

Y, por último, su amiga, Gabriella, ella junto con su esposo, Renato, llegarían a Nueva York hasta el día anterior a la boda.

Mientras Romina y su marido llevaron a los mellizos a la habitación que entre Saúl y Ainara acomodaron para que descansaran después del pesado viaje, Alfonsina se encontraba acompañando al padre Fortunato a dar un paseo por los jardines de la casa. La tarde estaba despejada y corría una brisa agradable; propicia para que el reverendo hiciera su caminata de cada día, así como le había indicado su médico de cabecera.

Francesca, quien se encontraba al pie del ventanal de la sala, mirando cómo Fortunato disfrutaba del florido jardín que pronto se tornaría marchito por la llegada del otoño, pidió a su hija y a Saúl que la acompañaran a un lugar más privado porque necesitaba conversar a solas con ellos. Saúl enseguida la encaminó a la parte trasera de la casa. Francesca se detuvo al pie de una arboleda de abedules, los cuales, por su natural tonalidad amarillenta, embellecían el terreno y, con gesto angustiado, como si algo tratara de confiarles, se refirió a ellos:

—Hija mía, Saúl, no quería dejar pasar más tiempo sin antes disculparme con ustedes en nombre de Gaetano por todo el daño que les causó. Créanme que no admito, ni por el resto que me quede de vida admitiré que se haya obsesionado de tal manera y haya tenido el coraje de cometer todo un sinfín de atrocidades e injusticias sin importarle lo que fuera no solo de ti, hija mía, ni de Saúl, sino que desmoronando a toda la familia. Necesito confesarles...

—Mamá... —Ainara la interrumpió, tomándola de las manos—, ya no te mortifiques más con eso. Deja a papá tranquilo en donde sea que ahora se encuentre.

—Por favor, Francesca —intercedió también Saúl—, haga caso de lo que le dice su hija. Vamos a olvidarlo todo y respetar la memoria de don Gaetano.

Francesca dio un hondo respiro, pero había algo en su expresión, como si algo le estuviese calando por dentro. Ainara pensó que sería la inquietud por los acontecimientos del pasado con su padre.

—Está bien... No volveré a comentar sobre el tema... al menos durante el tiempo que esté aquí con ustedes y celebremos su matrimonio. Desde el día en que se reencontraron empezó una nueva vida para los dos. Ahora debemos concluir con los preparativos de la boda. —Francesca esbozó una suave sonrisa—. ¿Ordenaron las flores? ¿Saben qué tipo de mantelería adornará las mesas?

Ainara rio.

—Sí, mamá, todo está en orden, no debes preocuparte por ello. ¿Sabes? Les tenemos una sorpresa.

—¿Otra sorpresa?

Saúl asintió con la cabeza, en tanto que comentó con ella:

—Nos ha llevado días enteros, pero puedo asegurarle que tenemos todo organizado para que sea el padre Fortunato quien celebre la misa en el día de nuestro matrimonio.

—¿Es eso cierto? —exclamó Francesca, sorprendida.

—Así es, mamá —intercedió Ainara—, todavía no se lo hemos dicho. Y te pido que no vayas a comentarle nada. Es Saúl quien desea decírselo.

—¿Qué Saúl quiere decirme qué cosa? —cuestionó Fortunato, acercándose a donde ellos. Seguramente estaba cerca y los escuchó conversar.

—Venga, padre —dijo Saúl, regresando a mirar al reverendo—, ya que nos escuchó hablar, no podemos guardar el secreto por más tiempo. Ainara y yo tenemos algo muy importante que confiarle.

—¿Qué sorpresa van a darme ahora? —exclamó Fortunato—. No creo que haya algo que me dé más dicha que verlos juntos nuevamente.

Ainara levantó a mirar a Saúl y, esbozando una sonrisa cómplice, lo motivó para que se lo comunicara de una buena vez.

—Usted será quien celebre nuestra unión, padre —dijo Saúl—. Será una bendición para nosotros que usted una nuestras vidas.

Tras una vívida exclamación de felicidad, por lo que Ainara y Saúl rieron, Fortunato comentó con ellos:

—Y para mí será la mayor satisfacción. Mi único deseo es verlos felices. Gracias, hijos míos, por darme ese privilegio.

Ainara no se resistió; viendo a Fortunato tan feliz, lo ciñó en un abrazo cariñoso.

—¡Le quiero muchísimo, padre Fortunato, gracias por estar aquí, acompañándonos! —Fortunato tuvo que limpiarse sus ojos llorosos; en tanto que Saúl se mantuvo junto a Ainara, mirándolos emocionado.

Mientras tanto, Francesca llamó la atención de Saúl, a lo que dijo:

—Recuerdo claramente, Saúl, cuando un día me dijiste que debía tener mi propia autonomía. Desde ese momento, tus palabras quedaron grabadas en lo más profundo de mi interior. Hasta el día de hoy me pregunto por qué fui tan cobarde y sometí mi vida al autoritarismo de Gaetano. Por qué permití que mi pequeña fuese la víctima de la soberbia de su padre. Tú tenías razón, hijo... Nadie, absolutamente nadie, rige nuestra vida más que nosotros mismos. Yo debí ser fuerte e imponerme a las injusticias de Gaetano.

—Mamá... —Ainara la abrazó—, deja ya de lamentarte, te repito que todo quedó en el olvido. No insistas en hacerte más daño.

Saúl atrajo a Francesca hacia su hombro.

—Deje de atormentarse, Francesca, y escuche a su hija. Ni Ainara ni yo queremos verla afligida por lo que ya pasó. Infunda el ejemplo de la mujer fuerte y decidida que es ahora... Sus nietos la necesitan.

Francesca dio un hondo suspiro.

—¡Qué buena persona eres, Saúl! Ainara no pudo haber encontrado mejor hombre.

Saúl besó la frente de Ainara.

—Y yo a una mejor mujer.

Francesca asintió con una sonrisa.

—¿Qué les parece si entramos? Ha empezado a hacer frío.

61

Los días transcurrieron en plena armonía. Los preparativos para la boda, que se celebraría en cuatro días, iban viento en popa.

Saúl fue esa mañana temprano al hospital, ya que debía atender una cirugía a primeras horas. Ainara se quedó en su apartamento organizando algunos de sus cuadros que debía llevar a la galería, puesto que el tiempo para la boda se acercaba y su afán era dejar todo en orden.

Luego, ella, junto con su madre y Romina, se reunirían en la floristería.

No habían pasado ni diez minutos desde que Saúl salió del apartamento, cuando escuchó que tocaban a la puerta. Ainara pensó que quizás había olvidado algo y fue hasta allí para abrirla.

—¿Qué olvidaste, *amore mio*? —preguntó con una larga sonrisa; pero quedó sorprendida al ver a Donato parado frente a ella, por lo que enseguida exclamó—: ¡¿Donato?!

Donato entró dándole un fuerte empujón; Ainara no tuvo siquiera la oportunidad de reaccionar, y él cerró enseguida la puerta detrás de sí.

—¿Qué crees que estás haciendo? —gritó, con la mirada invadida por la ira.

Ainara se quedó enmudecida; jamás él se había comportado de esa manera, violento.

—¿Qué sucede contigo, Donato? Esta no es la forma de venir y presentarse en mi casa.

Pero Donato, tomándola por el brazo, la llevó a empujones hacia el centro de la sala.

—¡Suéltame! —gritó Ainara—. ¿Qué derecho tienes para tocarme así?

—¡Cállate! —La oscura mirada de Donato era la de un psicópata—. ¿Piensas que se saldrán con la suya y te casarás con el inmundo seminarista?

Ainara forcejeó con él hasta que, logrando apartarse de la rigidez de sus manos, lo desafió con la mirada fija en sus ojos perversos:

—¡Sí, Saúl y yo pronto nos casaremos! Ya no podrás recurrir a tus sucios juegos para impedirlo, Donato.

—¡Sobre mi cadáver! ¡No volverás a ver a ese infeliz jamás en tu vida!

Su amenaza exaltó su postura.

—¡Estás loco! Entiende de una buena vez que es a Saúl a quien amo, a quien he amado y amaré por el resto de mi vida.

Donato levantó la mano y, más enfurecido aún, lanzó una bofetada contra su rostro. Ainara cayó de espaldas al sofá.

—¿Crees que se me olvidó que te acostaste con el seminarista? Aparte de ser una grandísima puta, te recuerdo que tienes una deuda conmigo... ¡Y me la cobraré ahora mismo! ¡Vamos, levántate! —La haló violentamente por el brazo, mientras Ainara, lastimada, batallaba tratando de apartar sus sucias manos de encima, pero Donato la sujetó con más fuerza—. ¿Creías que no me enteraría de tu inaceptable boda con esa basura? Tengo oídos en todos lados. Pago para que te vigilen.

En un momento de desesperación, Ainara se defendió arañando a Donato en el cuello y le desprendió la cadena de oro con las iniciales de su nombre, que él siempre llevaba puesta.

La cadena cayó sobre la alfombra. Donato tomó a Ainara por la nuca y, agarrándola por los cabellos, hizo que su cabeza sucumbiera, al tiempo que espetaba contra ella:

—¿Pretendías que me quedaría así como así después de que te revolcaste con él? ¡Jamás te lo perdonaré! —Sacó del bolsillo de su chaqueta un pañuelo húmedo y le cubrió la nariz.

Ainara perdió la conciencia.

Ainara despertó sintiéndose amordazada dentro de un auto que iba a gran velocidad.

Miró por la ventanilla y pudo darse cuenta de que estaba lejos de la ciudad; el paisaje se miraba desolado, únicamente pasaban y repasaban hileras interminables de árboles frente a sus ojos.

De pronto, el auto hizo un rápido giro y, derrapando, tomó un camino de tierra.

Ainara lloró. Presintió que Donato la había secuestrado.

Pensó en Saúl, en su familia.

Habían transcurrido al menos quince minutos, cuando el auto se detuvo.

Donato apagó el motor y bajó. Abrió la portezuela trasera y ayudó a Ainara a incorporarse. Ella pudo ver que estaban en medio de un bosque de pinos; tan solo había una pequeña cabaña en ese lugar.

Optó por mantenerse serena, no soportaría que volviera a agredirla.

—Aquí estaremos cómodos —dijo él. Desató la soguilla de sus tobillos y la ayudó a salir del auto; la tomó con fuerza por el brazo y la encaminó hacia la entrada de la cabaña. Ainara estaba nerviosa, temía que volviese a hacerle daño; él estaba obsesionado con ella. Donato sacó las llaves del bolsillo de su pantalón y abrió la puerta; todo parecía haber sido premeditado.

Ainara enseguida rodó los ojos hacia el interior de la cabaña y notó que únicamente contaba con la cocina, una saleta estrecha, un baño y una habitación. Atemorizada, entró.

Donato le quitó la mordaza de la boca.

—¿Dónde me trajiste? —gritó Ainara.

Donato se mofó.

—¿Para qué quieres saberlo? Estamos muy lejos, apartados de todos.

—¿Perdiste el juicio? ¿Qué te ocurre, Donato? ¡Cometiste un grandísimo error trayéndome hasta aquí en contra de mi voluntad!

—¡No quiero escuchar tus lamentos, deja de reclamar! —Donato trató nuevamente de amordazarla, pero Ainara le suplicó que no lo hiciera. Donato accedió—. Te mantendrás en silencio. ¿Estamos claros?

Ainara, en un angustiado suspiro, asintió con la cabeza. No terminaba de concebir que Donato hiciera eso con ella. Tenía otra imagen de él, no la de un hombre violento. Pero con su despiadado proceder se sintió vulnerable.

Se preguntó adónde la había llevado. Sabía que estaba lejos de Nueva York, pero ni ella misma podía darse cuenta en qué lugar se encontraba. Temía que pasara mucho tiempo hasta que Saúl descubriera que había sido secuestrada y la encontraran.

«Dios mío...», gritó dentro de sí, suplicante. « ¡Haz que Saúl se dé cuenta y venga a mi auxilio! ».

Mientras tanto, Donato se sentó sobre una banca frente a ella y, mirándola con dureza, volvió a cuestionarla:

—¿Por qué no me dijiste que te volviste a ver con el seminarista? —Ainara sostuvo con energía su mirada, sin abrir la boca—. ¡Respóndeme, maldita sea! —gritó él.

—No tengo por qué darte explicaciones.

Donato la asedió con más fuerza.

—¡Por supuesto que me las debes! De hoy en adelante te quedarás a mi lado... Fue el trato que tu padre hizo conmigo.

Ainara rio con desprecio.

—¿De qué hablas? No seas absurdo...

—Tu padre recibió suficiente dinero de manos de mi familia para que no caigan en la ruina. ¿Acaso no lo sabías? Tú eras parte del plan. Así que tú y yo estaremos juntos por siempre... Te guste o no.

—¡Estás loco! Jamás, entiéndelo bien, jamás pasaré el resto de mi vida a tu lado.

—¡No estoy loco, carajo! —Donato se levantó, agarró la soguilla con la que la tenía amarrada y nuevamente empezó a maniatarla. Ainara le mordió en el brazo. Donato le dio un manotazo, haciendo que regresara a su sitio, y la amarró de los pies—. ¡Si no entiendes por las buenas, no me queda más que inmovilizarte!

Ainara lloró.

Sus ojos se fijaron en la estatuilla de bronce de una mujer desnuda que había en el centro de mesa. Ideó la manera de darle con ella en la cabeza y huir lo antes posible de ahí.

—¿Por qué me haces esto, Donato? ¿Qué consigues teniéndome a la fuerza?

—¡Cállate si no quieres que vuelva a amordazarte!

—¡No, por favor, no lo hagas! —suplicó con lágrimas en los ojos.

—Entonces mantente en silencio. Ahora iré a preparar algo de comer.

—¿Cuánto tiempo piensas tenerme aquí encerrada?

—No lo sé. Horas, quizá días... No lo sé.

—¡Déjame ir, por favor! —suplicó, sintiéndose indefensa—. De otro modo, te verás en serios problemas.

Donato se volteó y fue hacia donde ella, llevando consigo un sándwich de jamón y queso.

—Nadie sabrá que estamos aquí. Tengo todo listo para sacarte de este lugar e irnos lejos. Mientras tanto, tú y yo nos haremos compañía. —Donato le acercó el sándwich a la boca—. Toma, pruébalo.

Ainara se vio obligada a comer.

—Tengo frío —dijo.

Donato trajo una manta y le cubrió los hombros.

Ainara ya no tenía fuerzas para continuar discutiendo ni suplicando para que la dejase ir. Cerró los ojos y, aunque atemorizada, se fue quedando dormida.

62

SAÚL HABÍA TERMINADO CON éxito la cirugía y se dirigía a la cafetería para comer algo cuando recibió una llamada de Francesca:

—Hola, Francesca, ¿se encontraron con Ainara en la floristería?

—No, Saúl. —Francesca se mostró mortificada—. Presiento que algo malo le sucedió a mi hija. Ella no está en el departamento. La puerta estaba abierta y había cosas regadas por el suelo.

—¿La telefoneaste?

—Sí, Saúl, antes de venir a buscarla. Su celular lo dejó aquí. ¡Dios mío, algo sucedió con ella!

—Por favor, Francesca... —Saúl, angustiado, se pasó la palma de su mano por la nuca—, no toquen nada. Llego enseguida. —Corrió al parqueadero, se embarcó en su auto y condujo a gran velocidad para llegar cuanto antes al apartamento.

Cuando abrió la puerta, encontró a toda la familia reunida. Emily también estaba; Francesca la había telefoneado para que fuera.

Francesca fue enseguida a darle el encuentro.

—Saúl... ¡Mira cómo está todo! No hemos removido nada, tal como nos pediste.

Saúl saludó brevemente a todos, en tanto que Emily, al momento, fue junto a él.

—¿Qué piensas que pudo haberle sucedido, Saúl?

Saúl prefirió no responder hasta estar completamente seguro, pero él desconfiaba de Donato. Recorrió en silencio la sala. Se dio cuenta de que, en efecto, algo extraño había pasado con Ainara. Parecía como si ella hubiera tratado de defenderse, porque había cosas regadas por el piso; incluso la mesita de centro estaba volteada.

—Comunicaré enseguida a la policía —dijo. Saúl se sentó con sus manos entrelazadas sobre las rodillas y, al bajar la mirada, vio que algo brillaba entre las fibras de la alfombra. Se inclinó y enseguida pudo ver que había una cadena de oro tirada. La tomó entre sus dedos; no era de Ainara. El dije tenía dos iniciales: DC. Enseguida vino a su memoria haber visto esa misma cadena colgar del cuello de Donato la noche que lo agredió.

—¡Fue Donato! —dijo a todos, poniéndose en pie.

—¿Donato...?

Emily fue junto a Saúl.

—¿Qué te hace pensar que haya sido él?

—Mira esto. —Saúl le mostró la cadena—. Es la misma que Donato llevaba puesta la noche que me golpeó. Además, fíjate en las dos letras. ¿Todo concuerda, no te parece? —Saúl se giró hacia Francesca y al resto de la familia, indicándoles la cadena que sujetaba en una de sus manos—. Daré el informe en este preciso momento a la policía. Le pertenece a Donato. No me queda ni la más mínima duda de que él estuvo aquí, discutieron y se llevó a Ainara a la fuerza.

Francesca y Fortunato enseguida fueron junto a Saúl.

—Indícame la cadena, por favor —dijo Francesca.

—Mírela por usted misma, Francesca. Todo indica que es suya —comentó, entregándosela.

Francesca abrió los ojos, incrédula.

—¡Madre del cielo, es la que Donato siempre lleva consigo!

Mientras tanto, Fortunato tomó del brazo a Saúl, llevándolo consigo hacia un extremo de la sala.

—¿Recuerdas a Filippo, hijo? Él me confesó hace ya algunos años que Donato le pagó para que te vigilara en el convento, a ti y a Ainara. Además, me contó que te vio salir una tarde cualquiera e ir a la alcaldía. Él te siguió aquel día cuando fuiste a hablar con Gaetano.

—Entonces fue él quien le avisó a Donato... —Saúl se quedó pensativo. Recordó enseguida aquella noche cuando fue agredido—. Por esa razón Donato me dio el encuentro acompañado de sus hombres cuando regresaba al convento.

Fortunato acechó a Saúl con la mirada.

—¿Fue Donato quien te agredió entonces, hijo? ¿Por qué me lo ocultaste?

Saúl respiró profundo.

—Así es, padre Fortunato. Nunca se lo dije para que no se preocupara más de lo que ya estaba. No confío en él. Ahora lo importante es encontrar a Ainara antes de que le haga daño. —Saúl sacó el celular del bolsillo de su chaqueta y, antes de que marcara al número de la policía, Emily se adelantó, estiró su mano y dijo:

—Es la tarjeta de Tiziano, la encontré entre sus cosas. Llámale antes a él. Te aseguro que su ayuda nos será útil. Recuerda que es el dueño de una compañía de comunicación.

Saúl tomó la tarjeta y marcó al número que estaba ahí escrito. Tiziano enseguida contestó. Saúl le comentó lo sucedido; él llegó al cabo de pocos minutos al departamento.

Trajo consigo a la policía del distrito.

De inmediato la policía inspeccionó el departamento y tomó las huellas.

Tiziano alertó a los oficiales sobre la peligrosidad de Donato.

Francesca, Fortunato y el resto de la familia quedaron escandalizados con las confesiones tanto de Tiziano como de Saúl.

Pasadas algunas horas, luego de que los oficiales hicieran el trámite necesario, declarando a Ainara desaparecida y emitiendo una orden de búsqueda inmediata, Saúl y la familia tenían que esperar alguna noticia por parte de la policía.

La noche empezaba a caer. Saúl, junto con Tiziano, decidieron salir a buscarla por los lugares donde Tiziano, por alguna razón, sospechaba que Donato podría haberla llevado.

Al principio indagaron por los alrededores; luego se dirigieron a las inmediaciones de la ciudad. Fueron a la estación de tren, a la de autobuses, preguntando por ellos y llevando consigo la fotografía de Ainara.

Nadie pudo darles razón.

Finalmente, condujeron hasta el aeropuerto, pensando que quizá tomaron un vuelo local. En todas las aerolíneas les informaron que no estaban registrados sus nombres.

Saúl y Tiziano, luego de recorrer todos aquellos lugares con el único anhelo de encontrarla a salvo o al menos tener alguna pista de ellos, regresaron al departamento con los ánimos quebrantados.

Ahí los esperaban Francesca, Emily y su esposo, Mike.

El resto de la familia había regresado a la casa de Saúl, hasta el día siguiente, cuando volverían al departamento para continuar colaborando en lo que fuera necesario para encontrar a Ainara.

63

Ainara despertó con el fuerte ruido de la puerta al cerrarse.

Donato entró en la cabaña, cargaba maderos troceados.

Fue hasta la chimenea, los lanzó dentro y les prendió fuego.

El ambiente en la saleta empezó a calentarse.

Se limpió las manos y fue a sentarse en una butaca individual que se encontraba frente a ella.

—Así te sentirás abrigada —dijo.

—¿Me dices qué hora es?

—Las nueve.

Ainara levantó el pecho e inhaló profundamente. Estaba angustiada.

—Ya no quiero estar más tiempo aquí, llévame a casa, por favor.

Donato se levantó. Se acercó a donde ella y, sin decir una sola palabra, pasó sus manos por debajo de sus piernas y la levantó en brazos.

—¿Qué haces? —gritó Ainara. Trató de patalear, pero estaba amarrada de manos y pies.

—Te llevo a la habitación, ahí estarás más cómoda.

—¡No quiero, suéltame!

Donato no dio importancia a sus gritos y la llevó hasta la habitación.

—Tenemos que descansar —dijo, colocándola sobre la cama—. Ahora tú y yo pasaremos la noche juntos.

—¡No, no me pondrás una mano encima! —Ainara, atemorizada, se retorció tratando de zafarse de las soguillas que la inmovilizaban.

Donato rio.

—Esta noche quizá no suceda nada... ¡Pero por supuesto que entre tú y yo habrá sexo!

—¡No, no lo haré contigo! —gritó desesperada—. ¡Vete a la sala, déjame sola!

Donato se le vino encima. Ainara debatió con todas sus fuerzas, pero él enseguida la sujetó por las muñecas y se dispuso a desatar sus manos.

—No te haré nada, únicamente te desato para que puedas dormir.

—No me hagas daño, por favor, no lo hagas... —Ainara, con el corazón latiendo acelerado, lo miró aterrada. De sus ojos escaparon unas cuantas lágrimas.

Donato terminó de desatar sus manos y continuó con sus pies.

Se alejó de ella, llevando consigo la soguilla, y salió de la habitación.

Ainara escuchó el ruido de la aldaba cuando él aseguró la puerta desde fuera.

Se levantó de la cama y, a pesar de que Donato la había encerrado, trató de abrirla.

Miró que, a un costado suyo, había una ventana pequeña cubierta por una cortina espesa.

La abrió desesperada, pero la ventana tenía rejas.

Dentro de la habitación había un baño pequeño.

Corrió hasta allí y pudo ver que en la parte alta había dos claraboyas. Se paró sobre el inodoro tratando de alcanzarlas, pero eran demasiado pequeñas para que ella pudiera escapar.

Volvió a la habitación y se sentó sobre la cama.

Con lágrimas en los ojos y la angustia que, con cada minuto que transcurría, no dejaba de abatirla, recostó su cabeza sobre la almohada y esperó a que amaneciera.

Al día siguiente, Ainara escuchó que Donato salió de la cabaña, luego el ruido del motor de su auto al encenderse e irse. Se levantó de la cama y buscó algo que pudiera cortar la soguilla cuando él la tuviera amarrada; sabía que lo volvería a hacer.

Rebuscó desesperada por cada rincón, abrió el armario y vio que había un jarrón de cristal.

Lo golpeó contra el piso y se guardó un pedazo; el resto lo envolvió dentro de una manta y lo escondió debajo de la cama.

Al cabo de algunas horas, Donato regresó.

Ainara sintió sus pasos acercarse a la habitación.

Escuchó el crujir de la llave girar en la cerradura y abrir la puerta.

—Buenos días. —Donato traía la soguilla en una mano. Se acercó y empezó a atarla de manos y pies.

—No necesitas hacerlo.

—Es mejor así. Vamos —dijo, levantándola en brazos—, te llevaré a la sala, traje algo de comer.

—Tengo hambre —dijo Ainara. Su estómago estaba vacío, no había probado bocado alguno.

—Encontré café de máquina, fruta y algunos croissants.

Donato hizo que comiera; entretanto, Ainara le dirigió la mirada y preguntó:

—¿Cómo te enteraste de que me casaría?

Donato regresó a mirarla, furioso.

—¡Eso no tiene importancia! El asunto es que llegué a tiempo para impedirlo.

Ainara rio con desprecio.

—Definitivamente estás mal de la cabeza, Donato. ¿Qué pretendes? ¿Tenerme aquí amarrada de por vida? Pronto darán con nosotros...

—¡Deja de provocarme si no quieres que vuelva a amordazarte! Mañana vendrá la gente que pagué para que nos saquen de este lugar y nos iremos lejos... —Caminó hasta la pequeña ventana, corrió la cortina y espetó—: ¡A Canadá!

—¡Contigo no me iré a ningún lugar! ¡Tan solo espera a que llegue la policía!

Donato se giró y, apresurándose hacia ella, levantó el brazo y gritó:

—¡Que te calles! —Enseguida abatió la rudeza de una bofetada en su níveo rostro.

Ainara se tragó sus lágrimas.

¿Por qué esa agresividad? ¿Por qué se empecinaba en separarle de Saúl y hacerles la vida miserable?

Las horas continuaron su curso: atardeció, anocheció.

Donato volvió a salir de la cabaña, dejándola encerrada en su habitación.

Regresó tarde en la noche y le llevó algo de cenar.

Ainara no sentía deseos de comer, pero él dejó el plato sobre la mesita junto a la cama para que lo hiciera cuando ella quisiera... Se lo veía impaciente.

A la mañana siguiente, la sacó nuevamente a la sala mientras, desesperado, se paseaba de un lado al otro.

Algo sucedía con él, pero Ainara prefirió no abrir la boca y preguntar.

Donato era un hombre agresivo, de cuidado; sabía que era prepotente, pero nada parecido a su comportamiento actual, cuando años atrás mostraba, en cierto modo, respeto hacia ella... Al menos eso era lo que Ainara pensaba.

De pronto, Donato empezó, sin control, a dar puñetazos contra la puerta de entrada.

—¿Por qué no han llegado, maldita sea? Ya debían estar aquí. —Salió de la cabaña y fue al espacio adoquinado que servía como parqueadero.

Ainara respiró profundamente, aterrada.

Con sus manos maniatadas se tocó el bolsillo del pantalón, sintiendo el pedazo de cristal que llevaba escondido.

Tan solo esperaba el momento oportuno para rasgar la soguilla, darle a Donato en la cabeza con la estatuilla de bronce y huir cuanto antes de allí.

Donato entró en la cabaña y, sin darle tiempo de protestar, la cargó en brazos y la llevó a la habitación.

—Iré por comida —le dijo. Le desató las manos y los pies y se fue, asegurando con llave la puerta. Se veía extraño.

Ainara sintió temor. No quería permanecer un día más en ese lugar junto a un desequilibrado.

Imploró al cielo para que enseguida dieran con ella.

64

Habían pasado tres días desde la desaparición de Ainara.

Atender en el hospital fue un verdadero martirio para Saúl, pero no podía descuidar el trabajo ni dejar a sus pacientes sin asistencia.

La familia de Ainara permaneció reunida en su casa, esperando noticias.

Saúl, en cambio, continuó en el apartamento de Ainara.

Ese día se desocuparía al mediodía porque no había ninguna cirugía programada, además de que era su último día de trabajo antes de sus vacaciones planeadas.

De camino al apartamento, y antes de ir a su casa para encontrarse con Francesca, Fortunato y el resto de la familia, recibió una llamada del oficial de policía, el mayor Patterson, quien estaba a cargo de la investigación.

Saúl aparcó el auto y contestó:

—Buenas tardes, mayor Patterson. ¿Tiene alguna noticia de Ainara?

—Sí, doctor Márquez. Tenemos una pista que puede ser crucial para dar con la señorita D'Alfonso. La persona en la fotografía que nos proporcionaron coincide con la descripción de los lugareños. Un hombre con esas características va seguido a una tienda de abarrotes que está al pie de la carretera, en las inmediaciones de Biddeford, en el estado de Maine. Informaron que únicamente se abastece de una que otra cosa para comer, además de varios paquetes de cigarrillos, whisky y vodka. Les llamó la atención porque es una persona extraña, que no cruza palabra con el cajero y se marcha. Aseguraron que, en las cercanías, hay una propiedad; la única en los alrededores, a la que se entra por un largo camino de tierra. Suponemos que es ahí donde Donato Carusso tiene cautiva a su novia.

Saúl inhaló profundamente y exhaló. Tenía la esperanza de que pronto terminaría esa agonía que le había quitado el aliento y que recuperaría la vida en el momento en que Ainara estaría de vuelta con él.

En cuanto a Donato, la policía sería quién se encargaría de su caso.

—Es una magnífica noticia, mayor. Voy en este momento a la estación de policía.

—Lo esperamos, doctor Márquez. Trabajamos en un plan estratégico para salir, de ser posible, hoy mismo hacia el lugar.

Saúl cerró la llamada.

«¿Cuál es la intención de este demente con Ainara?», se preguntó, preocupado.

Enseguida telefoneó a Tiziano.

—Hola, Saúl, ¿alguna novedad?

—Sí, Tiziano, estoy dirigiéndome en este momento al departamento de policía. Me llamó el mayor Patterson. Tienen una pista convincente del lugar donde seguramente Donato tiene a Ainara. ¿Puedes ir ahora mismo a la estación y nos encontramos ahí? Quizá salgan hoy a buscarlos, y yo iré con ellos.

—Por supuesto, Saúl, salgo ahora. En aproximadamente cuarenta minutos llego. Yo iré contigo, nos vemos allá.

—Te espero entonces. De momento telefonearé a Francesca para informarle.

Saúl cortó la llamada con Tiziano y enseguida marcó el número de Francesca para darle la noticia. Les pidió que permanecieran en la casa hasta que él volviera a comunicarse con ellos.

Cuando Saúl llegó a la estación de policía, el mayor Patterson le informó que efectivamente saldrían esa misma tarde. Les tomaría entre cinco y seis horas llegar, y si todo iba de acuerdo con el plan, estarían en el lugar alrededor de las siete de la noche.

Tan pronto como Tiziano llegó a la estación de policía, salieron hacia las inmediaciones de Biddeford un grupo de siete oficiales debidamente armados, más dos paramédicos, en cuatro carros policiales.

Saúl fue en el suyo junto con Tiziano.

La tarde de ese viernes de otoño en aquel lugar apartado donde Ainara se encontraba cautiva empezó a menguar. Donato la había dejado encerrada en su habitación por horas. Tal parecía, por el silencio en la sala y el resto de la cabaña, que él no se encontraba en la propiedad.

Ainara rogaba al cielo para que no volviese más, aunque sabía que era imposible. Trató de alguna manera de huir de ahí, pero fue inútil. Al poco tiempo, escuchó el auto de Donato detenerse y apagar el motor.

Sabía que él entraría en la habitación.

Y, en efecto, Donato dio vuelta a la llave en la cerradura y entró. Se veía agitado.

—Te llevaré a la sala —dijo. Pero antes la ató nuevamente de manos y pies, la cargó en brazos y la sentó sobre el mismo sofá de siempre.

—Tengo sed —dijo Ainara.

Donato le acercó una botella con agua e hizo que bebiera. Acercó a sus labios un bocado de una ensalada blanca de papa y apio que, de seguro, consiguió en el lugar al cual iba todos los días, pero Ainara viró la cara, negándose.

—¡¿Por qué no quieres comer?! —gritó—. Han pasado algunas horas desde que me fui.

—No tengo hambre. Quiero estar sola, llévame a la habitación.

Donato frunció el ceño, mirándola despectivo.

—¡De hoy en adelante harás lo que yo te ordene! Abre la boca y come.

—Ainara volvió a negarse—. ¡Qué abras la boca te estoy diciendo, maldita sea!

Ainara lo aniquiló con la mirada sin prestar ni la más mínima importancia a sus gritos.

Él agarró el plato desechable y lo lanzó lejos. La ensalada se derramó por el piso.

—¡Entonces morirás de hambre!

—¿Por qué no te largas y no vuelves más? ¡Bien sabes que te odio, Donato! Si un día fuimos amigos, ¡eso tú lo terminaste!

Donato levantó la mano, quiso abofetearla, pero, tensando la mandíbula, se contuvo.

Mas Ainara, tratando de sobreponerse al temor que la invadía, le clavó la mirada. Aprovechó la expresión de debilidad que reveló su rostro para gritarle todo cuanto pensaba; algo sucedía con él:

—Estás en serios problemas, Donato... No creas que saldrás libre de esto. Es mejor si te entregas por ti mismo a las autoridades.

Pero Donato se le vino encima y la agarró por el cuello.

—¡Jamás, entiéndelo bien! Aquí nos quedamos hasta que vengan a buscarnos y nos lleven a Canadá. —Ainara se retorció, suplicando que dejara de ahorcarla. Donato alejó de inmediato las manos de su cuello, mirándola insensible—. No me des más problemas si no quieres sufrir las consecuencias. Si es necesario continuar encerrados en este lugar, así lo haremos hasta irnos de este país. ¡Estarás siempre a mi lado, entiéndelo de una buena vez! ¡Y deja de estar provocándome! —Se apartó de encima suyo y, dando un estruendoso golpe contra la pared, salió de la cabaña.

Ainara, atemorizada, se las ingenió para meter sus manos en el bolsillo de su pantalón y sacar el pedazo de cristal.

Cada minuto, cada segundo contaba.

Miró por el espacio descubierto entre la pared y la ventana y vio que Donato, impaciente, fumaba mientras permanecía arrimado contra el auto.

Ainara frotó desesperada la soguilla que ataba sus manos contra el filo del cristal.

De pronto, la soguilla cedió.

Levantó la mirada y volvió a mirar hacia fuera. Donato seguía en el mismo lugar: lanzó la colilla del cigarro al suelo y, de inmediato, encendió otro.

Ainara se apresuró a desatar sus pies, pero dejó puesta la soguilla de tal manera que, cuando él entrara, no pudiera darse cuenta de que estaba desamarrada.

Se acomodó en el sillón tal y como él la había dejado y volvió a mirar con el rabillo del ojo por el espacio de la ventana. Vio que Donato abrió la puerta del Mustang negro y sacó una botella, la destapó violentamente, lanzó la tapa lejos y, a pico, bebió una generosa cantidad.

De una patada cerró la puerta del auto y, con la botella en mano, dando largas zancadas, regresó en dirección a la cabaña.

Ainara cerró los ojos... inhaló profundamente.

«Ahora o nunca», dijo para sus adentros, tomando valor.

Donato se sentó frente a ella y dio otro largo trago.

La miró de pies a cabeza, esbozando una sonrisa que a Ainara le atemorizó aún más: sus ojos revelaban ira y deseo.

Dejó la botella de vodka a medio terminar sobre el piso de madera, a un costado de ella.

Sin decir una sola palabra, se levantó, se retiró la chaqueta y la lanzó lejos.

Luego se quitó el buzo que llevaba puesto, lanzándolo también lejos, quedando desnudo del tórax. Desabrochó su pantalón y bajó la cremallera.

Ainara tembló.

La miró, diabólico, y se le vino encima.

Ainara sintió el peso de su cuerpo arremeter contra el suyo.

Con repudio, evitó que su lengua rozara su cuello.

Desvió la mirada hacia su costado... miró la botella de vodka a medio terminar.

Donato tocó desenfrenado sus pechos, le levantó la blusa e impaciente trató de retirarle el brasier, mientras ejercía presión sobre su cuerpo.

Ainara le mordió con fuerza en el hombro.

Él se enfureció.

Descendió con rudeza la mano, ciñendo su cintura y, bruscamente, bajó la cremallera de su pantalón.

Ainara tomó valor, respiró tan profundo como pudo y, deslizando su mano por la parte inferior del mueble, agarró la botella del piso.

La sujetó con fuerza y, levantándola en el aire, lo golpeó en la cabeza.

Donato reaccionó.

Se alzó de brazos para agarrarla por el cuello, pero Ainara repitió el golpe.

Donato cayó inmóvil sobre su pecho.

Ainara logró escabullirse por debajo de él, lanzándose al piso.

Donato quedó tendido sobre el sofá, inconsciente; la sangre le resbalaba por el cuello.

Sentada sobre los tablones del piso, Ainara, apresurada, se retiró la soguilla de los tobillos, metió la mano en el bolsillo del pantalón de Donato y sacó las llaves del Mustang.

Se puso en pie y, sin perder tiempo, corrió hacia la puerta de entrada.

La abrió.

Huyó, dejando la puerta abierta.

Entró en el auto y, desesperada, controlándose para que sus manos dejaran de temblar, logró encenderlo y puso marcha atrás.

65

Los patrulleros llegaron pasadas las siete de la noche al desvío de la carretera y tomaron el camino de tierra que conducía a la propiedad, tal y como informaron los lugareños.

Saúl y Tiziano conducían detrás de ellos.

Les tomó pocos minutos llegar a la cabaña.

Un Mustang negro retrocedía acelerado, pero se detuvo en el momento en que los patrulleros, con las luces encendidas, hicieron sonar la sirena.

Saúl estacionó el auto y bajó cuanto antes.

—¡Ainara! —gritó.

Los agentes de policía rodearon el lugar, y los dos paramédicos enseguida corrieron en dirección al Mustang.

Ainara volvió la mirada al parqueadero de piedra, donde las luces parpadeantes de los carros policiales destellaban a trávez de la neblina, y también gritó el nombre de Saúl. Él corrió hacia ella y, tan pronto como la tuvo frente suyo, la abrazó fuerte contra su pecho, sintiendo que volvía a la vida, al saber que estaba fuera de peligro.

—¡Donato... Donato está ahí dentro, lo golpeé en la cabeza! ¡Juro que fue en defensa propia! —balbuceó con lágrimas en los ojos, aferrándose a su pecho. A pesar de que Ainara llevaba una manta sobre los hombros, temblaba descontroladamente.

Saúl la tomó por el rostro con ambas manos. Su piel estaba tan fría como un témpano de hielo.

—Tranquila, amor mío, todo está bien. Los agentes se encargarán de él.

—¡Fue en defensa propia, trató de violarme! —repitió, mirando angustiada al agente que en ese momento se encontraba frente a ella.

—No se inquiete, señorita D'Alfonso. Nosotros nos encargaremos. Por ahora, el señor Márquez la llevará hasta su auto. Por favor —dijo el mayor Patterson a Saúl—, diríjanse allí y permanezcan sentados.

Mientras tanto, el oficial, junto a dos agentes más, se encaminaron hacia la cabaña. Tiziano también fue con ellos.

—Ven, amor, cúbrete con esto. —Saúl le pasó otra manta alrededor de los hombros y, abrazándola, la encaminó hasta su auto. Abrió la portezuela y la ayudó a sentarse en el asiento trasero. Luego, él se acomodó junto a ella.

Ainara, temblando, recostó su rostro sobre su pecho.

—Gracias por llegar a tiempo. No sé qué habría sido de mí si permanecía un día más junto a ese psicópata.

Saúl acarició su desgreñado cabello dorado y posó sus labios sobre su coronilla.

—Ahora estoy aquí, contigo, amor mío. Ya no estarás sola. Tranquilízate, ellos sabrán qué hacer con él. La pesadilla acabó.

Ainara lloró, aferrada a su pecho.

—Trató de violarme... le di en la cabeza con lo que encontré. Había una botella de vodka. Tengo miedo de haberlo matado.

Saúl dio un profundo suspiro.

—Deja de preocuparte y descansa. Nada malo sucederá contigo. Ahora solo esperemos a que los agentes salgan. Has demostrado ser muy fuerte, no te debilites ahora.

Ainara se abrazó con fuerza a su cintura.

—¡Te amo, *amore mio*, no soportaría que vuelvan a separarnos!

De pronto, Saúl vio salir de la cabaña al mayor Patterson y al resto de los oficiales.

Traían esposado a Donato; detrás de ellos venía Tiziano.

Saúl inclinó la cabeza y besó la coronilla de Ainara.

—Ya no te inquietes más, cariño mío. Él está vivo. Lo tienen esposado.

Ainara levantó de inmediato la cabeza y, por un momento, dio un suave respiro de alivio.

—¿Qué harán con él? ¡Merece que lo lleven preso!

Desde la ventanilla del auto, Saúl miró indignado a Donato mientras lo escoltaban al patrullero. Le dolió más que a su propia vida que hubiera raptado a Ainara y tratado de abusar de ella... Jamás se lo iba a perdonar.

—Lo más probable es que vaya preso por algunos años. Con seguridad le imputarán varios cargos —espetó Saúl, observándolo discutir con los oficiales.

—¡Quiero ir hasta allí! —dijo de repente Ainara, incorporándose—. Por favor, Saúl, acompáñame.

Saúl negó con la cabeza.

—No quiero que te enfrentes más con él.

—¡Necesito gritarle en su cara todo cuanto se merece!

—No, mi amor, no gastes más energías en él.

De repente, un agente se acercó al auto de Saúl y le pidió que lo acompañara.

—Regreso enseguida —le dijo a Ainara y, dándole un beso en la frente, salió del auto y fue con el oficial.

Saúl y Donato se enfrentaron con la mirada.

Los ojos de Donato eran oscuros y amenazantes. Llevaba las manos esposadas por detrás de la espalda, y un paramédico había vendado su cabeza.

—¡Debiste quedar tirado inconsciente sobre ese sofá para siempre, maldito desequilibrado! —gritó de pronto Ainara por encima del hombro de uno de los oficiales.

Donato la miró desafiante; sus ojos destilaban veneno.

—Señorita D'Alfonso —ordenó el mayor Patterson, girándose hacia ella—, le ruego que regrese al auto, por favor.

Ainara no tomó en cuenta la recomendación del mayor ni los intentos de Saúl por calmarla y detenerla. Continuó increpando a Donato:

—¡Pero me alegro de que estés vivo para que recibas el castigo que te mereces! ¡Nunca te perdonaré por todo el daño que nos has hecho a Saúl y a mí! ¡Eres un hombre detestable, Donato Carusso!

—Señorita D'Alfonso —insistió el mayor Patterson—, regrese al auto, por favor.

Saúl la abrazó.

—Ven conmigo, amor mío, ya dijiste lo que querías. Ahora regresemos al auto.

Ainara negó con firmeza.

—¡No, antes quiero ver cómo se lo llevan como la rata que es! Señor oficial, dígame cuándo tengo que ir a dar mi declaración.

Donato les lanzó una mirada llena de odio, clavando los ojos en ambos, en Ainara y Saúl.

—Lo más pronto, al llegar a Nueva York, señorita D'Alfonso. Doctor Márquez —dijo el mayor Patterson, dirigiéndose a Saúl—, le agradezco por su colaboración. Ahora le pido que lleve a su novia de regreso a Nueva York. Es necesario que la interne cuanto antes en el hospital. Allí la atenderán hasta que esté debidamente recuperada y pueda dar su testimonio.

—Por supuesto, mayor Patterson. Gracias por su ágil trabajo. Estaré pendiente de noticias.

Mientras tanto, Tiziano se acercó a sus dos amigos, y juntos se encaminaron al auto.

—Si lo prefieres, podríamos pasar la noche en algún hotel cerca —comentó Saúl a Ainara.

—No, *amore mio*, quiero llegar hoy mismo a Nueva York. Estoy bien, no te preocupes.

Ainara se acomodó en el asiento trasero. Había una almohada, así que podría dormir durante las horas que les tomaría regresar a Nueva York.

Antes de emprender el viaje, Saúl sacó el celular del bolsillo de su chaqueta y marcó el número de Francesca.

—Saúl, hijo —contestó ella al teléfono—, ¡dime que ya tienen noticias de mi hija!

—Para darle una buena noticia la llamo, Francesca. Ainara está ahora conmigo. En este momento salimos de regreso a Nueva York.

—¡Gracias a Dios! ¿Ella está bien?

—Sí, Francesca, Ainara está bien y fuera de peligro. Tan pronto como lleguemos, la llevaré al hospital para que permanezca ahí al menos por esta noche. Necesitamos hacerle una serie de exámenes.

—¿Le pasó algo malo a mi hija?

—No, Francesca, pero son controles de rutina. Presenta alteración emocional, lo cual es normal después de haber estado tres días cautiva. Le paso con ella para que hablen.

Saúl le dio el teléfono a Ainara. Hablaron por pocos minutos, luego Ainara cerró la llamada y le devolvió el celular a Saúl.

—Mamá dice que hoy llegó Gabriella.

Saúl sonrió.

—Es verdad. Se me había olvidado de que su vuelo llegaba hoy por la tarde.

Ainara acomodó la cabeza sobre la almohada y cerró los ojos.

Saúl le cubrió con la manta. A los pocos minutos, ella se quedó dormida.

—Regresemos a casa —dijo a Tiziano.

—Sí, Saúl, regresemos.

66

En horas de la madrugada, Saúl, Ainara y Tiziano llegaron a Nueva York.

Inicialmente, fueron a la estación de policía para que Tiziano recogiera su jeep, que había dejado allí parqueado.

—Yo me despido aquí —dijo él—. Hasta pronto, Ainara. Recupérate lo más pronto y cuenta conmigo para lo que necesites.

—Gracias, Tiziano, eres un gran amigo. Toda la vida te estaré agradecida por tu apoyo a mi familia y a Saúl en especial en esto.

Tiziano le devolvió una suave sonrisa. Luego se volvió hacia Saúl y dijo:

—Tan pronto como tenga alguna noticia, te informaré.

—Gracias, amigo. —Saúl se despidió de él dándole una palmada en el hombro—. Hasta pronto.

Inmediatamente, se dirigieron al hospital para internar a Ainara y hacerle los exámenes respectivos después del abuso físico y psicológico que sufrió a manos de Donato Carusso.

En cuanto llegaron, Saúl acompañó a Ainara a emergencias.

Luego de exhaustivos exámenes médicos, los doctores encontraron que presentaba trastornos psicológicos (algo muy normal luego del percance que vivió), además de lesiones físicas y deshidratación. Prefirieron que Ainara permaneciera al menos por cuarenta y ocho horas ingresada en el hospital al cuidado de los mejores médicos y, por supuesto, Saúl no se desprendería de ella durante todo ese tiempo.

Él tenía licencia de quince días, ya que la boda iba a celebrarse ese sábado y, si las circunstancias hubiesen ido de acuerdo con el plan, habrían hecho su viaje de bodas al Caribe; pero, dado los hechos, todo se canceló.

Por lo menos, Francesca y Romina hicieron los trámites necesarios, tanto en la iglesia como en todo lo concerniente a la recepción: banquete, flores, música... cancelando y dando a conocer los pormenores.

Lo que restó de la madrugada, Ainara descansó perfectamente. Saúl permaneció junto a su cama todo el tiempo, aprovechando esas horas para reflexionar sobre lo ocurrido.

Donato tenía que ser castigado severamente por todo el daño que venía haciendo desde hacía años. Él no podía quedar impune ante la ley.

Tan pronto como Ainara se recuperara de sus lesiones físicas y emocionales, juntos irían a dar su declaración.

Mientras tanto, el mayor Patterson le había telefoneado a Saúl hacía poco para comunicarle que tenían a Donato retenido en la jefatura de policía hasta que el juez dictara los cargos. Según las evidencias, él seguramente cumpliría una sentencia de varios años por rapto, extorsión, abuso físico y psicológico.

A la mañana siguiente, tan pronto como el sol dio la bienvenida a un nuevo día, Francesca y la familia estuvieron en el hospital para visitar a Ainara.

Ainara despertó recuperada; era una mujer fuerte, y eso Saúl lo sabía perfectamente.

La enfermera entró en la habitación trayendo consigo el desayuno para Ainara.

—Buenos días, doctor Márquez —saludó, haciendo rodar el cochecito hasta la cama donde Ainara descansaba—. ¿Cómo amaneció, señorita? Necesitamos que se alimente como es debido porque sus exámenes muestran deshidratación.

—Eso es cierto, amor mío —dijo Saúl, tomándola de la mano—. Tienes que comer todo lo que trajo la señorita enfermera. De ti depende salir cuanto antes del hospital.

Ainara sonrió mirándolos a ambos.

—No se preocupen, haré todo lo que me digan. Gracias, enfermera. —La enfermera le devolvió la sonrisa y salió de la habitación. Ainara tomó los cubiertos y se dispuso a comer lo que había en la bandeja—. ¿Y tú, *amore mio*? Deberías ir también a desayunar. ¿Crees que no me di cuenta de que pasaste toda la madrugada a mi lado?

Saúl la miró enternecido. Ainara ponía todo de su parte para recuperarse lo más pronto posible; pero él también sabía que ella guardaba una tristeza profunda en su corazón. No debía ser fácil aceptar que varias de las personas en quienes había confiado la habían traicionado de manera tan cruel... Empezando por su propio padre.

—Ahora quiero estar aquí, contigo. Cuando lleguen Francesca y el resto de la familia a visitarte, entonces iré a la cafetería. Por ahora, déjame cuidarte.

—Gracias por estar a mi lado. Sin ti, mi vida no tendría sentido.
—Ainara dio un largo y hondo suspiro.

—¿Y ese suspiro?

—Hoy era el día de nuestra boda... Donato siempre tratando de destruir nuestra felicidad.

—Aunque haya hecho todo lo posible por separarnos —dijo Saúl, tomándole la mano—, no lo ha conseguido ni lo conseguirá jamás. Ese hombre ahora está lejos de nuestras vidas. Ten la seguridad de que nunca volverá ni podrá acercarse a ninguno de nosotros.

Una lágrima resbaló por la mejilla de Ainara, y le dio la razón.

—¿Sabes? Me encantaría que celebrásemos nuestro matrimonio en Valserra. ¿Qué dices?

Saúl besó el dorso de su mano.

—Si ese es tu deseo, será como tú quieras, amor mío. Organizaremos todo para que nuestra boda se celebre en Valserra. De hecho —dijo, esbozando una sonrisa cómplice—, añoro volver a tu pueblo. De ser posible, compraría una propiedad grande y hermosa allí.

La mirada de Ainara se iluminó, a lo que añadió:

—En lo alto de una colina, con una hermosa vista hacia el valle, rodeado de cipreses y los campos cubiertos de coloridas flores...

Ambos rieron emocionados, hasta que de pronto tocaron a la puerta.

Saúl pidió que entraran, al tiempo que se levantaba.

Llegaron a visitarla Francesca, acompañada de Fortunato, Romina, Emily y su amiga, Gabriella.

Francesca se apresuró a besar la frente de su hija.

—¡Ainara, hija mía, no imaginas la angustia que hemos pasado!

—Ya todo está bien, mamá. No tienen de qué preocuparse. —Ainara desvió la mirada y sonrió a todos—. Gracias por estar aquí conmigo.

—La pesadilla acabó, hija mía —dijo el padre Fortunato. Mientras tanto, Saúl movió la silla y se sentó junto a Ainara—. Lo importante, y debo decirlo —continuó Fortunato—, es que luces radiante, hija. Definitivamente los cuidados, pero sobre todo el gran amor y dedicación de este joven hacia ti... bueno, todavía miro a Saúl como el joven muchacho que un día llegó al convento.

Fortunato y todos rieron; entretanto el reverendo continuó:

—Han hecho que estés entre nosotros, indemne, recuperada. La verdad es que siempre vi en ti una persona íntegra, mi querido Saúl —dijo el reverendo, dirigiéndole la mirada—. Durante todos estos años, a pesar de no haber sabido nada sobre ti, lo has venido demostrando... Y en estos días de incertidumbre y desesperación, más que nunca. ¡Doy las gracias por haberte conocido, muchacho, y por haber permanecido todo el tiempo, a pesar de las adversidades, entre nosotros!

Saúl bajó la cabeza y tuvo que limpiarse los ojos, que traía llorosos después de escucharlo decir aquello a quien había sido el párroco del pequeño pueblo de Valserra, donde vivió momentos hermosos, pero sobre todo donde conoció al amor de su vida.

—Gracias por sus palabras, padre Fortunato.

Ainara pasó la palma de su mano por su cabeza, acariciándole el cabello.

—Siempre lo he dicho y seguiré repitiéndolo hasta mis últimos días: Saúl es el amor de mi vida. Y ahora que están todos aquí reunidos, queremos darles una noticia. —Ainara miró a Saúl, esbozando una suave sonrisa—. Díselo tú, *amore mio*.

Saúl se puso en pie, pidió a Francesca que se sentara junto a su hija y, dirigiéndose a todos, comunicó:

—Ainara y yo hemos decidido que celebraremos la boda en Valserra. Y, por supuesto, usted, padre Fortunato, será quien nos case.

Fortunato asintió en silencio; una larga y conmovedora sonrisa enmarcó sus labios.

—¡Qué alegría, mis hijos! —exclamó Francesca.

—Deja que sea yo quien se encargue de todos los preparativos junto con mamá, hermana. —Romina fue hacia donde Ainara e, inclinándose, la abrazó. Luego abrazó a Saúl—. ¡Qué gran noticia, cuñado!

—A mí no me dejen excluida. De ser posible, viajaré con quince días de anticipación desde Londres para ayudar con todo lo que sea necesario. —Gabriella también se acercó a los novios.

Saúl y Ainara sonrieron.

—Gracias a todos por demostrar su cariño y estar siempre pendientes —dijo Ainara.

Emily pidió un momento la atención de todos.

—Les pido que ahora me dejen decir unas palabras a los novios. Mis queridos amigos, Ainara y Saúl, ustedes saben de sobra cuánto los queremos tanto mi esposo, Mike, como yo, como si fuesen nuestros hermanos. Hoy debió celebrarse su boda, pero no fue así. Siempre nos sorprenderán las sorpresas que da la vida. Mas, con esta decisión que han tomado, veo claramente que el destino estaba así escrito... y uno debe seguirlo sin discusión. Qué emoción me da que vuelvan juntos al pueblo, a ese bello pueblo en donde se conocieron y se enamoraron. No lo conozco aún, pero he escuchado hablar tanto de él que lo tengo perfectamente dibujado en mi mente. Es el lugar perfecto, maravilloso, para que al fin unan sus vidas. Y desde ya les ratifico que ahí estaremos, Mike y yo, como sus testigos, felices de verlos uniéndose en matrimonio.

—Gracias, Emily.

—¿Para cuándo nos darán el gusto de tenerlos nuevamente en Valserra, hijos míos? —preguntó Fortunato.

Ainara y Saúl se miraron entre sí, en tanto que, antes de Saúl responder a la pregunta que le hizo el reverendo, le guiñó un ojo a Ainara.

—En aproximadamente treinta días, padre Fortunato. Antes debemos organizar algunas cosas, puesto que queremos permanecer por algún tiempo en Valserra. Quizá y decidimos...

—¿Qué cosa? —preguntó Francesca, impaciente.

—¡Que entre Saúl y yo compraremos una propiedad en Italia! —respondió Ainara—. Quizás en la misma Valserra, quizás en la Toscana. Construiremos nuestra casa y la mayor parte del tiempo permaneceremos ahí.

—¡Qué gran alegría nos están dando! —exclamó Francesca—. Siempre ha sido mi mayor deseo tener a la familia unida.

—Así será desde hoy en adelante, mamá.

—Bueno —dijo Fortunato—, yo también me alegro muchísimo con esta maravillosa noticia, pero creo que acabó la hora de las visitas. Esperamos tenerte pronto en casa, hija.

—Sí, padre Fortunato, yo también lo deseo así.

De pronto, Saúl se disculpó con todos y salió por un momento de la habitación.

Fue a proponer entre los médicos que Ainara saliera antes del hospital. Ella se veía lo bastante mejorada, por lo que tranquilamente Saúl podía continuar desde la casa dándole los cuidados necesarios.

No hubo inconveniente: sería dada de alta esa misma tarde.

—Traigo buenas noticias —dijo Saúl en cuanto regresó con ellos a la habitación—. Mi amor, podemos ir a casa hoy mismo, enseguida de la hora del almuerzo.

—¡Bendito sea! ¿Se dan cuenta? Les dije que estaría con ustedes muy pronto.

—Si es así —comentó su madre—, nosotros nos retiramos para ir organizando todo en casa y así puedan estar cómodos.

—Francesca —interrumpió Saúl—, no es necesario que vayan a ningún lugar. Tengo espacio suficiente en mi casa para todos. Por favor, le pido que lo tome en consideración. Será una alegría para nosotros compartir con todos ustedes.

Francesca asintió con una amplia sonrisa.

—Gracias, hijo. Nos quedaremos entonces en tu casa hasta el día de nuestro regreso.

—Mamá —dijo Ainara—, dale un fuerte abrazo de mi parte a Alfonsina. Dile que pronto estaré ahí para dárselo personalmente.

—Así le haré saber. Hasta pronto, hijos.

—Besa en nuestro nombre a Lía y Mattia. Los extraño —dijo Ainara a Romina.

—Por supuesto. Hasta después de un momento, hermana, cuñado.

Francesca y todos los demás salieron de la habitación.

Ainara y Saúl se miraron entre sí, felices.

—¿Lista para volver a casa?

—Sí, *amore*, lista.

Saúl y Ainara regresaron a casa. La familia estuvo con ellos tres días más y luego viajaron a Italia. Gabriella también regresó a Londres.

Habían transcurrido siete días cuando Ainara y Saúl fueron a la jefatura a dar su declaración en contra de Donato. Él debería esperar por el veredicto del juez; mientras tanto, permanecería bajo estricta custodia en una cárcel que se encontraba a dos horas de la ciudad.

Habían transcurrido tres semanas desde el día en que Ainara salió del hospital.

Antes de su viaje a Valserra para la boda, volvió a la clínica para realizarse otros exámenes médicos; algo no estaba bien con ella. Ainara ya venía sintiendo una serie de malestares que la tenían preocupada. En cuanto a los resultados, le aseguraron que se los harían llegar en algunos días, con seguridad una vez estando en Italia.

Por otro lado, Saúl pidió licencia por los meses que permanecería en Italia; le fueron concedidos sin problema.

Respecto al trabajo de Ainara en la universidad jesuita, ella presentó su renuncia.

A su regreso de Italia, se dedicaría de lleno a su galería de arte, la cual en un principio quedó a cargo de Christine y luego, en un futuro, de Emily, hasta cuando ella y Saúl retornaran nuevamente a Nueva York.

Mientras tanto, en Valserra, su familia ya se encargaba de los preparativos para la boda, la cual se celebraría en la parroquia de San Feliciano.

En cuanto a la recepción, Ainara y Saúl desearon que se diera lugar en los jardines de la casa de la familia D'Alfonso, de la misma manera como años atrás lo hicieron Romina y Giordano.

La noche antes del viaje, Saúl precisó decirle algo de consideración a Ainara; algo que solo le competía a ella.

—Amor mío —dijo, tomándola de las manos—, quiero que me escuches con calma, por favor. Esto que voy a decirte será únicamente tu decisión, pero siento que debo decírtelo. —Ainara lo miró extrañada; entretanto, Saúl continuó—: Mi único deseo es verte feliz, tranquila. Créeme, te sentirás en paz contigo misma si abres la carta que dejó tu padre y la lees. Ha pasado suficiente tiempo desde que él murió, y pienso, amor mío, que ahora es el momento de que sepas cuál fue su última voluntad.

Ainara bajó la mirada, en silencio; mientras tanto, Saúl la tomó con ambas manos por el rostro y continuó:

—Como dije, y lo repito, es tu decisión. Si sientes que puedes con ello, adelante, cariño mío. Siempre tendrás todo mi apoyo.

Ainara esbozó una suave sonrisa.

—Te prometo que lo haré... No me preguntes cuándo, pero lo haré.

—Eres admirable. Ven aquí. —Saúl la atrajo contra su pecho, sus labios besaron su coronilla—. De hoy en adelante, un mundo de amor y felicidad nos espera.

67

El pintoresco pueblo de Valserra se había embellecido con su vestimenta otoñal, en el encantador mes de noviembre, para dar la bienvenida a Ainara y Saúl.

Ainara pudo darse cuenta del enredijo de sentimientos que Saúl sintió después de más de doce largos años de regresar a aquel pueblecito en donde vivieron los momentos más ardientes de su vida.

Pasearon por cada uno de los lugares que juntos, a escondidas, recorrieron.

Aunque las florecillas que en los días de primavera y verano ostentaron majestuosas, sus pétalos yacían marchitos sobre el suelo otoñal, cubierto por las hojas secas.

El bosquecillo de cipreses continuaba erguido, de cara al cielo, cobijando con su abrazo los senderos por los cuales la pareja enamorada ensalzó con su presencia.

Todo continuaba igual como hacía más de una década; parecía como si el tiempo se hubiese detenido en ese único lugar.

Sentados uno delante del otro, sobre la misma roca donde Saúl debatió en contra de sus prejuicios y comprendió, de cara al río, que su verdadero camino lo tenía frente a sus ojos, la mirada de Ainara se perdió en la pureza del agua que chisporroteaba al desplomarse por la diminuta cascada para luego colisionar contra el manantial, a lo que comentó:

—Este fue el lugar donde mi vida cambió para siempre.

—Y este fue el lugar donde comprendí que te amaba —respondió Saúl. Al momento, Ainara sintió el calor de sus brazos envolver su delicada cintura—. Comprendí que cometía un error del que jamás me hubiera perdonado si renunciaba a ti y cumplía con la voluntad que me impusieron mis padres, sacrificando mi vida a los hábitos.

Ainara suspiró, aferrándose a la incitante presión de sus fuertes brazos, que la ciñeron en un abrazo.

—Hice lo que hice para que despertaras, *amore mio*.

La docilidad de sus labios rozó la curvatura de su cuello.

—Lo sé, y te doy las gracias por abrirme los ojos.

Llegó el gran día.

La parroquia de San Feliciano di Valserra engalanaba en esa espléndida mañana de noviembre sus jardines y el largo camino hacia la iglesia con la presencia de la novia, quien, del brazo de su madre, caminó hacia el altar llevando entre sus manos un níveo ramillete de azucenas blancas. Lucía su largo vestido blanco, tan puro como su alma, bordado en pedrería y seda; y su velo, como perlas nacientes, cubría su delicado rostro. Delante suyo,

Lía y Mattia llevaban la alianza con la cual Ainara y Saúl unirían sus vidas para siempre, entregados al más bello amor.

A sus espaldas, acompañaba su corte.

Saúl, frente al altar, vestido con su elegante traje y decorando el bolsillo de su esmoquin negro una azucena blanca en botón, esperaba por la novia.

Ainara se acercó a él, radiante. Sus ojos no podían expresar más felicidad; ambos se amaban con el alma.

Sonrió a su apuesto novio.

Saúl sujetó con una dulce sonrisa su mirada, hasta que el padre Fortunato, de pie frente a los enamorados novios e invitados, dio comienzo a la ceremonia:

—Hermanos míos, estamos hoy aquí reunidos para celebrar la unión en matrimonio de mis amados hijos, Ainara y Saúl, quienes han venido por voluntad propia a hacernos partícipes del profundo e inalcanzable amor que se tienen. —Ainara y Saúl se situaron uno frente al otro. Lía y Mattia se acercaron a los novios, llevando consigo las alianzas, las cuales reposaban sobre una delicada almohadilla de seda blanca—. Ainara... —Fortunato se acercó a la novia, tomó la alianza de Saúl y preguntó—: ¿Aceptas a Saúl como tu esposo, amándose y respetándose por el resto de tu vida, en la riqueza y en la pobreza, en la salud y en la enfermedad, hasta que la muerte los separe?

—Acepto, una y un millar de veces. —Ainara tomó de manos del reverendo la alianza y, con sus ojos prendados en el verde apasionante de los de Saúl, susurró cuánto lo amaba, mientras insertaba el anillo en su dedo.

Luego el reverendo se dirigió a Saúl y, tomando de la almohadilla que sujetaban los niños la alianza de Ainara, preguntó:

—Saúl, ¿aceptas a Ainara como tu esposa, amándose y respetándose por el resto de tu vida, en la riqueza y en la pobreza, en la salud y en la enfermedad, hasta que la muerte los separe?

Saúl esbozó una dulce sonrisa y respondió:

—Acepto. ¡Te amo, amor mío! —Sus ojos quedaron cautivos en el azul inmaculado de los de su amada. Tomó de manos del reverendo el anillo de Ainara y lo introdujo en su dedo anular.

Fortunato les dio la bendición:

—A partir de este momento su unión será indisoluble. En el nombre de Dios, yo los declaro marido y mujer. Saúl, puedes besar a tu esposa.

Saúl y Ainara, consagrando la alegría que abrazó sus almas, juntaron sus labios en un beso enamorado.

La boda se celebró en medio de rosas rojas y lirios blancos, los cuales embellecieron todo el camino de la iglesia hasta llegar al altar.

Los novios, dichosos, unieron sus vidas acompañados de la familia y las amistades que vinieron desde fuera para compartir junto a ellos el día más importante de su existencia. Luego se daría la recepción en los jardines de la casa de la familia D'Alfonso.

Ainara tuvo el privilegio de conocer ese día a Renato, el esposo de su amiga de toda la vida, Gabriella.

Francesca, feliz, al igual que Alfonsina, disfrutaron de la indescriptible felicidad de los recién casados.

Francesca levantó su copa e hizo el brindis; fue un brindis sencillo, pero emotivo:

—Mis amados hijos, Ainara y Saúl, solo Dios es testigo de cuánto tuvieron que sufrir para estar juntos y unidos en matrimonio. Se merecen ser muy felices. ¡Que siempre reine en ustedes ese amor sólido e invencible que sienten el uno por el otro y que, con orgullo, los ha llevado a convertirse en lo que son ahora! *Salute! Per gli sposi.*

Saúl y Ainara llevaron sus copas en alto y, entrelazando los brazos, bebieron de la copa contraria.

Romina se sentó frente al piano de cola que se encontraba a un costado de las hortensias y rosales, en donde se ofrecía la recepción. Entretanto, Ainara y Saúl, tomados de la mano, fueron hasta el centro del jardín, en donde la familia y los invitados dejaron por un momento de lado sus copas y dirigieron su atención a la feliz pareja que se disponía a bailar mientras Romina, al piano, entonó el vals vienés "Voces de Primavera" en honor a los recién casados.

Ainara y Saúl bailaron maravillosamente, sin apartar ni por un momento su mirada enamorada el uno del otro.

—¡Tú y yo por siempre! —exclamó Saúl, feliz, tomando a su esposa con ambas manos por el rostro.

Ainara sujetó en un suave suspiro su dulce mirada.

—Hasta que Dios lo permita, *amore mio*.

En una tierna caricia, besó Saúl, a la vista de todos, sus labios.

Con solemnidad, aclamaron su ferviente amor.

La tarde empezó a declinar. La comida había sido servida, los recién casados cortaron el pastel y, desde su mesa, miraban cómo se divertían los invitados.

Fortunato se acercó a donde ellos e invitó a que Ainara le hiciera el honor de bailar con él el vals de piano y violines que en esos momentos resonaba; en tanto que Saúl, esbozando una dulce sonrisa, disfrutó desde la mesa mirándolos.

Tiziano vino hacia donde él.

—Saúl —dijo, sentándose a su lado—, quería comentarte, antes de que se vayan a su viaje de bodas, y aprovechando que Ainara no está contigo, que recibí noticias desde Nueva York sobre el caso de Donato.

Saúl levantó una ceja.

—¿Dictó sentencia el juez?

—Así es, le impusieron doce años. Lo van a transferir a la cárcel de Pensilvania.

Saúl inhaló profundamente.

—Es una buena noticia. Gracias, Tiziano, por informarme. Buscaré el momento oportuno para decírselo a Ainara.

Tiziano sonrió, dándole al flamante novio una palmadita en el hombro.

—La pesadilla terminó, amigo mío. Continúen disfrutando de su boda. Quizá más tarde no los vea porque me retiraré temprano. Viajaré de regreso a primera hora. Que tengan un feliz viaje de bodas. Nos volveremos a ver en Nueva York. —Tiziano se levantó y se marchó.

<< ¡Terminó al fin! >>, exclamó Saúl, dando un largo respiro para sí mismo.

Esa noche, antes de que Ainara y Saúl fueran a Roma y luego iniciaran su viaje de luna de miel en un crucero por el norte de Europa, Ainara le hizo a Saúl una confesión; una confesión que iluminó aún más sus vidas.

Los resultados de los exámenes médicos de Ainara, que le llegaron desde la clínica de Nueva York y por los que estaba muy preocupada, pensando que algo malo tenía, quizás alguna enfermedad silenciosa, mostraron positivo.

Ainara llevaba en su vientre un hijo de Saúl; tenía dos meses de embarazo.

Ante tal maravillosa noticia, Saúl lloró de felicidad, abrazado de Ainara... No podía estar más feliz.

Esa misma noche, Ainara tomó entre sus manos la carta que su padre escribió antes de morir.

—La leeré —dijo a Saúl.

Saúl fue a la otra habitación, dándole su espacio para que lo hiciera con total tranquilidad.

Valserra, 19 de febrero de 1995

Hija mía, el tiempo ha pasado empecinándose en castigarme por todo el daño que te hice durante todo el tiempo desde que saliste de casa. De tu propia casa, de la cual yo te aparté, despojándote de tus sueños y alegrías. Sé que mis días están por terminar en esta larga y dura trayectoria a la que llamamos vida, y que pronto llegará el momento en que ya no estaré más entre ustedes. Por favor, solo te pido que, cuando me haya ido, me recuerdes como el padre que un día fui cuando eras apenas una niña. El que te amó y disfrutó de tus travesuras, tus alegrías, tus enojos...

Perdóname, hija mía. Mi ambición me cegó; mi soberbia acabó con mi vida.

El mismo día en que te perdí, me condené a mi propio final.

Ahora comprendo que jamás debí vulnerar tus sentimientos y forzarte a que te unieras a quien no amabas. Valoro tu fortaleza y tu carácter fuerte; de no ser así, hubieras caído en las manos de un hombre sin escrúpulos.

Pido a Dios que por mis calumnias, que la infamia de mis actos, no hayan llegado al límite de destruir completamente tu vida.

Cuida de tu madre, por favor, Ainara, porque mi consciencia suplica perdón.

La familia Carusso no puede quedarse con lo que por años trabajé, y lo que por derecho les pertenece.

Te amo y te amaré por siempre, hija mía.

Gaetano D'Alfonso.

Cinco meses después...

Saúl se acercó al balcón y, mientras Ainara, embelesada, contemplaba el valle que tenía frente a sus ojos, el calor de sus brazos circundó por detrás su cuerpo.

Ainara, en un suave suspiro, comentó:

—¿Recuerdas cuando te decía que quería una casa en la cima de una colina y desde lo alto mirar los campos, tan verdes como ninguno, salpicados de flores coloridas, y el intenso azul del mar a lo lejos?

Saúl acarició su prominente vientre de siete meses de embarazo y, tiernamente, besó la curvatura de su cuello.

—Ahora vivimos nuestro sueño, amor mío. Pronto nuestra pequeña correrá feliz por estas llanuras... Libre, en medio de los apacibles prados de la Toscana.